Die Leiche mit dem Pistolenkasten
von Richard Bercanay

Ein Krimi der John-Rollins-Reihe

2. überarbeitete Auflage
© 2020 Richard Bercanay

1. Auflage © 2015 Richard Bercanay

Herstellung und Verlag:
BoD – Books on Demand, Norderstedt
ISBN 978-3-7519-7234-5

Umschlaggestaltung: © 2020 Richard Bercanay

Sonntag, 15. September 1957

An diesem frühen Herbstmorgen brach ein leichter Nebel die sanften Sonnenstrahlen über den Wiesen und Feldern, die vom Tau noch feucht waren und in den matten Lichtstrahlen glitzerten. Während die ersten Vögel zu singen begannen, machten sich sechs junge Männer auf den Weg durch einen Wald zu einer mit saftig grünem Gras bewachsenen Lichtung. Zu dieser frühen Stunde waren sie alleine im Wald, zumindest gingen sie davon aus – und dies zu Recht. Außer ihnen und ein paar scheuen Tieren war niemand im Wald unterwegs.

Es war eine gespenstige Prozession, die da durch den Wald zog. Die jungen Männer waren in schwarze Umhänge gekleidet und trugen Zylinderhüte. Unter den Umhängen trugen sie weiße Hemden und schwarze Hosen. Die Szenerie erinnerte an vergangene Jahrhunderte.

Auf der Lichtung blieben sie stehen. Zwei von ihnen legten die Hüte und Umhänge ab. Ein dritter, der einen kleinen Kasten unter dem Arm trug, nahm diesen in seine Hände. Er enthielt zwei Pistolen. Ein vierter von ihnen trug eine Arzttasche in der rechten Hand, die beiden anderen standen stumm neben dem Mann mit den Pistolen und dem Mann mit der Arzttasche und hielten je zwei Spaten in ihren Händen.

»Wir sind hier, um eine Frage der Ehre zu klären«, sagte Clifford Valen und öffnete den Kasten mit den Pistolen. »Alan Willkins und Joseph Coone werden sich zu dieser Stunde mit Pistolen duellieren. Jeder von Euch hat drei Schuß. Wenn alle drei Schüsse abgegeben sind, ist das Duell beendet, auch wenn beide Männer noch stehen. Joseph Coone, als Herausgeforderter hast Du die Wahl der Waffe.«

Coone nahm eine der beiden Pistolen aus dem Kasten, Willkins die andere.

»Kontrolliert die Ladung«, sagte Valen. Die beiden schauten in die Trommeln der Pistolen. Sie enthielten je drei Patronen.

»Sekundanten sind Mark Rivers und William Klann«, verkündete Valen. »Als Arzt ist Jeff O'Keefe bei uns. Ich bitte nun die Sekundanten, sich ebenfalls davon zu überzeugen, daß die Pistolen ordnungsgemäß geladen sind.«

Rivers und Klann tauschten kurze Blicke aus und folgten der Anordnung. Klann verkündete mit fester Stimme und Rivers mit einem sorgenvollen Gesichtsausdruck, daß die Waffen ordnungsgemäß geladen seien.

»Gut«, sagte Valen. Stellt Euch jetzt mit dem Rücken zueinander in die Mitte dieser Lichtung!«

Willkins und Coone folgten der Anordnung und stellten sich mit dem Rücken aneinander in die Mitte der Lichtung. Valen zählte fünfzehn Schritte ab, die sich die beiden jeweils voneinander entfernten.

»Jetzt dreht Euch um! Achtung! Anlegen! Feuer!«

Zwei Schüsse krachten. Willkins ließ seine Pistole fallen und griff sich an den rechten Arm. Coone brach zusammen und fiel in das knöchelhohe Gras. O'Keefe lief zu Coone, während Klann, der wie O'Keefe Medizinstudent war, sich um Willkins kümmerte.

»Habe ich...«, stieß Coone hervor, »habe ich... ich ihn... auch getroffen?«

»Am Arm«, erwiderte O'Keefe und stellte fest, daß die Kugel in Coones Herzgegend eingedrungen war. Aus der Wunde pulsierte kontinuierlich Blut. Coone atmete noch einmal schwer und sank zurück. O'Keefe tastete nach dem Puls und nahm ein Stethoskop aus seiner Tasche, mit dem er Coone abhörte.

»Er... ist tot«, stellte er mit leicht gebrochener Stimme fest. Als er wieder aufblickte, standen Klann und Willkins vor ihm.

»Das war nur ein Streifschuß bei Alan«, erklärte Klann. »Gib mir bitte mal einen Verband.«

O'Keefe reichte Klann das Gewünschte und schloß

Coone die Augen. Rivers stand neben Valen und blickte bedrückt auf Coones Leiche.

»War das wirklich nötig?«

»Ja«, erwiderte Valen knapp. »Du kennst unsere Regeln Du weißt, daß beide mit dem Duell einverstanden waren. Es abzulehnen wäre unehrenhaft von Coone gewesen. Das wußte er.«

»Und nun ist er tot«, brummte Rivers. O'Keefe nickte bedrückt.

»Wir müssen ihn wegschaffen«, sagte Klann. »Ihn begraben. Und dann müssen wir alle Spuren verwischen. Die Waffen verschwinden lassen und so weiter.«

»Laßt ihn uns im Wald unter den Laubbäumen begraben«, sagte Valen. »Die werden schon dafür sorgen, daß man das Grab nicht sieht. Nach dem Winter wird man dem Boden sowieso nicht mehr ansehen, daß dort jemand begraben wurde. Die Pistolen und den Kasten reinigen wir von Fingerabdrücken und begraben sie mit ihm zusammen.«

O'Keefe und Klann trugen den Toten durch den Wald zu einer Stelle, an der zahlreiche Laubbäume dicht beieinander standen. Dort begannen Klann, Rivers, Valen und O'Keefe zu schaufeln, während der verletzte Willkins sich ständig umschaute um zu sehen, ob Zeugen in der Nähe waren.

Nach einer Stunde entschied Valen, daß das Loch tief genug war. Sie legten den toten Coone hinein, wischen die Pistolen und den Pistolenkasten ab und legten ihn zu der Leiche. Die fünf Männer stellten sich um das Grab herum und sangen zwei Lieder für den Toten. Valen hielt eine kurze Ansprache, woraufhin die vier unverletzten jungen Männer das Grab zuschaufelten. Anschließend streuten sie noch etwas von dem umliegenden Laub auf das Grab und bleiben fünf Minuten stumm und mit ihren Zylindern in den Händen vor dem Grab stehen. Nur Willkins behielt den Zylinder auf. Auch hatte er nicht mitgesungen.

»Gut«, sage Valen. »Gehen wir.«

Die fünf Männer traten den Rückweg durch den Wald

an.

»Du hättest Dir keinen Zacken aus der Krone gebrochen, Joe ebenfalls die letzte Ehre zu erweisen«, sagte Klann leise zu Willkins.

»Doch, hätte ich. Das Schwein hat sich an meine Freundin rangemacht. Hätte er das gelassen, wäre nichts passiert.«

Rivers, der die Unterhaltung mitbekommen hatte, seufzte.

»Ihr seid Euch natürlich alle im Klaren darüber, daß unser Kodex und unsere Ehre es uns verbieten, mit anderen über die Sache zu reden«, betonte Valen eindringlich.

»Das versteht sich von selbst«, erwiderte Willkins. »Keiner von uns wird Anwalt oder Arzt, wenn das herauskommt.«

Valen blickte ihn verächtlich an.

»Höhere Ziele hast Du wohl auch nicht.«

»Jetzt geht das wieder los«, brummte O'Keefe.

»Ihr werdet jetzt alle noch einmal unseren Eid bekräftigen«, befahl Valen. »Jeff, gib mir die Bibel!«

1.

Das Telephon auf dem Schreibtisch des Anwalts Mark Rivers klingelte. Das Gerichtsverfahren seines Mandanten war vorgezogen worden, weil der Prozeß, der zuvor stattfinden sollte, ausgefallen war. Alle außer ihm waren anwesend und der Gerichtsdiener hatte keinen Zweifel daran gelassen, daß alles andere hinter seinem sofortigen Erscheinen vor Gericht zurückzustehen hatte.

Mit leichtem Widerwillen machte sich Rivers auf den Weg. Das Jahr hatte sich nicht gut angelassen. Er hatte bisher nur wenige Fälle gehabt und zudem wartete eine saftige Nachzahlung an das Finanzamt darauf, beglichen zu werden. Zwar konnte das Gericht nichts von seiner prekären Situation wissen, aber der Gerichtsdiener hatte sich am Telephon benommen, als sei ihm dies doch bekannt.

»Jenny, ich muß zum Gericht«, verkündete er seiner Sekretärin. »Die Garton-Sache ist vorgezogen worden. Allerdings rechne ich nicht damit, daß das länger als den Vormittag über dauern wird. Sagen Sie Anrufern, daß ich heute am frühen Nachmittag zurückrufe. Sollte ich bis um 14:00 Uhr nicht hier sein, rufe ich vom Gericht aus an und lasse mir die Telephonnummern geben.«

»Ja, gut.«

Rivers packte hastig seine Robe und die Akten zusammen und verließ eilig sein Büro. Auch wenn es nur selten vorkam, konnte er sich nicht leisten, das Gericht zu verärgern und sich damit Fälle als Pflichtverteidiger zu verscherzen.

»Reich müßte man sein«, knurrte er, während er die Treppen dem Fahrstuhl vorzog, vor dem bereits fünf Leute warteten.

Er lief schnell die Treppen hinunter bis ins zweite Untergeschoß, wo eine Verbindungstür direkt zum Park-

9

haus des Bürogebäudes führte. Dort lief er zu seinem Wagen und warf die Robe und die Akten auf den Beifahrersitz. Um sich ein wenig zu beruhigen, zündete er sich eine Zigarette an, bevor er den Wagen anließ und mit beachtlichem Tempo durch das Parkhaus und auf die Straße fuhr.

Auf der Straße war, wie immer um diese Zeit, viel los. Der Berufsverkehr hatte seinen Höhepunkt gerade hinter sich und überhaupt führte Rivers Weg zum Gericht fast nur über verstopfte Hauptstraßen. Mit der Zigarette im Mundwinkel drängelte er sich von Spur zu Spur und stieß immer wieder Flüche zwischen seinen Zähnen hervor, wenn die Autos vor ihm seiner Meinung nach nicht schnell genug fuhren.

»Nur Idioten unterwegs heute«, knurrte er, während er einem anderen Autofahrer die Vorfahrt abschnitt, um noch bei gelb über eine Ampel fahren zu können. Die Straße, in die er nun einbog, war frei, und er trat etwas fester auf das Gaspedal um Zeit aufzuholen. Er aschte mit der Zigarette aus dem offenen Fenster und steckte sie wieder in den rechten Mundwinkel. Als er um eine Kurve fuhr, kreuzte plötzlich ein Radfahrer seinen Weg.

»Mist«, rief er aus. Die Zigarette fiel während seines Ausweichmanövers aus dem Mundwinkel, brannte zunächst ein Loch in die Hose und dann in seine Haut. Rivers schrie schmerzerfüllt auf, während sein hellgrauer Wagen ins Schleudern geriet, den Radfahrer nur knapp verfehlte und quer über die Straße auf einen geparkten LKW zu schlitterte. Die Passanten auf der Straße drehten sich erschrocken zu der Szene um, als Rivers Wagen krachend in den LKW schlug. Rivers, der sich, wie immer, nicht angeschnallt hatte, wurde durch die Frontscheibe gegen den LKW geschleudert und blieb schwerverletzt auf der zu einer Ziehharmonika zerdrückten Motorhaube liegen.

Wenige Minuten später trafen die Polizei und ein Krankenwagen ein, die von einem Nachbarn verständigt worden waren. Der Radfahrer saß neben seinem Fahrrad am Straßenrand und hatte offensichtlich einen

Schock erlitten. Die Sanitäter legten Rivers vorsichtig auf die Trage, der bei jeder Bewegung und jeder Berührung schmerzvoll aufstöhnte. Der Notarzt untersuchte ihn noch, bevor die Trage mit ihm in den Krankenwagen geschoben wurde. Einer der Polizisten guckte den Arzt kurz fragend an und er schüttelte leicht den Kopf.

»Bringt ihn rein«, sagte er dann zu den Sanitätern, die die Trage vorsichtig in den Krankenwagen schoben. Der Arzt stieg hinten in den Krankenwagen ein und half dem zweiten Sanitäter, die Trage zu sichern, während der erste vorne in den Wagen einstieg und mit Blaulicht und Sirene die Fahrt zum nächsten Krankenhaus antrat.

»Mein Name ist Dr. Andrew Woods«, stellte sich der Arzt seinem Patienten vor. »Ich werde Sie ins Krankenhaus bringen.«

»Ich...«, stieß Rivers hervor, »werde sterben, nicht wahr?«

»Nicht wenn wir das verhindern können«, erwiderte Dr. Woods.

»Ich... muß Ihnen noch etwas sagen... bevor ich sterbe...«

»Bleiben Sie jetzt ruhig liegen. Sie erhöhen Ihre Chancen, wenn sie sich jetzt schonen.«

»Nein. Das muß ich Ihnen sagen... Das möchte ich nicht mit ins Grab nehmen.«

»Ob Sie ins Grab müssen steht noch gar nicht fest«, erwiderte Woods mit ruhiger Stimme.

»Mir tut alles weh...«

»Ja, das glaube ich Ihnen. Ich werde Ihnen jetzt etwas gegen die Schmerzen spritzen.«

Der Arzt knöpfte die Manschette des Hemdes auf und schob den Ärmel vorsichtig hoch. Während er die Spritze vorbereitete, keuchte Rivers.

»Hören Sie! Das ist wichtig! Bevor... Sie mich jetzt schlafen legen... das muß ich Ihnen sagen!«

»Erzählen Sie, während ich Ihnen die Spritze gebe. Sie werden dann sicher noch lange genug wach sein. Aber Sie sollten sich nicht so anstrengen.«

Rivers keuchte.

»Das ist jetzt über ... über zehn Jahre her!«

»Dann hat es noch ein wenig länger Zeit.«

»Nein. Joseph Coone! Sie haben von ihm gehört? Der ist verschwunden, vor über zehn Jahren!«

Der Arzt desinfizierte den Arm und setzte die Spritze.

»Möglich«, erwiderte er dabei.

»Er starb bei... einem Duell! Wir haben ihn... hinterher... begraben! Er liegt in dem Wäldchen bei... bei...«

Der Sanitäter sah den Arzt nachdenklich an, während dieser die leere Spritze beiseite legte.

»Sie dürfen sich jetzt nicht anstrengen«, sage er dabei.

»In dem Wäldchen... beim polnischen Friedhof der... der All Saints... Dahinter. Einen halben Kilometer oder so... Das Duell war... war auf der Lichtung... auf der Lichtung in dem Wäld... chen... Der... Pistolenkasten... Auf dem Toten... Bitte... versprechen Sie mir, daß... daß Sie was... was tun. Versprechen Sie...«

Rivers schloß seine Augen und murmelte noch etwas Unverständliches. Der Arzt nickte zufrieden.

»So ist es besser. Sie sollten sich jetzt nicht anstrengen.«

Der Sanitäter betrachtete den Arzt noch immer zweifelnd.

»Doktor, meinen Sie, daß das richtig war?«

»Selbstverständlich, Mr. Roberts. Je weniger er sich anstrengt, desto besser sind seine Chancen. Viele hat er ohnehin nicht mehr. Er hätte sich besser angeschnallt, dann wäre der Unfall für ihn glimpflicher verlaufen. Aber so... Wir können nur abwarten was die Operation ergibt.«

»Und die Geschichte mit dem Duell?«

Der Arzt warf einen kurzen Blick auf seinen Patienten, der jetzt ruhig atmete, und begann, den Puls zu messen.

»Ich weiß nicht. Das könnte er phantasiert haben. Vielleicht hat er so was mal im Fernsehen gesehen und hält es jetzt in seinem Zustand zwischen Bewußtsein und Bewußtlosigkeit für eine Tatsache. Ich werde dem diensthabenden Arzt sagen, daß er den Mann auf die

Geschichte mal ansprechen soll, falls er den Unfall überlebt.«

Der Sanitäter nickte versunken und nahm sich vor, sich am nächsten Tag selbst um die Geschichte zu kümmern. Das Geständnis hatte seine Neugier geweckt und zudem fühlte er sich verpflichtet, dem letzten Wunsch eines möglicherweise Sterbenden nachzukommen. Er hatte das sichere Gefühl, daß sich Dr. Woods nicht darum kümmern würde.

Der Krankenwagen fuhr die Einfahrt zum Krankenhaus für die liegend Kranken hoch und blieb in einer überdachten Halle stehen, wo bereits zwei Pfleger des Krankenhauses mit einer Trage warteten. Der Pfleger öffnete die Tür des Krankenwagens und Dr. Woods stieg aus.

»Übernehmen Sie unsere Trage, Sie können ihn nicht umbetten«, sage er zu den Pflegern, während Roberts im Krankenwagen die Trage entsicherte. »Der Mann hat schwere innere Verletzungen. Vermeiden Sie alles, was es noch schlimmer machen könnte.«

»Ja, Doktor. OP IV ist bereit für ihn. Wir bringen ihn direkt dorthin.«

»Gut. Wir warten dann auf die Trage.«

»In Ordnung.«

Die beiden Pfleger halfen den Sanitätern, die Trage aus dem Krankenwagen auf das Fahrwerk des Krankenhauses zu setzen und machten sich dann sofort auf den Weg zum Operationssaal. Der Arzt kehrte in den Krankenwagen zurück und öffnete seine Thermoskanne mit dem inzwischen nur noch lauwarmen Kaffee.

Nach einer halben Stunde kehrten die Pfleger mit der Trage zurück.

»Er ist jetzt im OP«, verkündete einer der beiden. »Dr. Barry meint, es sieht schlecht aus.«

»Ja«, murmelte Woods, »das glaube ich auch.«

Die Sanitäter des Rettungswagens befestigten die Trage wieder im Wagen und stiegen vorne ein. Dort frühstückten sie und fuhren dann wieder zurück zum Depot.

Währenddessen setzte Dr. Barry im Operationssaal alles daran, seinen Patienten zu retten, jedoch vergeblich. Er hatte zu viele innere Verletzungen und bereits zu viel Blut verloren. Nach einer Stunde und drei Bluttransfusionen konnte das Leben Rivers nicht mehr verlängert werden.

»Stellen Sie fest, wen wir vor uns haben und verständigen Sie die Angehörigen«, sagte Barry, während er den Toten zudeckte. »Wir können nichts mehr für ihn tun.«

2.

Am Tag darauf hatte der Sanitäter James Roberts frei
und ging bereits am Vormittag zu einer der Zeitungen
von Chicago, wo er sich im Archiv die Artikel über einen Joseph Coone geben ließ. Viel gab es nicht, jedoch
wurde berichtet, daß der Jurastudent Joseph Coone um
das Wochenende des 15. September 1957 herum verschwunden war, und daß selbst eine längere Suche und
die Befragung seiner Freunde keine Erkenntnisse er-
bracht hätten. Offenbar hatte er einen Koffer und verschiedene Bücher mitgenommen. Es war auch von einer
Schwester – Susan Coone – die Rede. Roberts überlegte,
daß es gut sein könnte, die Schwester über das Geständnis des Unbekannten zu informieren. Aus der
Zeitung hatte Roberts inzwischen erfahren, daß es sich
bei dem Verletzten offenbar um den Rechtsanwalt
Mark Rivers handelt.

Roberts ließ sich in der Redaktion ein Telephonbuch
geben und suchte nach dem Namen Susan Coone,
konnte sie aber nicht finden.

»Darf ich fragen, was Sie genau suchen«, fragte der
junge Journalist Martin Vincent, als Roberts das Telephonbuch mit leicht enttäuschtem Gesicht zurückgab.

»Ich weiß nicht recht... Eigentlich wollte ich wissen, wo
Susan Coone wohnt. Aber offensichtlich wohnt sie nicht
mehr in Chicago oder sie hat geheiratet. Ich bin Sanitäter und gestern lag bei uns ein Mann im Krankenwagen,
der sozusagen in den letzten Zügen erzählte, daß ihr
Bruder Joseph Coone vor zehn Jahren bei einem Duell
getötet wurde. Ich dachte, ich sollte vielleicht die
Schwester darüber informieren.«

»Klingt nach einer interessanten Geschichte. Wenn Sie
es wünschen kann ich mich ja mal schlau machen wo
diese Schwester wohnt.«

»Ja, das wäre gut. Es wäre schön, wenn Sie sie auch
informieren würden.«

»Selbstverständlich werde ich das tun. Ich bin sicher,
daß wir damals auch darüber berichtet haben. Viel-

leicht arbeitet der Journalist noch bei uns, der das damals gemacht hat. Haben Sie den Artikel noch?«

Roberts schlug den Ordner auf, in dem er die Artikel gefunden hatte, und suchte sie. Nach kurzer Zeit hatte er einen der Artikel gefunden. Vincent betrachtete das Kürzel und schüttelte seinen Kopf.

»Kenne ich nicht. Vermutlich arbeitet der nicht mehr bei uns.«

Vincent blätterte weiter in dem Ordner, aber alle Artikel über den Fall waren vom gleichen Autor.

»Okay, ich werde mal nachforschen, wer das war«, sagte Vincent und schlug die Ordner zu. »Aber das ist nichts Ungewöhnliches, daß bei uns ein Reporter seine Geschichte behält. Ist ja auch schon recht lange her. Vielleicht erzählen Sie mir mal die Details, die Sie wissen.«

Vincent nahm einen Notizblock und einen Stift zur Hand, während Roberts ein wenig überlegte.

»Also, der Mann sprach davon, daß Coone bei einem Duell getötet wurde. Er, also dieser Rivers, war dabei, als die Leiche verscharrt wurde in einem Wald in der Nähe eines Friedhofs. Polnischer Friedhof...«

»All Saints Polnischer katholischer Friedhof?«

»Ja, das war's wohl.«

»Gut, den kenne ich.«

»Etwa einen halben Kilometer davon. Wo genau hat er nicht gesagt. Und auf einer Lichtung in der Nähe soll das Duell stattgefunden haben. Das ist leider schon alles, Dr. Woods hat ihm eine Beruhigungsspritze gegeben und er ist eingeschlafen. Bei der Operation ist er dann wohl gestorben.«

»Ja, da haben wir drüber berichtet«, murmelte Vincent.

»Das ist nicht viel, nicht wahr?«

»Nein, aber dafür können Sie ja nichts. Ich müßte jetzt die Schwester finden und außerdem müßte man dafür sorgen, daß die Polizei den Wald dort absucht. Wenn die Leiche wirklich dort liegt, dürfte das schon reichen um den Fall neu aufzurollen. Hat Rivers denn auch andere Namen genannt?«

16

Roberts führte sich die Fahrt noch einmal vor Augen. Aber an andere Namen konnte er sich nicht erinnern.

»Nein, nicht daß ich wüßte. Er war auch schon ziemlich am Ende und schwer zu verstehen. Aber ich glaube, andere Namen hat er nicht genannt.«

»Könnte denn dieser Arzt noch was sagen?«

»Sie können ihn fragen, aber ich glaube, er hat die Sache nicht einmal ernst genommen.«

Vincent blätterte in dem Ordner mit den alten Artikeln.

»Wissen Sie, ob da was dran ist, weiß ich auch nicht. Aber es klingt danach. Ich finde, daß es sich lohnt, der Sache mal nachzugehen.«

»Ja, das finde ich auch.«

»Jetzt muß ich nur noch meinem Redakteur die Sache schmackhaft machen und dafür sorgen, daß nicht mein Kollege, der über den Unfall geschrieben hat, die Story bekommt. Ich glaube nämlich nicht, daß der da groß nachbohren wird.«

Roberts schrieb dem Reporter seine Telephonnummer auf einen Zettel.

»Ich würde mich freuen, wenn Sie mich auf dem Laufenden halten würden.«

Vincent steckte den Zettel in die Brusttasche seines grauen Hemdes.

»Das werde ich tun. Das ist ja wohl das Mindeste.«

Roberts nickte kurz und verließ die Redaktion wieder, während sich Vincent auf den Weg zu seinem Redakteur machte. Der junge und schmächtige Journalist war noch nicht lange bei der Zeitung. Bislang hatte er nur kleine Geschichten recherchieren und schreiben dürfen. Meist tippte er nur Agenturmeldungen ab und machte sie zu Artikeln. Mit dieser Geschichte könnte er diese ungeliebte Aufgabe möglicherweise endlich loswerden, überlegte er.

Es ging auf die Mittagszeit zu, als der Notarztwagen mit Dr. Woods an der Universitätsklinik von Chicago hielt. Die Besatzung des Wagens vereinbarte eine Mittagspause und Dr. Woods ging durch den Personaleingang in Richtung der Kantine der Klinik. An der Essensausgabe nahm er sich ein Tablett und stellte sich ein kaltes Mittagessen zusammen. Ein warmes Essen gab es abends bei ihm zu Hause.

Mit dem Tablett setze er sich an einen der Tische, die Platz für vier Personen boten. Es war halb zwölf und noch nicht viel los in der Kantine. Kurz nachdem sich Woods an dem Tisch niedergelassen hatte kam ein Arzt an den Tisch, den er kannte, und der ebenfalls ein Tablett in den Händen trug.

»Darf man sich dazusetzen?«

»Aber sicher«, erwiderte Woods. »Wie geht's, Bill?«

»Och, das übliche, viel zu tun. Und bei Dir?«

»Na ja. Eigentlich ebenso. Obwohl es heute vormittag etwas ruhiger war.«

»Wir sind zur Zeit voll belegt. Außerdem haben wir zwei neue Arztanwärter bei uns auf der Station, die eingearbeitet werden müssen.«

Woods grinste.

»Ein Glück, daß wir diese Probleme nicht haben. Aber letztlich haben wir alle mal angefangen.«

»Da hast du auch wieder recht. Wie geht's denn sonst so? Zu Hause alles klar?«

»Ja, das schon. Und bei dir?«

»Auch.«

Die beiden begannen ihre Mahlzeit zu verspeisen.

»Mir ist gestern was Eigenartiges passiert«, erzählte Woods. »Ich weiß noch gar nicht recht, was ich davon halten soll. Wir hatten gestern diesen Unfallfahrer zu transportieren, diesen Anwalt, von dem heute auch in der Zeitung was zu lesen war.«

»Ich habe noch keine Zeitung zu sehen bekommen«, erwiderte Bill.

»Als wir ihn zum Krankenhaus brachten sagte er, daß er uns etwas sagen müsse, womit er nicht sterben wolle. Er wolle das Geheimnis nicht mit ins Grab nehmen.«

Bill grinste.

»Hast du einen Priester geholt?«

Woods zeigte ein leichtes Lächeln.

»Nein, ich habe ihm eine Beruhigungsspritze gegeben. Aber so ein bißchen was hat er doch erzählt. Er erwähnte so einen... wie hieß er doch... Coone oder so ähnlich. Naja, der soll vor zehn Jahren bei einem Duell getötet worden sein. Der Mann will dabeigewesen sein, als die Leiche vergraben wurde.«

Bill hörte auf zu kauen und blickte auf.

»Wie bitte?«

»Ja, eine wilde Geschichte. Aber er konnte sie nicht zu Ende erzählen, weil das Beruhigungsmittel vorher gewirkt hatte. Die Leiche soll an einem Friedhof begraben worden sein.«

»Da gehört sie ja auch hin«, erwiderte Bill mit dumpfer Stimme.

»Naja, er meinte, ich solle was unternehmen. Was meinst Du dazu? Würdest du da noch was unternehmen?«

»Mehr hat er nicht erzählt?«

»Nein, er kam nicht dazu. Ich hatte ihm doch die Beruhigungsspritze gegeben, damit er sich nicht so anstrengt. Er ist bei der OP dann gestorben. Damit hatte ich, ehrlich gesagt, schon gerechnet, weil er wirklich eine Menge abbekommen hatte bei dem Unfall.«

Bill zuckte kurz mit den Schultern.

»Ich weiß nicht. In dem Zustand phantasieren manche Leute auch. Vermischen Dinge, die sie erlebt haben, mit Dingen, von denen sie gelesen haben oder die sie im Fernsehen gesehen haben.«

Woods trank seinen Kaffee aus.

»Ja, das habe ich auch gedacht. In dem Zustand wissen viele nicht mehr was sie sagen. Jetzt muß ich aber wieder los. Bis die Tage dann.«

»Ja, bis die Tage.«

Woods verließ die Kantine, während Bill ihm noch zwei Minuten lang nachdenklich hinterher sah. Er trank seinen Kaffee aus und aß sein Schnitzel, das ihm nach der Unterhaltung nicht mehr so recht schmecken wollte. Nervös fuhr er mit der linken Hand durch sein dunkelbraunes Haar und brachte das Tablett zu einem

Wagen, auf dem die benutzten Tabletts gesammelt wurden.

Auf dem Weg in sein Arztzimmer schaute er noch bei dem kleinen Kiosk vorbei, bei dem Patienten und Angestellte des Hauses Zeitschriften und andere Kleinigkeiten einkaufen konnten, und holte sich eine Zeitung.

In seinem Zimmer angekommen schlug er die Zeitung auf und suchte nach dem Bericht über den Unfall. Auf der zweiten Seite fand er den Einspalter und las ihn zwei Mal durch. Daß der tote Anwalt Mark Rivers hieß, war der Zeitung bereits bekannt. Dr. Klann faltete die Zeitung umständlich zusammen und suchte dann in einer Schublade nach seinem kleinen Adreßbuch. In diesem blätterte er eine Nummer heraus und wählte sie hastig an.

»Dr. William Klann hier, könnte ich bitte mit Mr. Valen sprechen... Es ist wichtig. Ja, danke, ich warte... Cliff? Hier ist Bill. Wir müssen uns unbedingt treffen. Und Jeff und Alan sollten auch dabei sein. Es geht um Joe.«

3.

»Kein Wunder, daß Sie Susan Coone nicht finden konnten, sie wohnt inzwischen in Kalamazoo.«

Vincent und Roberts saßen am nächsten Morgen in einem kleinen Café, wo sie sich am Abend zuvor verabredet hatten.

»Haben Sie sie schon gesprochen?«

»Ja, ich habe sie gestern abend noch angerufen. Sie war sehr aufgeregt, als ich ihr davon erzählt habe und möchte auch mit Ihnen sprechen.«

Roberts schluckte. Er hatte nicht damit gerechnet, einer Hinterbliebenen des möglichen Opfers gegenübertreten zu müssen.

»Ja... äh... also ja, in Ordnung«, stammelte er. »Aber viel kann ich ihr ja nicht sagen.«

»Aber sie hat eben den Wunsch, mit Ihnen zu sprechen. Ist ja auch verständlich, von mir erfährt sie alles ja nur aus zweiter Hand. Sie wird übermorgen hier sein. Ich werde dann ein Treffen hier im Café arrangieren. Wann haben Sie denn übermorgen Zeit?«

Roberts überlegte einen Moment.

»Ja, also, ich habe übermorgen Spätschicht, und die beginnt für mich um 13:00 Uhr. Da wäre es am Vormittag am besten.«

»Sagen wir 10:00 Uhr?«

»Ja, wenn es nicht zu lange dauert, reicht das.«

Vincent grinste.

»Ich glaube nicht, daß wir hier länger als eine Stunde zusammensitzen. Bis dahin sollten Sie noch mal über alles nachdenken, was der Mann im Krankenwagen gesagt hat.«

»Ja, das werde ich. Aber wie gesagt, viel kann ich da nicht beisteuern, weil Dr. Woods ihn so schnell schlafengelegt hat. Ich glaube, er wollte auch noch mehr erzählen.«

»Was für ein Typ ist denn dieser Woods?«

»Naja, ein Arzt eben. Notarzt. Ein guter Mediziner, sehr kompetent aber ansonsten eher etwas unterkühlt. Ich

21

hatte auch den Eindruck, daß er das nicht so richtig geglaubt hat, was der Mann gesagt hat. Aber das weiß man bei ihm nie so genau.«

»Ich werde mal versuchen, mit ihm zu sprechen. Der Redakteur hat mir die Story gegeben. Er meinte, weil Sie ja schon mit mir gesprochen haben, sei es besser, wenn ich dranbleibe.«

Roberts zeigte ein leichtes Lächeln.

»Gut, da gratuliere ich Ihnen. Ich hoffe, Sie bleiben auch dran.«

»Drauf können Sie sich verlassen.«

Eine Kellnerin brachte den Kaffee.

»Geht auf meine Rechnung«, sagte Vincent.

»Oh, vielen Dank«, erwiderte Roberts.

»Naja, immerhin haben Sie mir zu einem interessanten Auftrag verholfen. Ansonsten schreibe ich meistens nur Agenturberichte um und komme ganz selten mal raus. Das könnte für mich jetzt eine recht große Chance werden, aus dem Büro endgültig rauszukommen.«

»Dazu drücke ich Ihnen die Daumen.«

Die beiden begannen ihren Kaffee zu trinken. In dem kleinen Café war viel los um die Zeit, denn viele Leute auf dem Weg zur Arbeit nahmen dort ihr Frühstück zu sich. Vincent saß gerne in dem Café und beobachtete die Menschen um sich herum.

In der Anwaltskanzlei von Clifford Valen war dagegen nichts los. Für diesen Morgen hatte Valen nur einen Termin - und den hatte er abgesagt. Statt dessen traf er sich dort mit alten Freunden: William Klann, Jeff O'Keefe und Alan Willkins. Seiner Sekretärin hatte Valen für den Vormittag freigegeben, so daß die vier Männer unter sich waren.

Valen hatte es in den letzten Jahren zu etwas gebracht. Durch einen unerwarteten Herzinfarkt seines Vaters hatte er frühzeitig dessen Kanzlei und den Kundenstamm geerbt. Die Kanzlei bestand aus zwei Privaträumen, einem Büro und dem Vorzimmer zum Büro. Sie war mit wertvollen Echtholzmöbeln eingerichtet. Um den schweren hölzernen Schreibtisch im Büro herum standen fünf drehbare Echtledersessel, wovon der größte hinter dem Schreibtisch stand und dem Rechtsanwalt vorbehalten war.

Ein Teil der Bilder, die sein Vater an die Wand gehängt hatte, hatte Valen hängenlassen, einen anderen Teil hatte er selbst angeschafft. Seinen Freunden gegenüber prahlte er gerne damit, daß sich ein hohes Honorar auch durch die Einrichtung des Büros rechtfertige.

Die Versammlung der vier Freunde tagte nunmehr in seinem Büro. Klann, O'Keefe und Willkins saßen in den Sesseln vor dem Schreibtisch während Valen in seinem Chefsessel hinter dem Schreibtisch thronte.

Nachdem Klann seinen Bericht über das, was Dr. Woods ihm erzählte, beendet hatte, sahen sich seine Zuhörer zunächst etwas ratlos an.

»Ja«, hob Valen an. »Ich habe Mark schon damals für verweichlicht gehalten. Wir hätten ihn gar nicht in den Bund hineinlassen sollen. Es ist gut, daß er nur bei diesem einen Duell dabei war. Und selbst das war wohl einmal zuviel.«

»Das ist doch jetzt egal«, erwiderte Willkins. »Die Frage ist doch, was wir jetzt machen sollen.«

»Dieser Woods, hat er die Geschichte geglaubt?«

Klann zuckte kurz mit den Schultern.

»Schwer zu sagen. Ich hatte nicht so richtig den Eindruck. Er hat das nicht so ernst genommen, glaube ich. Aber er ist da auch schwer zu durchschauen.«

»Ich kenne den gar nicht«, sagte O'Keefe. »Wie ist der denn so?«

»Richtig kennen tu' ich den auch nicht. Nur beruflich. Wir unterhalten uns zwar öfters, aber meist nur über berufliche Dinge oder so Nebensachen. Privat habe ich mit ihm nichts zu tun.«

»Ich überlege, ob der Mann nicht ein zu großes Risiko ist«, murmelte Valen, so daß nur Willkins, der neben ihm saß, ihn verstand.

»Was willst du denn machen? Ihn umlegen? Das bringt doch nur Ärger. Wer weiß, mit wem er schon darüber gesprochen hat.«

Valen warf einen Blick zu Klann.

»Meinst du, er hat da auch mit anderen drüber gesprochen?«

»Weiß ich nicht, aber möglich ist es. Wie gesagt, wir kennen uns nicht so besonders gut. Aber wenn er es mir erzählt, kann er es auch anderen erzählt haben. Eine Freundin hat er auch. Ihr wird er es sicher auch schon erzählt haben.«

»Blöde Sache«, sagte Willkins. »Das ist jetzt wirklich blöd.«

»Kann man wohl sagen«, stimmte Valen zu. »Wäre besser gewesen, wir hätten schon gestern davon erfahren.«

»Ging ja nicht«, warf Klann ein.

»Weiß ich doch. Aber wir müssen was machen.«

»Nein, vielleicht wäre es besser, nichts zu machen«, sagte O'Keefe nachdenklich. »Überlegt doch mal. Bill sagte gerade, daß dieser Woods es selbst vermutlich nicht geglaubt hat. Wie wahrscheinlich ist es also, daß er etwas unternehmen wird? Der Fall ist schon über zehn Jahre alt. Also wird er auch auf nichts in der Zeitung stoßen, was ihn auf die Idee bringen könnte, doch etwas zu unternehmen. Wenn er jetzt umgebracht würde, dann gäbe es einen aktuellen Fall, weil es eine Leiche gibt - oder mindestens einen Arzt, der verschwunden ist. Das macht nur Ärger. Wenn wir alles lassen wie es ist, kräht kein Hahn danach.«

»Und wenn sie die Leiche ausgraben?«

»Das werden sie doch nur, wenn Woods was tut.«

»Oder der Sanitäter«, warf Klann ein. Valen blickte auf.

»Sanitäter? Welcher Sanitäter? Wie heißt er?«

»Weiß ich nicht. Aber wenn Mark im Krankenwagen geredet hat, war jedenfalls ein Sanitäter dabei. Der Arzt ist mit dem Kranken nicht allein hinten im Wagen, da ist immer noch ein Sanitäter dabei.«

Willkins schloß seine Augen.

»Das zieht Kreise. Hätte ich den Kerl damals nur nicht zum Duell herausgefordert.«

Valen winkte ab.

»Hör auf zu jammern. Immerhin war das nicht das einzige Duell, an dem wir beteiligt waren.«

»Aber das einzige, bei dem sich einer von uns duelliert hat. Ansonsten waren wir nur Sekundanten und haben die Leiche beseitigt.«

»Das reicht ja wohl«, fuhr Valen Willkins an. »Glaubst du, die Richter haben Verständnis für den Ehrenkodex in unserem Geheimbund damals? Wir werden in den Knast gehen, mindestens wegen Beihilfe, und Arzt oder Anwalt ist hinterher auch keiner mehr von uns.«

»Da kriegt wohl jemand kalte Füße«, erwiderte Willkins feindselig.

»Laß den Quatsch. Ich stehe nach wie vor zu dem, was wir getan haben. Nur paßt unsere Rechtsordnung leider nicht zum bestehenden System. Darauf müssen wir eine Antwort finden. Ich finde nach wie vor, daß wir diesen Woods beseitigen sollten, bevor er herumläuft und es noch mehr Leuten erzählt, die dann vielleicht wirklich nachfragen.«

»Vielleicht sollten wir Joe einfach ausgraben und woanders verbuddeln«, warf Klann ein.

»Quatsch«, entgegnete O'Keefe. »Du bist doch auch Arzt und solltest wissen wie eine Leiche nach über zehn Jahren im feuchten Boden aussieht.«

»Na und? Reste werden allemal dort sein, und die können wir wegschaffen.«

»Dann sieht aber jeder sofort, daß dort gegraben wurde.«

»Aber die Leiche wäre weg.«

»Laßt doch mal diesen Blödsinn beiseite«, herrschte Valen die beiden an. »Wir müssen uns jetzt realistische Lösungen einfallen lassen und nicht so ein Gewäsch.«

»So wie du mit Deiner Idee, Woods umzulegen?«, fragte Willkins. »Wo willst du denn da anfangen und aufhören? Die Freundin auch noch kaltmachen? Den Sanitäter? Die Freunde von Woods, die Freunde seiner Freundin, die Freunde des Sanitäters, die Freunde der Freunde...«

»Schluß Jetzt!«

»Als ob das zu was führen würde«, brummte O'Keefe.

»Wir müssen uns jetzt etwas Brauchbares einfallen lassen«, sagte Valen. »Und zwar schnell. Bevor jemand auf den Arzt oder diesen Sanitäter hört. Kannst du rausfinden, wer dieser Sanitäter war, Bill?«

»Nicht so ohne Weiteres. Die Firma, die die Krankenwagen fährt, gehört nicht zu unserem Krankenhaus, also komme ich nicht an die Dienstpläne ran. Ich könnte bei uns herum hören, aber ob das eine gute Idee ist? Wenn dann doch etwas ruchbar wird, könnte sich jemand darüber wundern, daß ich mich für diesen Sanitäter interessiert habe. Und gegenüber Woods habe ich versucht, die Sache runterzuspielen. Der würde sich vermutlich auch wundern, wenn ich mich plötzlich für den Sanitäter interessiere.«

Willkins erhob sich aus dem schwarzen Ledersessel, mit dem er sich die ganze Zeit langsam hin- und hergedreht hatte.

»Ich finde, wir haben gar keinen Grund zur Panik«, sagte er in einem langsamen, dozierenden Tonfall. »Mark ist tot. Dieser Arzt scheint ihm nicht geglaubt zu haben. Heute ist Tag zwei nach dem Vorfall und noch immer steht nichts in der Zeitung. Also können wir vermuten, daß auch der Sanitäter nichts unternommen hat oder zumindest nichts, was sofortige Aktivitäten der Behörden ausgelöst hätte. Wenn ich mich richtig erinnere, wohnen inzwischen auch keine Verwandten von Joe mehr in Chicago, die ein Interesse daran haben könnten, den Fall wieder aufzurollen. Also worüber regen wir uns auf?«

»Ich glaube nicht, daß das gleich heute in der Zeitung stünde, wenn der Arzt oder der Pfleger gestern einem Journalisten etwas gesagt hätte«, erwiderte Klann. »Der Journalist würde doch sicher erst mal eigene Nachforschungen anstellen, bevor er etwas schreibt, zumal die Geschichte nicht aktuell ist.«

»Um so notwendiger, daß wir den Zeugen das Maul stopfen«, warf Valen ein. O'Keefe verdrehte seine Augen.

»Menschenskind, Cliff, mit dem Thema sind wir doch wohl durch! Jeden Tag – nein, jede Minute können die beiden anderen Leuten von der Sache erzählen, und die werden sich wundern, wenn ihren Freunden plötzlich etwas zustößt. Dann wird es unvermeidbar zu Ermittlungen kommen. Aber wir können ja abstimmen. Wer ist für Cliffs Plan, alle möglichen Zeugen abzumurksen?«

Valen sah O'Keefe mit vernichtenden Blicken an.

»Wer ist dagegen?«

Klann, Willkins und O'Keefe hoben ihre Hände.

»Enthaltung? Also, was ist mit dir, Cliff?«

»Wenn ihr so zartbesaitet seid, habt Ihr doch sicher eine andere Lösung für unser Problem, oder?«

»Darüber haben wir doch jetzt schon eingehend diskutiert«, antwortete Klann. »Das Beste ist, wenn wir jetzt erst mal abwarten, ob wir überhaupt handeln müssen.«

»Und wenn die Polizei bei uns vor der Tür steht ist es zu spät.«

»Unsinn. Die wird nicht vor unserer Tür stehen. Wir zählen doch nicht mal zu Joes Freunden.«

»Hast Du vergessen, daß Joe in unserer Fakultät als mein Assistent galt?«, fragte Valen. »Wenn ich mich recht erinnere, gibt es sogar ein Photo in einem der Jahrbücher, an denen wir mitgearbeitet haben, auf dem ich und er zusammen drauf sind. Das braucht nur jemand zu sehen und schon habe wenigstens ich Probleme!«

»Wir drehen uns sehr erfolgreich im Kreis«, stellte Willkins resigniert fest. »Jedenfalls... die Mehrheit meint, daß erst mal nichts unternommen werden muß, und daran solltest auch du dich halten, Cliff.«

Valen brummte etwas Unverständliches.

»Also, von mir aus warten wir noch ein wenig ab«, sagte er. »Aber was wollt ihr machen, wenn es dann doch zu einer Untersuchung kommt?«

»Selbst wenn es zu einer Untersuchung kommt, heißt das noch lange nicht, daß sie auf uns kommen«, entgegnete Willkins. »Wir haben damals die Spuren gut verwischt und Mark hat ja offenbar auch keine Namen genannt außer den von Joe. Also gibt es eigentlich keine Möglichkeit, daß sie auf uns kommen, solange wir uns ruhig verhalten. Und das Photo mit Dir und Joe ist doch auch erstmal ohne Bedeutung. Da wird vielleicht ein wenig herumgewühlt, ein paar Fragen werden gestellt, aber weil das alles auch so schön lange her ist wird alles im Sande verlaufen. Wir dürfen nur nicht die Nerven verlieren, dann wird auch nichts geschehen. Es gibt keine Spuren und keine Beweise.«

»Das wird sich noch zeigen«, knurrte Valen.

O'Keefe reckte sich.

»Ja. Dann sind wir doch wohl für heute fertig, oder? Wann treffen wir uns wieder?«

Valen blätterte in seinem Kalender.

»Sonntag. Sonntag um 9:00 Uhr. Wir treffen uns hier am Sonntag und sehen, ob ihr Recht behalten habt, oder ob es inzwischen eine Untersuchung gibt. Das wäre jetzt in drei Tagen.«

4.

Am frühen Nachmittag klingelte es an der Wohnungstür des Privatdetektivs John Rollins. John schlenderte über den kurzen Flur zur Wohnungstür und öffnete. Vor ihm stand nun eine Frau, die nach seiner Schätzung um die 35 Jahre alt sein durfte. Sie hätte blonde Haare und war mit einer hellgrauen Jacke bekleidet. Über der rechten Schulter trug sie eine graue Handtasche. Unter der offenen Jacke war ein grüner Pullover zu erkennen, zudem trug sie eine schwarze Stoffhose zu knöchelhohen Stiefeln.

»Sind Sie Mr. Rollins?«

»Ja«, erwiderte John. »Darf ich Sie zunächst hereinbitten?«

Die Frau lächelte unsicher.

»Aber ja.«

Sie betrat die Wohnung. John nahm ihr die Jacke ab und hängte sie an der Garderobe auf. Dann führte er sie ins Wohnzimmer.

»Darf ich Ihnen einen Kaffee anbieten? Ich habe gerade eine Kanne aufgebrüht.«

»Danke, gerne, wenn es keine Mühe macht.«

John zeigte ein leichtes Lächeln.

»Es macht keine.«

Er ging in die Küche und kehrte mit einem Tablett zurück, auf der eine Kanne, Milch und Zucker sowie zwei Tassen standen. Er servierte den Kaffee auf dem kleinen Tisch, der zwischen dem Sofa und zwei Sesseln in seinem Wohnzimmer stand.

»Setzen Sie sich doch bitte«, sagte er, und die Frau setze sich in einen der beiden Sessel. John nahm ihr gegenüber auf dem Sofa Platz.

»Mein Name ist Susan Coone«, erklärte die Frau und legte einen Zeitungsartikel auf den kleinen Tisch, den sie sorgfältig ausgeschnitten hatte.

»Bedienen Sie sich ruhig mit Milch und Zucker«, sagte John, während er den Zeitungsausschnitt an sich nahm und las. Der Artikel drehte sich um das Verschwinden eines Mannes namens Joseph Coone im Herbst 1957.

»Ich hoffe, Sie übernehmen auch ältere Fälle«, sagte Susan, als er den Artikel wieder auf den Tisch legte.

»Das heißt, so ganz alt ist er nicht. Er hat eine neue Wendung bekommen.«

»Vielleicht erzählen Sie mir zunächst, was damals vorgefallen ist.«

»Ja, also: Joseph Coone ist mein Bruder. Er verschwand damals einfach am Wochenende des 15. September 1957. Damals war er 24 Jahre alt und studierte Jura an der Uni von Chicago. Wir haben sein Verschwinden gleich in der Woche darauf bemerkt, weil er zu einem Familientreffen am Mittwoch nicht gekommen war. Ich fuhr zum Wohnheim und dort war nichts von ihm zu sehen, keine Nachricht, nichts. Wir meldeten das der Polizei. Die suchte auch eine Woche lang, konnte aber auch keinen Hinweis finden. Seit dem wird er zwar als vermißt geführt, aber es wird nichts mehr unternommen außer den Versuchen unserer Familie, ihn vielleicht doch noch zu finden.

Vorgestern abend rief mich dann ein Journalist an, der mir berichtete, daß ein Sanitäter im Unfallwagen das Geständnis eines Mannes gehört hat, der an dem Tag noch verstarb. Der Name des Mannes war Mark Rivers. Er sagte, daß Joseph sich mit einem anderen duelliert hätte und er selbst, also dieser Mann, dabeigewesen sei, als Josephs Leiche verscharrt wurde. Er nannte auch den Ort in Chicago, wo die Leiche verscharrt worden sei.«

»Sagte er auch, wer noch daran beteiligt war?«

»Nein, der Arzt hat ihm wohl ein Beruhigungsmittel gespritzt, so daß der Mann eingeschlafen ist bevor er mehr erzählen konnte. Bei der Operation im Krankenhaus ist er dann verstorben. Er hatte einen schweren Unfall gehabt.«

John rührte nachdenklich mit einem Teelöffel in seinem Kaffee.

»Und was möchten Sie, daß ich in der Sache unternehme?«

»Ich fahre morgen nach Chicago und treffe mich übermorgen vormittag mit dem Journalisten und dem Sanitäter. Ich möchte gerne, daß Sie mich begleiten und
herausfinden, was an der Sache dran ist. Die Kosten
sind mir egal, mir ist einfach nur wichtig herauszufinden, was mit meinem Bruder passiert ist. Wenn er ermordet wurde möchte ich wissen, wer seine Mörder
sind.«

Susan nahm einen Schluck Kaffee, während John noch
darüber nachdachte ob er den Auftrag annehmen sollte
oder nicht.

»Naja, also eine Begrenzung des Auftrags würde ich
schon gerne einbauen wollen, auch wenn Sie sagen, daß
Kosten für Sie nicht wichtig sind. Das sollten Sie nicht
unterschätzen, gerade dann, wenn der mutmaßliche
Mord so lange her ist.«

»Mr. Rollins, ich will da einfach nicht alleine sein.
Meine Eltern sind vor zwei Jahren verstorben, ich bin
praktisch das letzte Mitglied der Familie, das sich
darum noch kümmern kann. Und ich kenne mich mit
solchen Ermittlungen nicht aus.«

»Haben Sie schon mal überlegt, sich erst mal an die
Polizei von Chicago zu wenden?«

»Die Polizei sucht nicht mehr nach meinem Bruder.
Und die sind dort inzwischen auch ein wenig... naja,
genervt von unseren Anfragen und Bitten.«

John trank etwas Kaffee.

»Sehen Sie, Miss Coone, letztlich werden wir aber doch
auf die Polizei angewiesen sein, so oder so.«

»Ja, aber wenn Sie schon Ergebnisse vorlegen können,
wird das alles vielleicht etwas einfacher.«

»Also dann einigen wir uns einfach auf Folgendes:
Wenn ich dort eine Woche lang vergeblich ermittle,
brechen wir den Auftrag ab. Wäre das für Sie in Ordnung?«

Ein erleichtertes Lächeln huschte über Susan Coones
Gesicht.

»Ja, Mr. Rollins, das wäre für mich absolut in Ordnung.«

31

»Ich nehme allerdings 200 Dollar pro Tag, und Spesen werden Sie auch tragen müssen, also die Übernachtungskosten in Chicago.«

»Das ist völlig in Ordnung. Mit dem Tagessatz habe ich durchaus gerechnet. Mein Vater hatte schon einmal einen Privatdetektiv auf die Suche nach meinem Bruder angesetzt.«

»Wissen Sie auch, wer das war? Vielleicht hat er Ergebnisse, auf die wir aufbauen können.«

»Ja, Moment... Mr. Lawrence Brench.«

John überlegte einen Moment, ob er den Namen schon einmal gehört hatte.

»Kenne ich nicht«, erwiderte er dann. »Naja, wir werden sehen.«

»Würden Sie denn auch morgen schon mitkommen nach Chicago?«

»Ja, das werde ich dann. Bis dahin werde ich von hier aus schon mal versuchen, das ein oder andere über den Fall herauszubekommen.«

»Möchten Sie eine Anzahlung haben?«

»Es reicht, wenn Sie die laufenden Spesen tragen und den Rest nach Abschluß des Falles überweisen.«

»Gut.«

John begleitete Susan Coone zur Wohnungstür und half ihr in ihre Jacke.

»Der Zug geht morgen um 13:00 Uhr«, sagte Susan Coone. »Treffen wir uns am Bahnhof?«

»Ja, in Ordnung. Ich werde um 12:45 Uhr am Schalter sein.«

»Schön, dann sehen wir uns morgen.«

»Ja. Bis morgen.«

Susan verließ die Wohnung und John schloß die Tür hinter ihr. Er überlegte einen Moment und zog sich dann seine graue Jacke über. Vielleicht könnte ihm Brendan Gray helfen, ein Journalist, mit dem er schon seit seiner Schulzeit befreundet war. Also steckte er sein Notizbuch und einen Kugelschreiber in seine innere Jackentasche und machte sich auf den Weg in die Stadt.

In der Redaktion mußte John ein wenig warten, weil Brendan gerade unterwegs war. Jedoch konnte er sich die Zeit im Archiv der Zeitung vertreiben, wo er bereits bestens bekannt war.

Seine Suche war jedoch vergebens. Der Vorfall war offensichtlich nicht so bedeutend, daß er auch in Kalamazoo berichtet wurde. Insofern machte er sich auch wenig Hoffnung, daß Brendan ihm etwas darüber berichten konnte.

Nach einer Stunde tauchte Brendan im Archiv auf.

»Hallo John«, sagte er. »Oben meinte man, du würdest auf mich warten.«

»Ja, in der Tat«, erwiderte John. »Ich bin mit einem Fall beauftragt, dessen Wurzeln schon ein paar Jahre zurückliegen. Allerdings habe ich schon gesehen, daß ihr darüber nicht berichtet habt.«

»Worum handelt es sich denn?«

»In Chicago ist 1957 ein Student verschwunden, und jetzt scheint es Spuren zu geben, daß er ermordet wurde.«

»Wo ist denn Chicago?«, fragte Brendan grinsend.

»Ich weiß, zu weit weg für eine solche Meldung. Ich dachte ja nur, daß du vielleicht etwas gehört haben könntest. Seine Schwester wohnt jetzt wohl in Kalamazoo und hat diesen Hinweis aus Chicago bekommen.«

»Fährst du hin?«

»Aber ja. Ich habe den Auftrag zunächst mal angenommen. Mal sehen, was sich daraus machen läßt.«

»Und der einzige lokale Bezug ist die Schwester?«

»Ja. Interessiert dich nicht besonders, oder?«

»Ach, du weißt ja, wie das ist. Auf dem Weg von Chicago hier her gehen so viele Meldungen verloren... Ich wünschte, ich könnte dir helfen, aber... Tut mir leid.«

»Ist schon okay, war ja nur eine Möglichkeit.«

»Kann ich dich erreichen? Ich meine, falls ich doch was finden sollte...«

»Ich rufe dich zwischendurch mal an. Also, es geht um den Studenten Joseph Coone. Der ist im September 1957 vermißt gemeldet worden. Vor kurzem hat es in Chicago einen Unfall gegeben, und der schwerverletzte Unfallfahrer hat dem Arzt im Krankenwagen gestanden, daß er daran beteiligt war, die Leiche Coones nach einem Duell zu beseitigen. Er war wohl Student an der Universität von Chicago.«

»1957 hast du gesagt?«

»Ja.«

Brendan legte nachdenklich seine Stirn in Falten.

»Ich glaube, da war was an der Universität in Chicago. Letztens hatte ich einen Bericht über ein paar Absolventen der Uni aus Kalamazoo geschrieben, und da bin ich in alten Berichten darauf gestoßen. War aber nichts Konkretes sondern nur Gerüchte.«

»Was denn für Gerüchte?«

»Naja, da sind wohl einige Studenten verschwunden in der Zeit. Sie sind nie wieder aufgetaucht, jedenfalls habe ich nichts davon gehört. War schon eigenartig. Das ging so bis 1960 oder 1961. Danach war der Spuk dann vorbei.«

»Das ist aber wirklich nicht sehr konkret.«

Brendan hob seine Schultern.

»Mehr kann ich dazu auch nicht sagen. Vielleicht wissen die an der Uni mehr darüber. Wenn du etwas herausfindest, was auch für Kalamazoo interessant sein könnte, zögere nicht, mich anzurufen.«

»Keine Sorge. Ich danke dir für deine Hilfe.«

»Bis du anrufst, habe ich mehr darüber recherchiert. Die Berichte müssen noch hier im Archiv sein.«

»Gut. Ich melde mich in den nächsten Tagen.«

John verließ das Archiv und kehrte zu seinem Wagen zurück, der auf dem großen Parkplatz vor dem Redaktionsgebäude stand. Bevor er einstieg, überlegte er eine Zeitlang, ob er noch etwas recherchieren könnte, bevor er am nächsten Tag mit Susan Coone nach Chicago fahren würde. Jedoch fiel ihm nichts ein, so daß er einfach nur den nächsten Tag abwarten konnte.

Also machte er sich wieder auf den Weg nach Hause, um seinen Koffer für den nächsten Tag zu packen. Dies würde sein erster Fall werden, den er außerhalb Kalamazoos zu lösen hatte. In Chicago war er allerdings schon öfter und kannte sich zumindest in der Innenstadt schon etwas aus. Auch an der Universität war er schon mehrmals gewesen, als seine Schwester dort noch studiert hatte. Zwar hatte sie nach 1961 dort studiert, allerdings konnte es nicht schaden, sie trotzdem mal am Abend anzurufen und zu fragen, ob sie dort irgendwelche merkwürdigen Geschichten gehört hatte, dachte John, während er seinen Koffer packte.

Die Sache klang schon recht mysteriös, überlegte er. Duelle wie im vorigen Jahrhundert? Er konnte sich nicht vorstellen, daß man so etwas an der Universität gerne gesehen hatte. Also dürfte es sich, wenn es denn stimmte, allenfalls um die Aktivitäten irgendwelcher Sektierer oder Geheimlogen handeln, die die Traditionen des vorigen Jahrhunderts hochhalten wollten. Aber würden sich solche Leute wirklich gleich umbringen?

»Bedauerlich, daß dieser Rivers nicht überlebt hat«, murmelte John, während er seinen Revolver aus einer Schublade seines Schreibtisches nahm. Sicher konnte es nicht schaden, diesen dabei zu haben, überlegte er, vor allem, wenn der Fall wirklich gefährlich werden sollte. Wenn es tatsächlich um Mord ging, konnte man nicht vorsichtig genug sein. So packte er den Revolver und etwas Munition in den Koffer.

Schließlich setzte er sich in seinem Wohnzimmer in einen Sessel, schaltete den Fernseher ein und guckte ein wenig fern bis die Zeit gekommen war, um seine Schwester anzurufen.

5.

Am frühen Nachmittag des nächsten Tages kamen John und seine Klientin Susan Coone in Chicago an. Ihr erster Weg führte sie zu dem Hotel, in dem sie je ein Zimmer genommen hatten. Nachdem sie im Hotel eingecheckt hatten, machten sie sich auf den Weg zum Polizeipräsidium. In der zuständigen Abteilung mußten sie zunächst eine halbe Stunde warten bis sie in das Büro des Polizeiinspektors Mark McKenzie gelassen wurden.

»Sagen Sie nichts«, sagte der Inspektor zu Susan und dachte einen kurzen Moment nach. »Sie sind Mrs... Miss... Coone.«

»Stimmt«, erwiderte Susan.

»Und Sie?«

»John Rollins. Ich bin Privatdetektiv aus Kalamazoo.«

Inspektor McKenzies Gesicht verfinsterte sich.

»So. Haben Sie dort nicht genug zu tun?«

»Es geht um einen Fall, der sich hier abgespielt hat.«

»Ja, ich erinnere mich. Dieser vermißte Student. Aber setzen Sie sich doch erst mal.«

John und Susan setzen sich auf die beiden Stühle, die vor dem breiten Schreibtisch des Inspektors stand, welcher mit Aktenstücken übersät war. Der Inspektor selbst war nach Johns Schätzung um die 40 Jahre alt und in einen hellgrauen Anzug gekleidet. Dazu trug er ein weißes Hemd und eine graugestreifte Krawatte.

»Wir haben eine neue Spur«, sagte Susan.

»Aha. Und die wäre?«

»Ein Mann, der vor ein paar Tagen einen Unfall hatte, hat vor seinem Tod gestanden, die Leiche meines Bruders in der Nähe des Polnischen Katholischen Friedhofs verscharrt zu haben. Er soll bei einem Duell gestorben sein.«

»Aha. Und wo genau soll Ihr Bruder begraben worden sein?«

»Einen halben Kilometer von diesem Friedhof entfernt.«

»Ich dachte, Ihre Leute könnten das Gebiet mal absuchen«, meinte John.

»Dachten Sie, Mr. Rollins. Glauben Sie, wir haben nichts Besseres zu tun? Wer weiß, ob das überhaupt stimmt. Und die Ortsangabe ist ja auch mehr als nur ungenau. Wo sollen wir denn da suchen?«

»Ich kenne die Gegend nicht.«

Inspektor McKenzie nickte kurz.

»Gut, Mr. Rollins. Dann fahren Sie mal hin und sehen Sie sich um. Wenn Sie die Leiche finden, können Sie mich ja anrufen, ich stehe im Telephonbuch unter Polizeipräsidium Chicago.«

Susan warf einen kurzen Blick zu John.

»Sie meinen, wir sollen mit einem Spaten die Gegend umgraben?«

»Ja, Mr. Rollins, wenn Sie wollen... Ich werde Sie nicht daran hindern.«

»Und Sie meinen nicht, daß das Ihre Aufgabe wäre, wenn Sie einen solchen Hinweis bekommen?«

»Nein, das meine ich nicht. Wenn ich jedem solcher Hinweise nachgehen wollte, müßte ich die Nationalgarde zu Hilfe rufen, weil ich nicht genug Leute dafür habe. Darum brauche ich schon ein wenig mehr als die vage Aussage eines Sterbenden, der sich das vielleicht nur im Delirium zusammenphantasiert hat.«

»Und was tun Sie, wenn ich da wirklich eine Leiche ausgrabe?«

Der Inspektor nahm einen Aktenhefter und schlug ihn auf.

»Dann entschuldige ich mich bei Ihnen. Einen schönen Tag noch, die Herrschaften. Ich habe jetzt zu tun.«

John und Susan tauschten kurze Blicke aus und erhoben sich von den Stühlen.

»Ich werde Ihnen schon dazu verhelfen, Inspektor.«

»Tun Sie das«, sagte McKenzie abwesend. John und Susan verließen das Büro.

»Unglaublich«, sagte John, als sie mit dem Fahrstuhl ins Erdgeschoß des Gebäudes fuhren. »Ein solch demonstratives Desinteresse wagt nicht einmal Inspektor Brands in Kalamazoo an einem Fall zu zeigen.«

»Was machen wir denn jetzt?«

»Wir mieten uns einen Wagen und fahren damit zur Uni. Ich habe gestern mit einem Journalisten des Kalamazoo Daily und mit meiner Schwester gesprochen, die mal hier studiert hat. Beide haben mir bestätigt, daß Ihr Bruder nicht der einzige Fall eines Studenten war, der auf mysteriöse Weise verschwunden ist. Meine Schwester sagte, daß selbst in ihrer Zeit an dieser Uni zwei Fälle bekannt wurden, und das war zwischen 1962 und 1966. Mehrere Fälle soll es auch zwischen 1955 und 1961 gegeben haben. Nach dem, was ich bisher gehört habe, dürften um die zehn Personen einfach vermißt sein, ohne daß sie wieder aufgetaucht wären.«

»Mein Bruder hat davon nie etwas gesagt.«

Die beiden kamen im Erdgeschoß an und verließen das Gebäude.

»Ich habe zwei Straßen weiter eine Autovermietung gesehen. Wir sollten da jetzt erst mal hingehen und einen Wagen mieten, damit wir mobiler sind. Den werden wir sicher gut gebrauchen können.«

»Ja, wie Sie meinen.«

»Eine unangenehme Frage muß ich Ihnen jetzt aber doch stellen...«, sagte John mit leichtem Zögern. »Nehmen wir mal an, dieser Rivers hat die Wahrheit gesagt, daß bedeutet das, daß Ihr Bruder an einem Duell teilgenommen hat. Meinen Sie, daß das zu ihm passen würde?«

Susan fuhr sich nervös mit ihrer rechten Hand durch ihr blondes Haar.

»Mr. Rollins... darüber habe ich mir auch schon Gedanken gemacht. Mein Bruder war immer ziemlich verschlossen. Jedenfalls mir gegenüber. Er hat nicht viel darüber erzählt, was er so macht und wie er sich fühlt. Wenn er erzählt hat, dann meist über sein Studium, und über welchen Professor er sich geärgert hat. Aber was er außerhalb des Studiums so gemacht hat...«

»Hat er mal was von Freunden oder einer Freundin

erzählt?«

Susan schüttelte ihren Kopf.

»Nein, nicht so richtig. Er hat mal angedeutet, daß er eine Freundin hat, beziehungsweise sich um eine Kommilitonin bemüht, aber er hat nicht mal ihren Namen genannt. Er war da sehr zurückhaltend.«

»Das macht die Sache schwierig. Sie haben keine Ahnung, wer ihn an der Uni genauer gekannt haben mag?«

»Nein. Er hat nie über seine Freunde gesprochen.«

»Und wie war es früher an der Schule? Hatte er viele Freunde? War er ein umgänglicher Mensch oder eher zurückgezogen?«

»Er war schon immer sehr zurückgezogen und hat niemanden richtig an sich rangelassen. Auch mich nicht, auch unsere Eltern nicht.«

Die beiden kamen an der Autovermietung an und John suchte einen Kleinwagen aus. Susan mietete den Wagen an und die beiden stiegen ein.

»Bei der Gelegenheit...«, sagte John. »Haben Sie auch einen Führerschein?«

»Ja, ich habe einen. Sie etwa nicht?«

John grinste.

»Doch, doch, aber es könnte sein, daß Sie auch mal den Wagen fahren müßten, und mir ist es lieber, ich frage Sie jetzt als daß Sie mir dann, wenn der Ernstfall eingetreten ist, erzählen, daß Sie keinen Führerschein haben.«

John ließ den Wagen an und fuhr von dem Parkplatz der Autovermietung herunter.

»Es ist schon eine Zeitlang her, daß ich hier zum letzten Mal an der Uni war, ich hoffe, Sie können mir helfen den Weg dorthin zu finden.«

»Sicher, ich habe hier ja auch zwanzig Jahre lang gelebt. Sie müssen jetzt erst mal zu unserem Hotel, von dort aus ist es leicht.«

»Gut, zum Hotel finde ich selbst.«

John fuhr auf die Hauptstraße und Susan bemerkte, daß er kein offensiver Fahrer war, was ihr sehr recht war.

»Haben Sie eine Ahnung, ob Ihr Bruder zu irgendeinem der Professoren einen guten Draht hatte? Hat er da mal jemanden erwähnt, an den wir uns jetzt wenden könnten?«

»Ja, also er sprach öfters und gut von den Professoren Leonard Mientz und Claudia Kelly. Ich hoffe mal, daß er einem der beiden auch etwas mehr vertraut hat.«

»Sagen Sie, gibt es irgendeinen Grund dafür, daß Ihr Bruder so verschlossen ist? Ein traumatisches Erlebnis aus der Kindheit, oder hat er Probleme an der Schule gehabt?«

»Ich weiß es nicht. Mir wäre jetzt nichts bekannt oder bewußt, was er erlebt haben könnte.«

John bog in die Straße ein, in der das Hotel der beiden lag.

»Die nächste Straße müssen Sie links abbiegen, dann immer geradeaus und Sie kommen zur Uni.«

»Wissen Sie, ich meine nur... wenn Ihr Bruder tatsächlich an diesem Duell teilgenommen hat, und wenn er es freiwillig getan hat, muß es dafür irgendwelche Gründe geben. Duelle sind nicht zulässig. Wer sich einem solchen Kodex unterwirft, der wird auch die entsprechenden anderen Ansichten haben, die damit einhergehen. Sollte Ihr Bruder einer Burschenschaft angehört haben oder so etwas, wo solche Rituale üblich sind, dann muß ihn irgend etwas dorthin gebracht haben, dort mitzumachen. War er besonders konservativ?«

»Eigentlich nicht. Eigentlich war er politisch gar nichts.«

»War er leicht zu beeinflussen?«

John bog nach links ab und fuhr auf eine vierspurige Hauptstraße, während Susan ein wenig herumdruckste.

»Naja... Mr. Rollins... es kam darauf an, wer ihn beeinflussen wollte. Ich glaube, daß er unter Umständen schon zu beeinflussen war. Nur eben nicht von uns, seiner Familie.«

John überlegte. Noch war überhaupt nicht klar, ob an der Geschichte mit dem Duell etwas dran war. Eigentlich hätte er lieber zuerst mit dem Sanitäter gesprochen, bevor er andere Leute befragte. Allerdings wollte er auch nicht den Tag damit verschwenden, auf die Verabredung mit dem Sanitäter am nächsten Tag zu warten.

Jedoch war ihm der Uni-Betrieb fremd, denn er hatte selbst nicht studiert. Er kannte alles nur vom Hörensagen seiner Schwester, und die hatte Literatur studiert. Ihm war klar, daß es in der juristischen Fakultät durchaus anders zuging als bei den Literaten, zumal seine Schwester ihm am Abend zuvor auch hiervon erzählt hatte. Die Fälle von verschwundenen Studenten hatten sich alle in der juristischen, wirtschaftswissenschaftlichen und medizinischen Fakultät abgespielt. Die Geisteswissenschaften waren nach den Informationen seiner Schwester nicht betroffen.

»Sagen Sie, Mr. Rollins...«, sagte Susan, als habe sie seine Gedanken erraten, »haben Sie eigentlich studiert?«

»Ich? Nein, ich habe zunächst eine Ausbildung in einer Firma gemacht, die Sicherheitstechnik in Gebäuden montiert und habe dann mit einem Freund von mir eine Detektei eröffnet. Allerdings hat Gary inzwischen die Agentur wieder verlassen und ist in seinen alten Beruf zurückgekehrt: Er arbeitet in der öffentlichen Verwaltung. Seine Freundin findet das wohl ungefährlicher und er wollte ihr den Gefallen tun.«

Susan lächelte.

»Das finde ich in Ordnung.«

John zuckte kurz mit den Schultern.

»Ja. Ich eigentlich auch. Was machen Sie eigentlich beruflich?«

»Ich bin chirurgische Krankenschwester im städtischen Krankenhaus von Kalamazoo. Angefangen hatte ich hier an der Uniklinik von Chicago, aber es hat mir hier nicht mehr gefallen. Eine Freundin von mir arbeitete in Kalamazoo und erzählte mir, daß eine Stelle frei wird. Ich hatte mich beworben und nun bin ich dort. Nachdem Joe verschwunden war wollte ich auch weg von Chicago. Mir... irgendwie wurde ich mit den Erinnerungen nicht richtig fertig, und als dann auch unsere Eltern gestorben waren, hat mich hier nichts mehr gehalten.«

»Auf der einen Seite standen Sie Ihrem Bruder nahe, auf der anderen Seite war er sehr verschlossen, auch Ihnen gegenüber?«

Susan lächelte unsicher.

»Ja, Mr. Rollins, ich weiß, das ergibt keinen richtigen Sinn. Vielleicht ist es einfach auch nur der Wunsch von mir, Einblicke in meines Bruders Leben zu bekommen. Er war nicht fremd oder abweisend uns gegenüber, aber er hat uns auch nicht viel von sich erzählt, weder mir noch meinen Eltern. Wir haben nach seinem Verschwinden oft darüber gesprochen.«

John bog auf einen Parkplatz vor der Universität ein und die beiden stiegen aus dem Wagen aus. Sie überquerten den Parkplatz zur Uni und betraten das das große Gebäude der juristischen Fakultät.

In einem Büro erfuhren die beiden, daß Prof. Mientz gerade in einer Vorlesung sei, daß aber wohl Prof. Kelly in ihrem Büro im dritten Stockwerk anzutreffen sei.

6.

Das Büro von Prof. Claudia Kelly war sehr klein. Es hatte nur ein Fenster, welches nach vorne zur Straße hinauswies. In der Mitte des Büros stand ein Schreibtisch, der mit Papieren und Büchern übersät war. An den Wänden gab es keine freie Stelle, an der nicht ein Regal stand, welches mit juristischen und politischen Büchern gefüllt war. Ein Plakat der Demokratischen Partei aus dem letzten Wahlkampf hing an der Tür des Büros.

Claudia Kelly war Mitte vierzig und trug eine weiße Bluse und einen dunklen Rock. Über die Lehne ihres Stuhls war eine schwarze Jacke gehängt. Sie bat John und Susan, auf den Stühlen vor dem Schreibtisch Platz zu nehmen.

»Miss Sterling sagte, Sie seien ein Privatdetektiv?«

»Ja«, erwiderte John. »Mein Namen ist John Rollins und dies ist meine Klientin Susan Coone.«

»Coone. Verstehe. Der verschwundene Joseph Coone.«

»Sie erinnern sich?«

»Gewiß. Joseph war ein sehr begabter und fleißiger Student. Ich hatte gehofft, daß er mal seinen Doktor bei mir macht und in der juristische Forschung bleibt. Doch dann verschwand er spurlos und tauchte nie wieder auf.«

John warf einen kurzen Blick zu Susan.

»Prof. Kelly, es besteht die Möglichkeit... die Befürchtung, daß wir wissen, was aus Joseph Coone wurde. Vor kurzem verunglückte ein Mann, der kurz vor seinem Tod behauptete, er sei dabeigewesen, als Joseph Coone bei einem Duell getötet wurde. Nähere Einzelheiten konnte er nicht mehr sagen, weil der behandelnde Arzt ihm ein Beruhigungsmittel gespritzt hatte.«

Prof. Kelly schloß für einen kurzen Moment ihre Augen.

»Ich hatte damals schon befürchtet, daß er tot ist. Jemand wie Mr. Coone verschwindet nicht einfach. Und Sie sind seine Schwester? Ich sehe die Ähnlichkeit.«

Susan lächelte leicht.

»Ja, Prof. Kelly. Ich weiß, das sagen viele.«

»Es ist wahr. Es tut mir leid, daß Ihr Bruder tot ist.«

Susan seufzte leicht.

»Ach wissen Sie, mit der Gewißheit kann ich leichter leben als mit der Ungewißheit, daß er einfach verschwunden ist.«

»Ja, das kann ich Ihnen nachfühlen. Es ist immer besser zu wissen, was ist.«

»Sehen Sie«, sagte John, »die Sache ist jetzt schon über zehn Jahre her, aber wir müssen trotzdem herausfinden was damals los war. Wenn der Mann, der da ist verunglückt ist, dieser Mark Rivers, etwas von dem Duell wußte, dann dürfte es auch noch andere Leute geben, die eingeweiht waren.«

»Mark Rivers hat auch bei uns studiert«, sagte Prof. Kelly. »Ich habe von seinem Unfall gelesen. Er war Rechtsanwalt. Seine Doktorarbeit hat er bei Prof. Jeremiah Devon geschrieben, eine der letzten Arbeiten, die er betreut hat. Prof. Devon ist im Jahr darauf emeritiert und voriges Jahr gestorben. Mr. Rivers war auch auf der Beerdigung, da hatte ich Gelegenheit, mit ihm ein paar Worte zu wechseln.«

»Haben Sie zufällig auch über Mr. Coone gesprochen?«

»Nein, dazu bestand kein Anlaß. Ich wußte gar nicht, daß Mr. Rivers und Mr. Coone sich kannten. Mr. Coone war bei uns eher ein Einzelgänger. Er hatte wohl nur wenige Freunde an der Fakultät.«

»Können Sie sich da zufällig noch an Namen erinnern?«

»Das ist alles schon ziemlich lange her. Ich weiß wohl, daß da eine junge Frau war, für die er sich interessierte. An einem Sommerabend sah ich zufällig, wie er sie vor einem Café mit einem Strauß Rosen begrüßte.«

»Kannten Sie die junge Frau?«

»Nein. Sie war ungefähr so groß wie Mr. Coone und hatte dunkle, lange Haare. Mehr weiß ich nicht.«

»Und sonstige Freunde? Wissen Sie, ob Mr. Coone in einer Verbindung war?«

Prof. Kelly schüttelte ihren Kopf.

»Nein. Das weiß ich nicht. Er sprach nie über so etwas,

44

und wirklich zugetraut habe ich ihm das nicht.«

»Und die Geschichte mit dem Duell?«

Prof. Kelly stand von ihrem Stuhl auf und begann, in ihrem Büro auf und abzugehen.

»Sehen Sie, Mr. Rollins, an einer Universität, die auf Sponsoren und Spender angewiesen ist, spricht man über solche Dinge nicht gerne. Das war eines der ersten Dinge, die ich gelernt habe, als ich meine Professur hier angenommen habe.«

»Aber«, fragte Susan, »so etwas gab es?«

Prof. Kelly wandte sich ihr zu.

»Ja, Miss Coone, ich glaube schon. Und ich weiß, daß dieses Thema an dieser Uni verdrängt wird. Wir hatten damals mehrere Besprechungen, die vor allem das Ergebnis hatten, daß davon nichts nach außen dringen darf. Vermutlich gab es so eine Art Geheimbünde an unserer Uni, besonders in unserer Fakultät, die nicht nur archaische Bräuche pflegten, sondern auch unser politisches System abgelehnt haben. Immer wieder tauchten Schriften auf, in denen die Abschaffung der Demokratie zugunsten einer Elitenherrschaft gefordert wurde. Gerüchte gingen um, daß Duelle stattfanden. Wirkliche Belege gab es nicht, und bisher hat auch noch niemand etwas in dieser Richtung zugegeben, aber es verschwanden damals immer wieder Studenten, die nie wieder auftauchten und über die niemals mehr etwas bekannt wurde.«

John spürte, daß Prof. Kelly das Bedürfnis hatte, über die Vorfälle zu reden, was seinen Ermittlungen sehr entgegenkam. Wenn es tatsächlich solche Geheimbünde gegeben hatte, dann mußten auch noch weitere Leute davon wissen. Es war bemerkenswert, daß davon offenbar bislang nichts bekanntgeworden war.

»Also hat man das alles einfach totgeschwiegen«, sagte John. »Das dürfte auch den Geheimbünden sehr entgegengekommen sein. Wenn die auch auf Verschwiegenheit beruhen, gab es also aus unterschiedlichen Motiven eine Koalition des Schweigens. Aber hatte den niemand ein Interesse daran, die Dinge wenigstens intern aufzuklären?«

»Nein. So hart das jetzt klingt, aber die Zahl der verschwundenen Studenten war nicht besonders hoch. Es war ja nicht so, daß täglich Leute verschwanden, sondern es verschwand immer wieder nur einer. Die Polizei war auch mehrmals hier, aber weil niemand etwas davon wissen wollte, haben sie hier auch nicht viel erfahren.«

»Und die Leitung der Universität hat nie Anstoß daran genommen?«

Prof. Kelly lachte kurz auf.

»Ach wissen Sie, Mr. Rollins, die haben das der Fakultät überlassen. Wir sollten uns damit beschäftigen, aber bitte diskret und ohne öffentlichen Wirbel, damit die Sponsoren, Drittmittelgeber und Finanziers nicht beunruhigt werden. Diesen Wink hat man an unserer Fakultät sofort verstanden. Sich diskret mit der Sache zu beschäftigen hieß, sie zu verdrängen. Jedes Verschwinden eines Studenten, nach dem die Polizei bei uns auftauchte, zog eine nächtliche Konferenz nach sich, in der die Anwesenden darauf eingeschworen wurden, keinen Wirbel zu machen. Wer weiß, wo die Leute hin sind. Das mußte ja nichts mit der Uni zu tun haben.«

Susan schüttelte langsam und traurig ihren Kopf.

»Und es hat sich niemand verantwortlich gefühlt?«

»Doch. Eine Zeitlang habe ich mich verantwortlich dafür gefühlt. Mir wurde mehrfach bedeutet, daß ich mich nicht zu sehr dafür interessieren solle, wenn mir an meiner Stellung hier gelegen sei. Nachdem ich mit einem Inspektor Werries über die Sache ausführlicher gesprochen hatte, wurde ich beim Rektor vorgeladen. Nach einem zweistündigen Gespräch hatte ich dann verstanden, daß es nichts bringt, wenn ich meinen Job riskiere. Jeder Versuch, aufzuklären, hätte meine Entlassung unter irgendeinem Vorwand nach sich gezogen. Also hörte ich auf, mich öffentlich dafür zu interessieren.«

»Und nicht öffentlich?«

Prof. Kelly kramte einen Schlüssel aus ihrer Rocktasche

und schloß die unterste Schublade ihres Schreibtischs auf. Sie nahm einen Ordner aus der Schublade und legte ihn vor John auf den Schreibtisch.

»Ich habe alle Flugblätter und Heftchen gesammelt, die hier verteilt wurden. Immer, wenn ich Arbeiten und Dissertationen durchgesehen hatte, habe ich versucht herauszufinden, wessen Stil das sein mag. Aber ich bin leider keine Expertin darin, und diejenigen, die das verfaßt haben, haben sich vielleicht auch verstellt.«

John begann, in den Flugblättern zu lesen. Sie waren alle anonym verfaßt und fordert durchweg die Abschaffung der Demokratie und die Einrichtung eines Elitenrates. Die Verfasser der Schriften verfolgten offensichtlich ein geschlossenes Konzept.

»Ich vermute, daß es sich hierbei um eine Denkrichtung handelt«, sagte Prof. Kelly, als habe sie Johns Gedanken erraten. »Das Konzept ist immer das gleiche, obwohl vermutlich verschiedene Autoren an diesen Blättern und Heften gearbeitet haben. Es sind Abhandlungen, die einen wissenschaftlichen Anspruch erheben, aber doch auf Vorurteilen und Ressentiments gründen. Mich erschreckt der Gedanke, daß einiger dieser Leute jetzt möglicherweise Rechtsanwälte und Richter sind und ihre Ideen in ihren Urteilen verdeckt umsetzen.«

»Behaglich kann einem dabei wirklich nicht sein«, brummte John und gab Susan zwei der Flugblätter aus dem Hefter. »Meinen Sie, daß Ihr Bruder so etwas verfaßt haben könnte, Miss Coone? Könnte er an solche Ziele geglaubt haben?«

Susan las die Blätter und schüttelte dann ihren Kopf.

»Nein, Mr. Rollins, das ist nicht sein Stil. Ob er daran geglaubt hat... ich weiß nicht. Er war... leicht zu beeinflussen.«

Prof. Kelly, die über Johns Schulter den Inhalt des Ordners betrachtet hatte, blickte zu ihr.

»Sie meinen, er war leicht zu beeinflussen? Den Eindruck hatte ich nicht.«

»Doch, das war er. Ich habe das immer wieder bei ihm erlebt.«

»Dann war er es nicht in seinem Studium. Er hat sich immer sehr entschlossen gezeigt und auch stets gewußt, was er wollte. Er wollte Richter werden. Und er hat dieses Ziel mit sehr großer Konsequenz verfolgt.«
Susan nickte.
»Ja, das wollte er. In dieser Hinsicht war er wohl nicht beeinflußbar. Aber ansonsten war er recht labil. Das... meine ich jedenfalls.«
John heftete die beiden Flugblätter, die er Susan gegeben hatte, wieder an die Stelle in den Ordner, aus der er sie genommen hatte, und klappte den Ordner zu. Prof. Kelly schloß den Ordner wieder in den Schreibtisch.
»Was mich noch interessiert...«, sagte John. »Weiß jemand von diesem Ordner?«
»Nein, niemand.«
»Und von wann ist das letzte Flugblatt?«
»Das letzte Flugblatt ist vier Jahre alt. Seit dem gab es nichts mehr in dieser Richtung, jedenfalls nichts, was ich bemerkt hätte.«
»Glauben Sie, der Spuk ist vorbei?«
Prof. Kelly hob ihre Schultern.
»Es kann sein. Vielleicht aber auch nur, bis sich neue Anhänger dieser Ideen finden. Aber es schlimm genug, daß es so etwas so lange bei uns gegeben hat.«

7

»So etwas gibt es bei uns nicht, Mr. Rollins«, sagte Prof. Leonard Mientz, den John und Susan nach seiner Vorlesung in dessen Büro erwartet hatten. »Ich weiß, daß so etwas herumgequatscht wird, aber mir ist kein einziger Fall bekannt. Und es gibt auch überhaupt keine Hinweise.«

»Naja«, erwiderte John. »Immerhin hat dieser Mark Rivers hier studiert und von Joseph Coone gesprochen. Und der war Student an dieser Universität, als er verschwand.«

»Ja, und? Es wäre ja schön, wenn Studenten nur für die Universität leben würden, aber das tun sie nicht. Wer weiß, was dieser Coone gemacht hat. Entschuldigen Sie, Miss.«

»Mein Bruder sprach viel von Ihnen«, sagte Susan. »Er hatte viele Seminare bei Ihnen belegt.«

»Hat er das? Ich kann mich kaum an ihn erinnern. Ich habe so viele Studenten, wenn ich mir da jeden merken wollte... Tut mir leid, daß ich Ihnen da nicht weiter helfen kann. Gehen Sie doch zu Prof. Kelly, die hört ihre Verschwörungstheorien bestimmt gerne. Damals hat sie ja reichlich Wirbel deswegen gemacht.«

»Also gab es da doch etwas«, warf John ein.

»Nein. Ein paar Studenten sind verschwunden. Ja. Aber wer weiß, wohin. Vielleicht haben sie sich auch einfach nur einen goldenen Schuß gesetzt und ihre Eltern wollten es vertuschen, weil es ihnen peinlich war, daß ihre Kinder mit Drogen herumspielen. Damals war den Eltern so etwas peinlich, aber heute, wo sich die Hippies selbst auf offener Straße zeigen...«

»Aber es ist doch schon auffällig, daß sich das alles vor allem an der juristischen und wirtschaftswissenschaftlichen Fakultät abgespielt hat.«

Prof. Mientz sah John mit einem mißbilligenden Blick an.

»Woher haben Sie das denn?«

»Von meiner Schwester, die hat hier an der Uni zu der

Zeit studiert.«

»Ah, von Ihrer Schwester«, rief Prof. Mientz mit einem höhnischen Unterton aus. »Na, dann muß es ja stimmen!«

»Ich habe es geprüft, Professor, auch den in den Medien war nur von den Juristen und den Wirtschaftswissenschaftlern die Rede.«

»Ja, die Medien, die greifen so etwas gerne auf. Geheimbünde! Schlagende Verbindungen! Logenbrüder! Verschwörungstheorien! Ha! Wenn wir uns auf dieses Gequatsche einlassen wollten kämen wir zu nichts anderem mehr! Wir bilden hier Juristen aus, Mr. Rollins, die Eliten, die dieses Land durch die nächsten Jahrzehnte führen werden! Das werden die Leute sein, die künftig die Rechtsprechung mitbestimmen und als Abgeordnete die Zukunft des Landes bestimmen! Glauben Sie, daß wir hier nichts weiter zu tun haben, als einen Haufen Verschwörer großzuziehen?«

»Und was ist mit den Flugblättern, die hier verteilt wurden?«

Prof. Mientz winkte ab.

»Die hat irgendein Wirrkopf hier verteilt. Daraus abzuleiten, wir duldeten an der Uni irgendwelche Bünde, ist Weibergeschwätz!«

John verstand nun, was Prof. Kelly damit meinte, als sie beklagte, daß das Thema an der Universität verdrängt wurde. Auf der anderen Seite fragte sich John, warum Prof. Mientz die Tatsache, daß Studenten verschwunden waren, einfach so abtat. Sollte er mehr wissen als er sich den Anschein gab? Sollte er vielleicht mit den Geheimbünden sympathisieren, falls es sie wirklich gab?

»Ja, jedenfalls danke ich Ihnen, daß Sie sich Zeit für uns genommen haben.«

»Aber gerne«, erwiderte Prof. Mientz und bemühte sich vergebens, freundlich und verbindlich zu lächeln. »Und wenn Sie sich weiter damit beschäftigen, hören Sie nicht auf Klatsch und Gerüchte. In der Welt des Rechts zählt nur der eindeutige Beweis!«

»Ja«, erwiderte John. »Das weiß ich. Das ist unter uns Privatdetektiven auch nicht anders.«

Das künstliche Lächeln auf Prof. Mientz' Gesicht gefror. John und Susan verließen das Büro und gingen den Flur entlang zum Fahrstuhl. John forderte den Fahrstuhl an und die beiden standen schweigend vor der geschlossenen Schiebetür bis der Fahrstuhl angekommen war. Zwei Leute stiegen aus dem Fahrstuhl aus, und als John und Susan ihn betraten, waren sie alleine im Fahrstuhl.

»Ich finde den Mann unheimlich«, sagte Susan, nachdem sich die Fahrstuhltüren geschlossen hatten und sie sich auf dem Weg ins Erdgeschoß befanden.

»Zumindest hat er uns deutlich gezeigt, wie wohl an dieser Uni mit dem Thema umgegangen wird: Am liebsten gar nicht. Was mich stutzig macht ist, daß er ihren Bruder nicht gekannt haben will. Das kommt mir eigenartig vor, wenn Ihr Bruder genauso von Mientz gesprochen hat wie von Kelly. Vielleicht steckt mehr dahinter - oder auch einfach nur der Wunsch, das Thema zu verdrängen. Ich weiß es nicht. Aber das wird uns auch nicht weiterhelfen. Aber jedenfalls habe ich den Eindruck, daß er mehr weiß als er sagt.«

»Und was tun wir als nächstes?«

Der Fahrstuhl hielt im Erdgeschoß und die beiden verließen ihn.

»Jetzt? Jetzt fahren wir zu Lawrence Brench und dann schauen wir mal, ob wir diesen Inspektor Werries antreffen. Danach dürfte es dann Zeit sein, ans Abendessen zu denken und den morgigen Tag abzuwarten.«

»Ja, in Ordnung.«

Mit dem Wagen fuhren die beiden wieder in die Innenstadt. John hatte die Adresse des Detektivs Brench aus dem Telephonbuch herausgesucht und Susan dirigierte ihn durch die Stadt zu dieser Adresse.

Von der Fassade des Hauses, in dem Lawrence Brench sein Büro hatte, blätterte bereits der graue Putz ab. Die Schilder der Firmen und Agenturen, die ihre Büros in dem Haus hatten, sahen alt und fleckig aus. John vermutete, daß es wohl allen, die ihre Büros in diesem

Gebäude hatten, nicht allzu gut gehen konnte, denn das Haus lud nicht gerade zum Betreten ein.

Auch das Treppenhaus sah verfallen aus. Das Geländer der Treppe zu benutzen, schien angesichts seines morschen Aussehens nicht ratsam. Auf den Treppen lag ein alter Teppich, der mit Querstangen an den Stufen befestigt war.

Neben dem Treppenhaus gab es einen kleinen Aufzug für vier Personen. John und Susan fuhren mit dem Aufzug in das fünfte Stockwerk, in dem Brench sein Büro hatte.

Die alte Holztür zum Büro hatte ein Milchglasfenster, auf dem der Name »Lawrence Brench, Privatdetektiv seit 1920« lesen war. John überlegte, ob er wohl auch schon seit 1920 das Büro haben konnte.

»Wie sind Sie denn bloß auf diesen Detektiv gekommen?«

Susan hob ihre Schultern.

»Ich glaube, meine Eltern haben im Telephonbuch nachgesehen.«

John klopfte an die Tür.

»Ja, bitte«, rief eine rauhe Stimme. Als John die Tür öffnete schlug ihm ein starker Geruch von Zigarrenqualm entgegen. Im Büro hing eine leichte Nebelschwade des Qualms. Hinter einem alten hölzernen Schreibtisch saß die Ursache dafür: der nach Johns Einschätzung wohl über 60jährige Detektiv, zwischen Papieren kramend und dabei eine Zigarre rauchend. Er trug einen altmodischen Anzug. Seine grauen Haare waren zu einem Scheitel gekämmt, der die Tellerglatze kaum zu verbergen vermochte.

Das Büro selbst war karg eingerichtet. Dunkle Vorhänge hingen schwer neben den Fenstern herunter, das von einer gelblichen Gardine bedeckt war, die vermutlich mal weiß gewesen sein durfte. An den Wänden standen zwei Aktenschränke, die mit Ordnern gefüllt waren, deren Seiten nicht beschriftet waren. Zwei alte Stühle standen vor dem Schreibtisch, der seine beste Zeit auch bereits hinter sich haben durfte.

»Setzen Sie sich«, rasselte Brench und deutete auf die Stühle vor dem Schreibtisch. John und Susan nahmen Platz. Brench hielt den beiden eine Schachtel mit Zigarren entgegen.

»Auch eine?«

»Nein, Danke«, erwidere John und Susan schüttelte ihren Kopf. Der Detektiv sah Susan nachdenklich an.

»Ich glaube, Sie habe ich schon mal gesehen, Miss.«

»Susan Coone«, sagte Susan. »Meine Eltern hatten Sie vor zehn Jahren beauftragt, meinen Bruder Joseph Coone zu finden. Er war Student und ist plötzlich verschwunden.«

Brench hustete.

»Ich erinnere mich nicht. Muß mal die Akten raussuchen. In welchem Jahr war das?«

»Im Herbst 1957.«

Brench stützte sich schwer auf seinen Schreibtisch auf, als er aufstand, was dieser mit einem gequälten Knarren quittierte. Er nahm einen Stock und ging langsam auf einen der Schränke zu.

»Ich arbeite nicht mehr viel außerhalb«, sagte er dabei.

»Nur Versicherungskram, wissen Sie. Irgendwo von muß der Mensch ja leben. Da kommen mir die Versicherungsfälle gerade recht. Nicht viel Rennerei, aber ein sicheres Einkommen. 1952 sagten Sie...«

»1957«, korrigierte John.

»Gut, das hätten Sie aber auch gleich sagen können«, brummte Brench ohne sich umzudrehen. »Wer sind Sie eigentlich?«

»Mein Name ist John Rollins, ich bin Privatdetektiv aus Kalamazoo.«

Brench wandte sich um.

»Aus Kalamazoo? Haben Sie dort nicht genug zu tun, daß Sie herkommen und anderen Leuten die Fälle wegnehmen müssen?«

»Nein«, erwiderte Susan. »Ich wohne jetzt in Kalamazoo und hatte ihn dort beauftragt.«

Brench schien beschwichtigt und suchte weiter nach den Unterlagen.

»Hier laufen auch schon genug Halunken herum, die einem die Butter vom Brot nehmen wollen. Ich mache nur noch Versicherungsfälle. War Ihr Bruder ein Versicherungsfall?«

»Nein«, antwortete Susan. »Mein Bruder wurde vermißt.«

»Vermißtenfälle übernehme ich nicht mehr. Zu viel Lauferei! Aber es kann sein, daß ich das damals noch getan habe. 1955?«

»1957.«

»Hier haben wir ihn. Jerry Tall. Student, verschwunden im Jahre 1959.«

»Darf ich da mal reinschauen«, fragte John, »während Sie die Unterlagen von Joseph Coone suchen?«

»Bitte sehr, der Herr.«

John ging zu Brench und nahm ihm den Ordner ab. Aus der Nähe konnte er nun sehen, daß die Ordner doch nicht unbeschriftet waren sondern blasse Jahreszahlen enthielten, sowie ein mit einem dünnen Bleistift beschrifteten Stichwort.

John legte den Ordner auf den Schreibtisch und öffnete ihn. Er enthielt zahlreiche kurze Berichte aus dem Jahr, darunter auch über einen verschwundenen Studenten der Rechtswissenschaften namens Jerry Tall. Viel gaben die Unterlagen jedoch nicht her. Brench war so vorgegangen, wie John es auch getan hätte. Professoren und Freunde befragt, was jedoch zu nichts geführt hatte. Unter den befragten Professoren war auch Leonard Mientz, der offenbar schon damals hinsichtlich dieses Themas genauso zugeknöpft war wie er sich gegenüber John und Susan gezeigt hatte. John notierte sich die Namen der Freunde, die Brench befragt hatte.

»Hier ist er.«

Brench kehrte mit einem Ordner zum Schreibtisch zurück und schlug ihn auf.

»Viel habe ich da nicht tun können«, erläuterte er dabei. »Es gab keine Spur von dem Jungen, und er schien auch praktisch keine Freunde zu haben.«

John warf einen Blick auf den Bericht. Brench hatte

auch in diesem Fall Prof. Mientz befragt, der sich allerdings zu dem Zeitpunkt noch genau an Joseph Coone erinnern, jedoch keine nützlichen Angaben machen konnte.

»Erinnern Sie sich noch an diesen Professor?«

»Ja«, erwiderte Brench und nahm einen tiefen Zug von seiner Zigarre. »Ich habe ja mehrmals mit ihm zu tun gehabt. Besonders nützlich war der aber nicht. Möchte gar nicht meinen, daß der Jura unterrichtet, hätte erwartet, daß so einer ein wenig scharfsinniger ist und besser beobachten kann.«

»In der Tat«, erwiderte John. »Jetzt, wo Sie das sagen, fällt mir das auch auf.«

»Ich habe mal ein wenig über ihn nachgeforscht«, sagte Brench, während er ein wenig in dem Ordner blätterte. »Hat Jura studiert, war dann zwei Jahre lang Rechtsanwalt und hat anschließend drei Jahre lang als Referent im Rechtsausschuß des Kongresses gearbeitet. Anschließend kam er aus Washington zurück nach Chicago und wurde Professor an der Universität. Gerüchte, das war aber um 1958 herum, besagten, daß er alte Nazis, die aus Deutschland geflohen waren, rechtlich berät, und zwar ohne Honorar. Aber das konnte man nicht beweisen, jedenfalls konnte ich das nicht und habe auch nicht gehört, daß es sonst jemand bewiesen hätte.«

John notierte sich die Informationen.

»Mr. Rollins, da ich Ihnen hier meine ganze Arbeit vorlege, habe ich aber auch eine Bitte an Sie: Ich weiß, daß ich zu alt bin, noch draußen herumzurennen und nach den Hintergründen für das Verschwinden der Leute zu forschen. Aber bitte, wenn Sie etwas herausfinden, lassen Sie es mich bitte wissen. Ich interessiere mich immer dafür, was aus meinen alten Fällen geworden ist.«

John zeigte ein leichtes Lächeln.

»Das ist doch selbstverständlich.«

Brench nickte kurz.

»Gut, dann weiter. Ich hatte damals auch eine Studentin befragt, die den Coone-Jungen kannte. Janet Hale. Sie wußte aber auch nicht mehr als daß Coone verschwunden war. Sie hatte sich am Freitag vor seinem Verschwinden noch mit ihm getroffen, konnte aber nichts weiter beitragen. Auch wußte sie nichts von weiteren Freunden von ihm. Coone hat ihr nur von seiner Schwester erzählt.«

Susan schloß für kurze Zeit ihre Augen.

»Hatten Sie noch mehr Fälle von verschwundenen Studenten zu bearbeiten, außer Coone und Tall?«

»Nein, ich denke nicht. Aber ich habe immer mal wieder in der Zeitung davon gelesen, daß Studenten einfach so verschwunden sein sollen. Nicht oft, aber immer wieder mal. Wenn man damit zu tun hat, fällt einem das auf.«

»Hatten Sie auch Prof. Claudia Kelly befragt?«

Brench kramte in den Unterlagen.

»Nein. Den Namen höre ich auch zum ersten Mal.«

»Offensichtlich haben ihn die Eltern meiner Mandantin nicht erwähnt. Hatten Sie denn weitere Professoren befragt?«

Wieder blätterte Brench in dem Ordner.

»Ja... den ein oder anderen, aber sie kannten die Gesuchten nicht oder nur flüchtig. Einen Professor, der die beiden betreute, habe ich nicht gefunden. Oder es wollte niemand zugeben, daß er einen von ihnen besser kannte.«

»Prof. Kelly ist sehr engagiert bei der Aufklärung der mysteriösen Vorfälle aus der Zeit. Mich wundert, daß Sie ihr nicht begegnet sind.«

»Da kann ich nicht helfen. Ich weiß nichts über die Frau.«

John steckte sein Notizbuch ein.

»Jedenfalls Danke ich Ihnen für die Hilfe. Ich werde Sie auf dem Laufenden halten.«

»Vielen Dank, junger Mann.«

John und Susan verließen das Büro wieder.

»Ich bin froh, daß er doch noch aufgetaut ist«, sagte John leise zu seiner Klientin. »Zunächst hatte ich schon befürchtet, daß wir gar nichts erfahren werden.«

Susan lächelte. Die beiden fuhren mit dem Fahrstuhl ins Erdgeschoß, wo John auf seine Armbanduhr schaute.

»Wissen Sie was, Miss Coone? Wir heben uns den Inspektor Werries für morgen auf.«

8.

Am nächsten Vormittag mußten John und Susan zunächst feststellen, daß Inspektor Werries über das Wochenende freihatte und nicht erreichbar war. So fuhren sie zu dem Café, in dem sie sich mit dem Journalisten und dem Sanitäter treffen würden. Als Erkennungszeichen hatte Susan mit dem Journalisten vereinbart, daß er eine schwarze Armbinde tragen und sie ihn im Café ansprechen würden.

Es war kurz vor 10:00 Uhr als John und Susan das recht gut besuchte Café betraten. Nachdem sie sich kurz umgeschaut hatten entdeckten sie an einem Tisch zwei Männer, von denen einer eine schwarze Armbinde trug. Sie gingen auf den Tisch zu.

»Mr. Vincent?«

»Ja, ich bin Martin Vincent und dies ist James Roberts«, erwiderte der Mann. »Ich möchte Ihnen nochmals mein Mitgefühl für die schlechte Nachricht hinsichtlich Ihres Bruders aussprechen.«

John und Susan setzen sich zu den beiden an den Tisch und bestellten Kaffee.

»Ich danke Ihnen. Dies ist Mr. John Rollins, Privatdetektiv aus Kalamazoo«, stellte Susan vor. Vincent nahm die schwarze Binde vom Arm ab und steckte sie in seine linke Jackentasche.

»Freut mich, Mr. Rollins. Ich bin Journalist bei der Chicago Tribune. Mr. James Roberts ist der Sanitäter, der im Krankenwagen dabei war, als Mr. Rivers sein Geständnis machte.«

»Ja«, erwiderte Roberts, »viel kann ich dazu aber nicht mehr sagen. Mr. Vincent weiß im Grunde alles.«

»Naja«, meinte John. »Oftmals fällt einem später noch mehr ein, wenn man etwas Abstand zum Ereignis hat. Aber erst mal interessiert mich der Name des Arztes, der im Krankenwagen dabei war.«

»Andrew Woods. Ein Notarzt, der für die Feuerwehr arbeitet. Er ist nicht im Krankenhaus angestellt sondern fährt nur solche Einsätze.«

»Das heißt, daß er schwer zu finden ist?«

»Naja, wenn er im Einsatz ist schon. Aber Sie könnten es bei ihm zu Hause versuchen. Ich weiß sogar wo er wohnt.«

»Gut, würden Sie uns begleiten?«

Roberts sah auf seine Armbanduhr.

»Ja, wenn wir nicht zu lange hier sitzen. Ich habe ab 13:00 Uhr wieder Dienst.«

»Das sollten wir schaffen. Mir ist bekannt, daß der Mann gestanden haben soll, daß er bei einem Duell dabei war, bei dem Mr. Coone getötet worden sein soll. Hat er gesagt, welche Rolle er dabei gespielt hat?«

»Nein. Er konnte ohnehin nicht viel sagen, weil Dr. Woods ihm recht schnell ein Beruhigungsmittel gespritzt hatte. Er wollte nicht, daß sich der Patient zu sehr anstrengt.«

John seufzte kurz.

»Und so hat er vermutlich die wirklich wichtigen Informationen mit ins Grab genommen. Aber vielleicht können wir ja doch noch ein paar Anhaltspunkte finden. Wir haben schon ein wenig nachgeforscht und herausgefunden, daß wohl noch mehr Studenten verschwunden waren.«

»Aber ja«, warf Vincent ein. »Ich habe auch schon in unserem Archiv recherchiert. Es sind über die Jahre einige Leute verschwunden. Und die Uni hat sich nicht besonders angestrengt, bei den Ermittlungen zu helfen. Wen wundert das, wenn man weiß, daß es Gerüchte über Geheimbünde an der Uni gab? So was tritt man nicht gerne in der Öffentlichkeit breit.«

»Kennen Sie Prof. Claudia Kelly?«

»Ja, sicher. Sie ist sehr engagiert, auch politisch bei den Demokraten.«

»Sie hat uns schon einige Hinweise gegeben auf diese Geheimbünde oder Burschenschaften oder was das sein mögen.«

»Ich habe mir mal diesen Rivers vorgenommen. Über den war im Archiv zwar nicht viel zu finden, aber ich habe mit seiner Sekretärin gesprochen. Besonders gut lief es bei Rivers nicht, er hat viele Pflichtverteidigungen übernommen und nur wenig große Fälle bearbeitet. Meistens kleinere Sachen. Mit seinen Einkünften mußte er zwar nicht gerade hungern, aber es gibt Anwälte, die deutlich mehr verdienten. An der Uni war er eigentlich recht erfolgreich und hat auch gute Noten geschrieben. Er machte sich selbständig, was wohl schwieriger für ihn war, als er erwartet hatte. Er war auf dem Weg zum Gericht, als er verunglückte.«

»Also keine besonderen Ereignisse im Leben? Hm. Wir sollten versuchen herauszufinden, mit wem er an der Uni befreundet war.«

Die Kellnerin brachte den Kaffee für John und Susan.

»Hat der Mann denn gesagt, warum sich mein Bruder duelliert hat?«

»Nein, Miss Coone«, antwortete Roberts. »Dazu kam er auch nicht mehr. Er hat auch nur ganz wenig gesagt. Wenn man bedenkt, wie schwer er verletzt war, war es ein Wunder, daß er überhaupt noch klare Gedanken fassen konnte. Er muß wahnsinnige Schmerzen gehabt haben.«

»Um so bemerkenswerter, daß er die Sache doch noch erzählt hat«, meinte John. »Das muß ihn sehr belastet haben, wenn er das noch unbedingt loswerden wollte, bevor er stirbt..«

»Aber warum hat er das nicht schon vorher mal jemandem erzählt?«

»Vielleicht hat er es. Vielleicht hatte er auch Angst, daß seine Mitwisser ihm etwas antun. Wenn sich das so abgespielt hat, daß da ein Duell stattgefunden hat und Mr. Rivers dabei war und nichts dagegen getan hat, daß die Duellanten sich umbringen oder er gar selbst einer von ihnen war, hat er zumindest die Aufklärung der Straftat be- oder verhindert. Als Anwalt dürfte er gewußt haben, daß er je nach Ausmaß seiner Mittäterschaft seine Zulassung verlieren würde. Somit dürfte er selbst auch kein besonders großes Interesse gehabt haben, das öffentlich zu machen.«

»Mr. Rollins«, sagte Vincent, »ich würde gerne bei den

Ermittlungen dabei sein.«

»Ähem... schreiben Sie nicht an noch einer Story?«

»Ich will ja auch nicht den ganzen Tag dabei sein, aber unterstützen würde ich Sie schon gerne. Ich werde Sie auch mit allen Informationen versorgen, die ich kriegen kann.«

John überlegte einen Moment. Auf der einen Seite fand er es nicht besonders angenehm, einen Journalisten während seiner Ermittlungen bei sich zu haben. Auf der anderen Seite war Vincent noch ein Anfänger und somit möglicherweise leichter zu beeinflussen, so daß John mitbestimmen konnte, was an die Öffentlichkeit drang. Zweifelsohne würden seine Ermittlungen schwieriger werden, wenn die Zeitung statt Vincents einen erfahrenen Reporter auf die Geschichte ansetzen würde. Somit entschloß sich John, dem jungen Reporter seinen Wunsch nicht auszuschlagen.

»Na gut, Mr. Vincent, ich werde Sie kaum daran hindern können. Aber wir sollten uns darüber einigen, was Sie gegebenenfalls veröffentlichen.«

»Wie Sie es wünschen, Mr. Rollins.«

»Gut. Ich möchte gerne, daß während der Ermittlungen nichts veröffentlicht wird. Alles, was darüber bekannt wird, kann auch dem Täter nützen.«

»Aber Sie könnten auch Zeugen finden.«

»Ja, möglich, aber ich finde einfach das Risiko zu hoch, daß der Täter daraus Nutzen zieht. So lange wir nicht wissen, was da wirklich an der Sache dran ist und wie gefährlich das alles ist, möchte ich gerne, daß der Täter nicht weiß, daß ermittelt wird. Nach meiner Erfahrung ist das von Vorteil.«

Vincent nickte eifrig.

»Gut, Mr. Rollins, ganz wie Sie wünschen.«

»Wie lange sind Sie schon bei der Zeitung?«

»Ähem... seit einem halben Jahr. Um ehrlich zu sein: Dies wird meine erste große Story.«

Susan lächelte leicht und Roberts trank seinen Kaffee aus.

»Ich will ja nicht drängeln«, sagte er dann, »aber ich

muß vor dem Dienst noch mal nach Hause und ich wäre Ihnen dankbar, wenn wir bald zu Dr. Woods fahren könnten.«

»In Ordnung«, sagte John. Vincent winkte die Kellnerin an den Tisch und bezahlte für alle.

»Seien Sie nicht zu großzügig«, meinte John. »Vielleicht ist die Story am Ende nichts wert.«

»Das lassen Sie mal meine Sorge sein.«

»Gut. Wir fahren mit unserem Wagen. Sie fahren, Mr. Roberts.«

John gab Roberts den Fahrzeugschlüssel und die vier gingen zu dem Leihwagen.

Auf der Fahrt zur Wohnung Dr. Woods' erfuhr John von dem Pfleger, daß der Arzt alleinstehend war und sich an der Uni-Klinik beworben hatte, denn er wollte nicht auf Dauer Notarzt bleiben sondern zog eine Karriere an der Universitätsklinik vor. Auch würde er in der Regel dort mittags zum Essen fahren auch in der Hoffnung, Kontakte zu knüpfen die ihm helfen sollten, Fuß zu fassen. Ob Woods an der Universitätsklinik Leute kannte, wußte Roberts nicht, denn er hatte nicht so viel mit Woods zu tun und unterhielt sich während der Einsätze nur wenig mit dem meistens eher verschlossenen Arzt.

Andrew Woods wohnte in einem fünfstöckigen Hochhaus einer der besseren Gegenden in Chicago. Roberts hielt den Wagen in der Nähe und gab John den Fahrzeugschlüssel.

»Mr. Rollins... ich würde lieber im Wagen bleiben«, sage er dann zögerlich. »Und sagen Sie bitte nicht, daß Sie seine Adresse von mir haben, denn ich weiß nicht, ob er das gut findet. Und ich werde ja wohl auch in den nächsten Monaten noch einige Male mit ihm fahren müssen.«

John zeigte ein leichtes Lächeln.

»Keine Sorge, ich bin sowieso dagegen, daß wir da zu viert auftauchen. Mir wäre lieb, wenn Sie auch hierblieben, Mr. Vincent.«

Der Journalist hob seine Schultern.

»In Ordnung.«

»Haus Nr. 18«, sagte Roberts und deutete die Straße entlang. John und Susan stiegen aus und gingen die Straße entlang zu dem Haus. Im Eingangsbereich konnte John an den Klingeln ablesen, daß Dr. Woods im vierten Stockwerk wohnte. Die beiden betraten das Haus durch die offene Tür und fuhren mit dem Fahrstuhl ins vierte Stockwerk. Dort klopften sie an die Wohnungstür. Es war nichts zu hören. John klopfte erneut.

»Scheint nicht da zu sein«, meinte Susan.

»Möglich«, erwiderte John und klopfte erneut. Wieder tat sich nichts. Er guckte auf seine Uhr. Allzulange wollte er Roberts, der ja zum Dienst mußte, nicht warten lassen.

»Wir werden es nachher noch mal versuchen«, entschied er und ging mit Susan zurück zum Fahrstuhl.

Im Erdgeschoß angekommen sah John noch einmal am Haus hoch und bemerkte, daß im vierten Stockwerk in einem der Fenster ein Loch war, das er für einen Einschuß hielt. John blickte zur anderen Straßenseite hinüber. Das gegenüberliegende Haus war ebenfalls fünf Stockwerke hoch und hatte ein Flachdach.

»Ich habe ein ungutes Gefühl«, sagte John leise.

»In welcher Hinsicht?«

Auch Susan sprach leise, obwohl sie keinen direkten Anlaß sah.

»Sehen Sie mal hier zu den Fenstern rauf. Da ist ein Loch in einem der Fenster im vierten Stockwerk. Das könnte die Wohnung von Dr. Woods sein. Und hier liegen keine Glasstücke auf der Straße. Die sind vermutlich nach innen gefallen. Wir fahren noch mal hoch.«

Susan sah sich mit leicht beunruhigtem Gesicht um bevor sie John wieder ins Gebäude folgte.

»Halten Sie das für ratsam... ich meine...«

»Sie bleiben gleich draußen wenn ich in die Wohnung gehe«, sagte John gedämpft. »Sollte ich länger als zehn Minuten in der Wohnung bleiben holen Sie die Polizei.

Sie werden kein Risiko eingehen sondern direkt mit dem Fahrstuhl ins Erdgeschoß fahren und dort an einer der Wohnungen klingeln.«

»Mr. Rollins...«

»Keine Sorge, es wird schon nichts passieren, aber für den Fall, daß es dort doch eine Überraschung gibt, sorge ich lieber vor.«

Die beiden fuhren wieder mit dem Fahrstuhl in die vierte Etage. John dachte über den mutmaßlichen Einschuß in der Fensterscheibe nach. Wenn der Arzt tatsächlich ermordet worden sein sollte, würde dies bedeuten, daß jene, die die an dem Duell beteiligt waren, wußten, daß Rivers gegenüber dem Arzt gestanden hatte. Wenn dem so wäre, wäre das Leben Roberts' auch in Gefahr.

Der Fahrstuhl hielt in der vierten Etage und die beiden stiegen aus. Susan folgte John bis zur Tür.

»Sie bleiben hier draußen«, sagte John, während er aus seiner inneren Jackentasche ein paar Gummihandschuhe und eine Karte herausnahm. Er zog sich die Gummihandschuhe über. Sollte die Tür nicht abgeschlossen sein, überlegte John, würde sie sich mit der Karte öffnen lassen. Er steckte die Karte in den Türrahmen oberhalb des Schlosses und zog sie nach unten. Die Tür sprang auf.

John nahm seinen Revolver aus seiner linken Jackentasche und öffnete die Tür vorsichtig. Sie führte auf einen kleinen Flur, an den mehrere Türen grenzten. Die Tür, die gegenüber der Wohnungstür lag, war offen. John konnte ein Sofa in dem Zimmer erkennen, woraus er schloß, daß es sich um das Wohnzimmer handeln mußte.

Vorsichtig betrat er den Flur, auf dem eine Garderobe stand, an der mehrere Jacken und zwei weiße Kittel hingen. Der Garderobe gegenüber stand eine kleine Kommode, auf der ein Telephon stand, neben dem ein Telephonbuch lag.

John ging langsam und leise den kurzen Flur entlang zur Wohnzimmertür und stieß sie ganz auf. Neben dem

Sofa lag ein Mann, der in einen grauen Pullover und eine schwarze Hose gekleidet war. An seinem Kopf war eine Wunde, die inzwischen aufgehört hatte zu bluten. Um den Kopf herum hatte sich eine beachtliche Blutlache gebildet.

John schloß die Wohnzimmertür wieder und ging zur Kommode.

»Sie können reinkommen«, rief er. Susan betrat den kleinen Flur, während John den Hörer vom Telephon abnahm und sich mit der Polizei verbinden ließ.

»Er ist tot«, sagte er, während er auf die Verbindung wartete.

9.

»Sie haben sich aber nicht viel Zeit gelassen, Mr. Rollins, um die erste Leiche zu finden.«

Inzwischen waren auch Vincent und Roberts in die Wohnung hinaufgekommen. Drei Polizisten sicherten die Spuren im Wohnzimmer, zwei weitere hatten begonnen, die Nachbarn zu befragen.

»Sie können sich darauf verlassen, daß ich den Mann lieber lebend angetroffen hätte«, erwiderte John.

»Das glaube ich Ihnen. Haben Sie schon irgend etwas verändert oder irgendwelche Beweise verschwinden lassen?«

»Warum sollte ich so etwas tun?«

»Weil ich bereits die Erfahrung gemacht habe, daß zumindest mache Ihrer Berufskollegen so etwas tun, um sich bei der Aufklärung des Falls einen Vorsprung vor der Polizei zu verschaffen.«

John schüttelte den Kopf.

»Nein, ich habe solche Ambitionen nicht. Ich habe mich nur im Zimmer ein wenig umgesehen.«

»Und überall Ihre Fingerabdrücke hinterlassen?«

»Sie halten mich wohl für einen Anfänger«, erwiderte John und nahm zwei Handschuhe aus seiner inneren Jackentasche.

»Sie haben wohl auch an alles gedacht.«

»Ja, das ist bei mir so üblich, wenn ich einen Fall bearbeite. Aber ich denke, es wäre an der Zeit, das Wäldchen beim polnischen Friedhof umzugraben.«

Inspektor McKenzie kramte eine Pfeife aus seiner inneren Jackettasche und begann sie zu stopfen.

»Sicher, Mr. Rollins. Wie gesagt, ich werde Sie nicht daran hindern.«

»Ich dachte eigentlich, daß Sie das durch Ihre Leute erledigen lassen.«

»Nur weil jemand diesen Arzt ermordet hat? Wer weiß, welches Motiv der Mörder hatte. So lange Sie mir nichts Handfesteres bieten werde ich meine Leute nicht den Wald umschaufeln lassen.«

John brummte etwas Unverständliches und ließ den Inspektor mit seiner Pfeife auf dem Wohnungsflur stehen. Auf dem Hausflur wartete Susan mit Roberts und Vincent auf ihn.

»Sie können heute auf keinen Fall zur Arbeit gehen«, sagte John zu Roberts. »Lassen Sie sich das Wochenende über freigeben, am besten auch für die nächste Woche.«

Roberts warf einen Blick auf seine Armbanduhr.

»Mein Dienst fängt in einer Stunde an, da kann ich doch jetzt nicht mehr absagen.«

»Mr. Roberts, ich will Sie ja nicht unnötig in Panik versetzen, aber Dr. Woods ist eindeutig erschossen worden. Sofern er nicht noch andere Feinde hatte könnte dies mit der Geschichte zusammenhängen, die Sie mir erzählt haben, und dann sind Sie auch in Gefahr. Die Wahrscheinlichkeit, daß Dr. Woods wegen Mr. Rivers Geständnis ermordet wurde, ist allerdings wegen des zeitlichen Zusammenhangs relativ hoch. Und selbst wenn dem nicht so wäre, sollten Sie jetzt kein unnötiges Risiko eingehen.«

»Da muß ich Mr. Rollins tatsächlich recht geben«, sagte Inspektor McKenzie, der während Johns Ausführungen zu der Gruppe gekommen war. »Sie sollten sich bis auf Weiteres freistellen lassen.«

John sah McKenzie überrascht an.

»Gut, Inspektor, wenn Sie das so sehen, dann könnten Sie ja auch das Wäldchen am polnischen Friedhof umgraben lassen.«

Inspektor McKenzie nahm einen Zug von seiner Pfeife und schüttelte seinen Kopf.

»Nein, Mr. Rollins. So weit würde ich dann doch nicht gehen wollen. Es stimmt schon, daß ein gewisses Risiko besteht. Allerdings sind, wie gesagt, die Beweise für mich noch nicht ausreichend, um eine derartige Aktion neben dem polnischen Friedhof starten zu lassen. Wenn Sie aber meinen, daß dort jemand begraben liegt, können Sie selbst graben.«

»Verstehe ich nicht«, sagte Vincent. »Das ist für Sie doch keine Mühe, dort nach der Leiche suchen zu lassen.«

»Ist es doch. Es bindet Polizisten und kostet Geld. Sie können Mr. Rollins ja beim Graben helfen, dann geht es schneller.«

»Aber das ist doch sehr offensichtlich, daß da ein Zusammenhang besteht. Wer sonst sollte ausgerechnet jetzt Dr. Woods erschossen haben außer den Leuten, die die Aussage dieses Mr. Rivers zu fürchten haben.«

»Ich stehe noch am Anfang meiner Ermittlungen, die Frage werde ich Ihnen beantworten, wenn wir da ein wenig weitergekommen sind. Sie dürfen mich zitieren.« Vincent winkte ab und Inspektor McKenzie wandte sich wieder Roberts zu.

»Dennoch, Mr. Roberts: Mr. Rollins hat recht, Sie sollten sich freistellen lassen und kein Risiko eingehen. Es täte mir leid, auch noch zu Ihrer Leiche gerufen zu werden.«

»Ja, also dann...«, stammelte Roberts und der Inspektor nickte bekräftigend. Er winkte einen Polizisten heran und wies ihn an, Roberts zu seiner Arbeit zu fahren und dem Arbeitgeber die Lage zu erklären, damit Roberts eine Woche freigestellt würde. Anschließend sollte der Polizist Roberts ins Polizeipräsidium fahren, wo er seine Aussage zu dem Vorfall im Krankenwagen machen sollte.

»Es freut mich, daß Sie das jetzt ein wenig ernster nehmen«, sagte John, nachdem der Polizist mit Roberts gegangen war. »Es wäre nur schön, wenn Sie sich jetzt noch überwinden und das Wäldchen hinter dem polnischen Friedhof umgraben lassen würden.«

Inspektor McKenzie sah John prüfend an.

»Sagen Sie, Mr. Rollins, waren Sie eigentlich schon mal in dem Wäldchen? Ist Ihnen eigentlich klar, wie wenig präzise die Ortsangabe ist, daß die Leiche etwa einen halben Kilometer hinter dem polnischen Friedhof im Wald vergraben sein soll?«

»Wenn Sie die Ausgrabungen veranlassen, finden wir die Leiche schneller. Ich helfe auch gerne beim Graben.«

»Sie können graben, aber ohne die Polizei. Mein Angebot steht: Wenn Sie eine Leiche finden erledigen wir alles Weitere.«

»Ja, wenn die wesentliche Arbeit schon getan ist.«

»Tut mir leid, Mr. Rollins, bringen Sie mir handfestere Beweise und wir graben den Wald um.«

»Und Sie sind sicher, daß Ihnen die Leiche von Dr. Woods nicht reicht?«

»Nein, die reicht mir nicht. Der Zusammenhang mit Ihrer Story ist mir noch nicht belegt worden. Waren Sie eigentlich schon auf dem Dach gegenüber?«

»Nein, das hielt ich jetzt noch für zu riskant.«

»Einer meiner Leute kommt gerade von dort zurück. Vermutlich ist von dort aus geschossen worden, aber Spuren hat der Täter dort nicht hinterlassen. Nicht mal eine Patronenhülse. Wir müssen also jetzt erst mal auf den Bericht über die Sektion warten, um zu erfahren, womit überhaupt geschossen wurde.«

»Kommen Sie schon, Inspektor. Wer soll da wohl sonst geschossen haben? Ein unzufriedener Patient?«

»Wer weiß? Hat es alles schon gegeben.«

John rümpfte seine Nase, während der Inspektor in die Wohnung zurückkehrte. Kurz darauf kamen zwei Polizeisanitäter mit einer Trage aus dem Fahrstuhl und verschwanden in der Wohnung.

»Der wird sich nicht überschlagen bei der Aufklärung«, meinte Vincent. »Was tun wir jetzt? Ich wäre bereit, beim Graben zu helfen, wenn wir das selbst machen.«

»Ich kenne das Gebiet nicht«, erwiderte John. »Waren Sie schon mal dort?«

»Direkt dort nicht, aber ich weiß, wo es liegt.«

»Ich würde auch helfen zu graben«, sagte Susan. »Und vielleicht hilft Mr. Roberts uns auch.«

John überlegte. Die Ortsangabe war in der Tat reichlich vage, und wenn sie zu viert das Gebiet nach einer Leiche absuchten, die vor zehn Jahren vergraben worden war, könnte es Tage dauern, bis sie sie gefunden hatten. Auf der anderen Seite schien dies der einzige Weg zu sein, um Inspektor McKenzie davon zu überzeugen, sich mehr in diesem Fall zu engagieren.

»Also«, sagte John gedämpft, »wir werden als nächsten im Umfeld von Dr. Woods ermitteln und je nach dem, was dabei herauskommt, werden wir graben. Vermutlich wird Mr. Roberts uns noch den ein oder anderen Tip geben können, was Dr. Woods' Umgang und Gewohnheiten angeht, wenngleich er ihn auch nicht so gut kannte. Irgendwo müssen wir einen Anhaltspunkt finden. Wenn das nicht gelingt, besorgen wir uns Spaten und graben den Wald um.«

»Sie sind nicht gerade begeistert von der Idee«, stellte Susan fest.

»Nein. Wir wären dann bestenfalls zu viert und bräuchten sicher Tage, bis wir die Leiche finden. Zudem möchte ich zu bedenken geben, daß die Leiche dort schon seit über zehn Jahren liegt. Das wird kein schöner Anblick, wenn wir darauf stoßen sollten.«

»Ich arbeite auf der Chirurgie und war auch schon bei zahlreichen Operationen dabei. Sie können mir glauben daß ich den Anblick ertrage.«

John warf einen Blick zu Vincent.

»Ich ... äh... auch«, stammelte Vincent, »also werde das... auch ertragen. ... Äh... hoffe ich.«

»Naja, vielleicht kommt es nicht so weit.«

Inspektor McKenzie kehrte aus der Wohnung zurück, gefolgt von den Polizeisanitätern, die auf der Trage nun die mit einem weißen Tuch bedeckte Leiche Dr. Woods' in den Fahrstuhl trugen.

»In Ordnung, meine Herrschaften. Wir fahren jetzt erst mal zum Revier und dort machen Sie Ihre Aussagen. Mr. Roberts wird dort schon auf Sie warten.«

»Haben Sie eigentlich vor«, fragte John, »ein wenig Polizeischutz für Mr. Roberts zu erübrigen?«

»Er hat doch Sie, Mr. Rollins. Außerdem wissen wir ja gar nicht, ob der Mord an Dr. Woods tatsächlich mit dieser Duell-Geschichte zusammenhängt. Ist alles noch etwas dünn für Polizeischutz.«

John sah den Inspektor leicht überrascht an.

»Gerade eben noch haben Sie hier Mr. Roberts mit einem Polizisten losgeschickt, weil Sie der Auffassung sind, daß es zu riskant ist, wenn er seinen Dienst antritt. Jetzt wollen Sie keinen Polizeischutz gewähren. Finden Sie das nicht alles ein wenig widersprüchlich?

»Mr. Rollins, bislang haben Sie mir noch keinen einzigen Beweis vorgelegt, daß diese Duelle wirklich stattgefunden haben, und daß die Gefahr bestünde, daß jemand deswegen einen oder mehrere Morde begehen könnte, um das alles geheimzuhalten. Was wir bislang haben ist die Aussage von Mr. Rivers, die uns von Mr. Roberts berichtet wurde. Sobald Sie mir irgend etwas präsentieren, was darüber hinausgeht, bin ich gerne zu allem bereit.«

John seufzte.

»Übernehmen Sie sich bloß nicht, Inspektor.«

10.

Am späten Nachmittag verließen John und Susan mit Vincent und Roberts das Polizeipräsidium. Auf der Straße sah Roberts sich leicht verängstigt um. Vom Polizeipräsidium aus hatte er bei seinem Arbeitgeber angerufen und sich freistellen lassen, was kein Problem war, nachdem der Inspektor die mögliche Gefahr bestätigt hatte.

»Sagen Sie, Mr. Rollins, für wie groß halten Sie eigentlich die Gefahr?«

»Das kann ich nicht sagen. Wir wissen nicht, was der Mörder weiß. Möglicherweise weiß er gar nichts von Ihnen, möglicherweise aber doch. Wir sollten vorsichtig sein. Sie werden sicherheitshalber auch ein Zimmer in dem Hotel nehmen, in dem Miss Coone und ich wohnen, aber unter anderem Namen. Denken Sie sich schon mal einen aus bis wir wieder im Hotel sind.«

Roberts seufzte leise, während sie zu Johns Leihwagen gingen. Die Diskussionen mit Inspektor McKenzie hatten zu nichts geführt: Der Inspektor war nach wie vor nicht bereit, das Waldstück umgraben zu lassen. Zwar war John von dem Gedanken nicht begeistert, aber er hatte das Gefühl, das Waldstück doch selbst umgraben zu müssen, was Tage dauern konnte.

Mit dem Leihwagen fuhren sie zur Uniklinik. Roberts hatte John erzählt, daß Dr. Woods dort stets zu Mittag gegessen hatte und wohl auch einige Leute dort kannte. John entschied, daß nur er in die Klinik gehen würde. Weil Roberts beunruhigt war, draußen warten zu sollen, verabredete John mit Roberts, Vincent und Susan, daß sie in dem kleinen Kiosk am Krankenhaus auf ihn warten würden. Roberts beschrieb John den Weg zur Cafeteria des Krankenhauses.

Die letzten Patienten, die noch einen Nachmittagskaffee zu sich genommen hatten, saßen in der Cafeteria, als John sie durchquerte und zur Essensausgabe ging. Eine Angestellte räumte gerade die letzten Auslagen weg, als John an die Theke trat.

»Sie wünschen?«

John zeigte seinen Ausweis vor.

»Ich bin Privatdetektiv und hätte ein paar Fragen an Sie.«

»Ja?«

»Kennen Sie Dr. Andrew Woods?«

»Ja, das ist ein Arzt, der hier regelmäßig zu Mittag ißt.«

»Kannten Sie ihn gut?«

»Nein, ich weiß wohl, wer das ist, aber sonst... Was ist mit ihm?«

Für einen Moment überlegte John, ob es nicht eher schädlich war, wenn sich die Nachricht von Dr. Woods Tod im Krankenhaus verbreitete, allerdings hatte Inspektor McKenzie keinen Zweifel daran gelassen, daß er diesbezüglich eine Pressemitteilung herausgeben würde und vermutlich schon die ein oder andere Sonntagszeitung darüber berichten würde.

»Dr. Woods wurde heute ermordet.«

Die Angestellte unterbrach ihre Arbeit und sah John entgeistert an.

»Ermordet? Warum denn das?«

»Das weiß ich noch nicht, aber ich versuche es herauszufinden«, erwiderte John. »Können Sie mir sagen, mit wem Dr. Woods sich hier so unterhalten hat, wenn er zu Mittag gegessen hat? Wen kannte er hier?«

Die Frau überlegte eine Zeitlang.

»Also ich beobachte die Gäste hier nicht so genau. Ich habe ihn mal mit Dr. McMillan gesehen, die beiden haben sich öfters unterhalten. Und Dr. Kensington. Beide arbeiten auf der Chirurgie. Wenn Sie Glück haben, hat einer von ihnen Bereitschaftsdienst. Und dann habe ich ihn letzte Woche mit Dr. Klann von der Inneren gesehen.«

John nahm seinen Notizblock heraus und notierte sich die Namen.

»Und mit Prof. Steele hat er wohl auch mal gesprochen« fügte sie hinzu. »Der gehört zu den Neurologen.«

»Ich danke Ihnen. War er diese Woche auch hier?«

»Das weiß ich nicht. Ich habe diese Woche freigehabt.«

»Gut. Wie komme ich zur Chirurgie und zur Inneren?«

»Gehen Sie zum Fahrstuhl. Im Fahrstuhl finden Sie die Etagen, wo sich die Stationen befinden und auf den Etagen ist es beschriftet.«

»Ich danke Ihnen.«

John ging zum Fahrstuhl und fuhr zunächst in die zweite Etage, wo die Innere Medizin war. Auf dem Flur der Station war wenig los. Ein Besucher kam John mit einem Patienten entgegen, als er den Flur betrat. Sie unterhielten sich leise. John schlenderte langsam den Flur entlang bis er zum Stationszimmer kam. Dort klopfte er kurz an und ein Pfleger öffnete ihm.

»Sie wünschen?«

»Ich würde gerne Dr. Klann sprechen.«

»Warten Sie einen Moment.«

Der Pfleger ließ die Tür zum Stationszimmer offen und so konnte sehen, daß der Pfleger im Dienstplan nachschaute. Kurz darauf kehrte er zur Tür zurück.

»Dr. Klann ist erst am Montag wieder da. Er hat dieses Wochenende über frei.«

»Gut, ich danke Ihnen. Dann komme ich Montag wieder.«

»Geht es um etwas Bestimmtes?«

»Nein, das kann mir nur Dr. Klann beantworten.«

»Gut. Dann müssen Sie Montag wiederkommen.«

Der Pfleger schloß die Tür hinter John, der zum Fahrstuhl zurückkehrte und in die vierte Etage fuhr. Dort hatte John mehr Glück: Die Stationsschwester führte John zum Arztzimmer, wo Dr. Irvin McMillan seinen Wochenenddienst versah. McMillan bat ihn sofort ins Arztzimmer, wo neben einem Schreibtisch eine Liege für Untersuchungen stand. Zahlreiche Instrumente und Medikamente waren in den Schränken an den Wänden zu sehen. John befiel ein mulmiges Gefühl, welches er stets bekam, wenn er ein Arztzimmer betrat.

»Also, Mister...«

»Rollins.«

»Mr. Rollins, wie kann ich Ihnen helfen? Wo haben Sie Schmerzen?«

»Nein, ich habe keine Schmerzen«, wehrte John ab. »Ich bin hier um Ihnen ein paar Fragen über Dr. Andrew Woods zu stellen.«

John zeigte seine Lizenz vor, worauf Dr. McMillans Gesichtsausdruck mißtrauisch wurde.

»Privatdetektiv? Meinen Sie nicht, daß es sinnvoller wäre, wenn Sie Dr. Woods direkt fragen als seine Freunde zu verhören?«

»Das würde ich gerne, aber ich muß Ihnen leider mitteilen, daß Dr. Woods heute ermordet wurde.«

»Ermordet? Was soll das?«

»Dr. McMillan, es ist die Wahrheit. Dr. Woods wurde heute in seiner Wohnung erschossen. Ich habe die Leiche selbst gesehen. Ich möchte nun gerne herausfinden, wer das getan hat.«

»Was erzählen Sie hier für abstruse Geschichten? Andy tot? Das glaube ich Ihnen nicht! Ich habe noch vorgestern mit ihm hier Mittag gegessen!«

»Es ist ja auch erst heute passiert. Sie können gerne bei der Polizei anrufen und Inspektor McKenzie fragen.«

Dr. McMillan ging zu seinem Schreibtisch und nahm den Hörer seines Telephons ab.

»Verbinden Sie mich mit der Polizei. Inspektor McKenzie... - - - Ja, Inspektor McKenzie? Hier ist so ein merkwürdiger Mann namens John Rollins, ein Privatdetektiv. Er behauptet, Dr. Woods sei ... das stimmt? Ja, Danke. ... Ich danke Ihnen.«

Mit einem betroffenen Gesicht und sichtlich erschüttert legte Dr. McMillan den Hörer wieder auf die Gabel und setzte sich in den Drehsessel hinter dem Schreibtisch. Sein Gesicht war fahl und er rang offenbar mit den Tränen.

»Dr. McMillan, es tut mir leid«, sagte John. McMillan räusperte sich.

»Schon gut«, sagte er heiser. »Stellen Sie Ihre Fragen. Wenn ich helfen kann, Andys Mörder zu finden, möchte ich das gerne tun. Ich kann es nicht fassen! Donnerstag war er noch hier...«

»Sie sagten, Sie hätten am Donnerstag mit ihm Mittag

gegessen. Welchen Eindruck hat er gemacht? War er irgendwie anders als sonst?«

McMillan nahm ein Tuch aus einem Spender, der neben dem Waschbecken in einer Ecke des Zimmers hing, und putzte sich die Nase.

»Nein, er war wie immer. Wir haben uns... wir haben uns über seine Bewerbung hier unterhalten. Hier in der Chirurgie wird eine Stelle frei und er hatte... Wer... ich meine... Er hatte sich beworben. Und seine Chancen waren nicht schlecht.«

»Haben Sie sich nur über seine Bewerbung unterhalten oder auch über ein anderes Thema?«

»Wir... nein. Also... das war auch so, daß wir nur kurz zu Mittag miteinander gegessen haben. Andy hatte eine Mitarbeiterkarte für die Kantine, darum hat er auch meistens hier zu Mittag gegessen. Wir saßen da nur eine knappe halbe Stunde zusammen.«

»Hat er Ihnen vielleicht auch von einem seiner Einsätze erzählt?«

»Hin und wieder... ach, Sie meinen am Donnerstag? Nein. Das hat er nicht.«

In dem Moment klingelte das Telephon. McMillan nahm den Hörer ab.

»McMillan? - - - Ja, verstehe ich. Sie operieren jetzt am Samstag einen Patienten? - - - Ah, verstehe, akuter Blinddarm. - - - Sie können den Bauch nicht wieder zunähen? Dann sollten Sie solche Operationen nicht machen dürfen. - - - Gut, ich komme herüber und nähe den Bauch zu.«

McMillan legte den Hörer auf.

»Ich sehe, daß Sie jetzt zu tun haben«, meinte John.

»Nein, nein, für Sie habe ich jetzt noch Zeit. Der Patient ist bereits in Narkose, der kann auch noch ein paar Minuten warten. Sie fragten mich nach Donnerstag und ob ich mich mit Andy unterhalten hatte.«

»Ja. Hat er vielleicht erwähnt, daß er kürzlich einen Schwerverletzten begleitet hat, der von einem Duell erzählt hat, das sich vor über zehn Jahren abgespielt haben soll?«

McMillan schüttelte seinen Kopf.

»Nein, davon hat er nicht erzählt. Jedenfalls mir nicht. Meinen Sie, daß sein Tod damit zusammenhäng?«

»Das weiß ich noch nicht, aber es wäre nicht auszuschließen. Möglicherweise nahm der Mörder an, daß das Unfallopfer ihm einen Hinweis gegeben habe.«

»Er hat mir von dem Unfall nichts erzählt und von diesem ominösen Geständnis auch nicht. Tut mir leid, daß ich Ihnen da nicht helfen kann...«

John winkte ab.

»Doch, Dr. McMillan, Sie haben mir sehr geholfen.«

McMillan seufzte.

»Sagen Sie das nicht so vor sich hin, Mr. Rollins. Ich weiß ja, was ich Ihnen gesagt habe. Das kann Sie doch nicht weitergebracht haben.«

»Doch, Doktor, das hat es.«

McMillan wischte sich mit dem Tuch noch einmal über die Nase.

»Aber wie denn?«

»Ich weiß jetzt, daß der Vorfall für Dr. Woods bereits zwei Tage später offenbar kein Thema mehr war, das ihn beschäftigte. Denn sonst hätte er Ihnen davon erzählt.«

»Ja, wenn Sie das so sehen... Das ist nun auch wieder wahr.«

John nahm seinen Notizblock aus der inneren Jackentasche und schlug ihn auf.

»Dr. Kensington arbeitet auch auf dieser Station?«

»Ja, aber er hat frei bis Montag. Er kannte Andy auch, allerdings war er die ganze letzte Woche noch in Urlaub und wird ihn nach dem Unfall nicht getroffen haben, wenn Sie sagen, daß es Donnerstag zwei Tage her war. Montag hatte Dr. Kensington seinen letzten Tag hier bevor er den Rest der Woche frei hatte.«

»Und Prof. Steele, kennen Sie den?«

»Ja, aber Steele wird Ihnen vermutlich nicht so viel sagen können, er kannte Andy nur flüchtig. Wer Ihnen vielleicht noch helfen könnte ist Dr. William Klann, der kannte Andy wohl auch recht gut. Dr. Klann arbeitet auf der Inneren.«

»Ich weiß, da war ich schon. Er ist erst Montag wieder hier.«

»Gut, mit ihm sollten Sie auch sprechen, denn Bill war die Woche über wohl hier. Vielleicht hat er Andy auch in der Zeit mal getroffen.«

»Das werde ich ihn am Montag fragen.«

John klappte seinen Notizblock wieder zu und Dr. McMillan begleitete ihn noch aus dem Arztzimmer bis zum Fahrstuhl.

»Eine Bitte hätte ich noch, Mr. Rollins... Wenn Sie den Täter finden, wäre ich Ihnen dankbar, wenn ich das nicht aus der Presse erfahren würde...«

John zeigte ein leichtes Lächeln.

»Gewiß, Dr. McMillan, ich werde Sie informieren.«

»Ich danke Ihnen, Mr. Rollins.«

Der Fahrstuhl öffnete die Türen und John fuhr mit ihm ins Erdgeschoß hinunter. Dort ging er in den Kiosk des Krankenhauses, wo Susan, Vincent und Roberts auf ihn warteten. Susan lief ein paar Schritte auf ihn zu, als er den Kiosk betrat.

»Haben Sie etwas herausgefunden?«

»Ja«, sagte John gedämpft. »Mr. Roberts hatte Recht. Für Dr. Woods war die Geschichte mit dem Duell offenbar kein Thema.«

11.

John packte fünf Spaten in den Kofferraum des Leihwagens, die er und Susan zuvor in einer Gärtnerei gekauft hatten, und schlug die Kofferraumhaube zu. Die beiden stiegen wieder in den Wagen ein, in dem Vincent und Roberts bereits warteten.

»Morgen in aller Frühe beginnen wir mit den Ausgrabungen«, teilte John mit. »Ich bin da zwar nicht so glücklich drüber, daß wir das selbst machen müssen, aber Inspektor McKenzie scheint dazu ja nicht bereit zu sein, obwohl es für die Polizei wahrscheinlich schneller ginge.«

John ließ den Wagen an und fuhr zum Hotel, in dem er und Susan wohnten. Dort mieteten sie für Roberts ein Zimmer unter einem anderen Namen. Während Roberts zunächst zu seinem Zimmer hinaufging, überlegte John, ob es noch eine Möglichkeit gab, an diesem Tag etwas zu unternehmen oder ob er jetzt einfach nur auf den Versuch warten konnte, am nächsten Morgen die Leiche zu exhumieren. Währenddessen machte sich Vincent auf den Weg zur Redaktion. John hatte ihn gebeten herauszufinden, ob es eine Pressemitteilung der Polizei zum Mord an Dr. Woods gab und was darin zu lesen sein würde.

Die Halle des Hotels war eher von bescheidener Größe. Es gab zwei Sitzecken in der Halle, die je mit einem Couchtisch und einer Handvoll Sessel um den Tisch herum ausgestattet waren. In einer dieser Sitzecken hatten sich John und Susan niedergelassen.

»Was denken Sie, Mr. Rollins?«

John blickte auf.

»Ich weiß nicht. Wir haben zunächst wohl alles unternommen, was möglich war. Eigentlich können wir jetzt nur noch darauf hoffen, daß wir morgen die Leiche Ihres Bruders finden, denn dann wird wohl auch Inspektor McKenzie die Angelegenheit endlich ernst nehmen.«

Susan seufzte leise.

»Vielleicht hätten wir uns damals mehr um meinen Bruder kümmern müssen, damit er nicht in solche Geschichten gerät.«

John winkte ab.

»Hinterher sind Sie immer klüger. Wenn er so verschlossen war, wie Sie es geschildert haben, hatten Sie keine Möglichkeit, so etwas vorauszusehen. Ihr Bruder war erwachsen. Sie konnten ihn nicht immer an die Hand nehmen wie einen kleinen Jungen. Entscheidend ist, daß wir jetzt herausfinden, was mit ihm passiert ist. Mehr können Sie für ihn nicht tun und mehr kann man von Ihnen auch nicht erwarten.«

Susan versuchte ein leichtes Lächeln.

»Vielleicht haben Sie recht, Mr. Rollins. Nur... irgendwie ist es schwer zu glauben, daß man es nicht hätte verhindern können.«

»Sie können nicht alle Verantwortung für Ihren Bruder auf sich laden. Das kann auch Ihre Familie nicht. Machen Sie sich kein schlechtes Gewissen, Miss Coone. Verantwortlich sind jene, die an seiner Ermordung mitgewirkt haben, auch wenn er selbst in das Duell eingewilligt haben sollte. Wenn das so ist, hat er selbst seinen Beitrag geleistet zu dem, was geschehen ist.«

»Haben Sie denn nicht auch ab und zu das Gefühl, Ihre Schwester an die Hand nehmen zu sollen, oder hatte Ihre Schwester nie versucht, Sie ein wenig zu leiten?«

John zeigte ein leichtes Lächeln.

»Ich glaube, die Zeiten sind bei Claudia und mir vorbei. Als wir um die 25 waren, haben wir zuweilen versucht, den Lebensweg des anderen ein wenig zu beeinflussen. Das letzte Mal, daß Claudia das bei mir versucht hatte war, als ich mich entschloß, meine Stellung bei Booker & Quartright aufzugeben und Privatdetektiv zu werden vor fünf Jahren.«

»Sie war dagegen?«

»Ja. Sie hielt es für gefährlich.«

»Und... ist es das?«

»Ja und nein. Es hängt davon ab, wie gut man aufpaßt. Und mit zunehmender Erfahrung sinkt auch die Gefahr.«

Roberts kehrte in die Halle zurück und setzte sich zu John und Susan.

»Ich... müßte noch zu mir in die Wohnung und das ein oder andere Kleidungsstück und so Sachen...«

John überlegte eine Zeitlang wie hoch das Risiko sein mochte. Auf der anderen Seite fiel ihm nichts mehr ein, was sie heute noch tun konnten, also entschloß er sich, mit Roberts zu dessen Wohnung zu fahren.

»Gut, wir beide fahren dorthin«, entschied er. »Miss Coone, gehen Sie bitte auf Ihr Zimmer oder bleiben Sie hier in der Halle während wir unterwegs sind, mir ist lieber, wenn Sie da nicht mitkommen. Ich glaube zwar nicht, daß das wirklich gefährlich ist, aber wir sollten kein Risiko eingehen. Wenn wir in zwei Stunden nicht zurück sind, können Sie die Polizei verständigen.«

»In Ordnung«, erwiderte Susan. »Ich werde noch ein wenig in der Halle bleiben und schauen, was ich dann mache.«

John und Roberts machten sich auf den Weg zu Roberts Wohnung. Sie fuhren mit dem Wagen bis in die Nähe der Wohnung und stiegen dort aus.

»Ich hoffe, Sie haben dunkle Vorhänge oder besser noch Jalousien.«

»Ich habe Jalousien an den Fenstern«, erwiderte Roberts.

»Sehr gut, dann geben Sie mir den Schlüssel zu ihrer Wohnung und warten auf dem Flur, bis ich die Jalousien heruntergelassen habe. Gibt es einen Hinterhof zu Ihrem Haus, und kann man den über eine Nebenstraße erreichen?«

»Nein, wir müssen vorne rein.«

»Dann fahren wir mit dem Wagen bis vor Ihr Haus.«

John und Roberts kehrten zum Wagen zurück und fuhren mit dem Wagen bis vor die Haustür. John sah sich genau um, konnte aber niemanden entdecken, der möglicherweise einen Anschlag auf Roberts planen könnte.

»Sie geben mir jetzt den Schlüssel und warten, bis ich

die Haustür aufgeschlossen habe. Dann steigen Sie aus dem Wagen aus und gehen zügig und ohne sich umzugucken direkt ins Haus.«

»Ja, mache ich.«

John stieg aus dem Wagen aus und ging zur Haustür. Dabei sah er sich unauffällig um. Auf der Straße war niemand zu sehen, der John verdächtig vorkam. So schloß er die Haustür auf und gab Roberts ein Zeichen, der aus dem Wagen ausstieg und zügig ins Haus ging. John kehrte zum Wagen zurück und schloß ihn ab, während Roberts im Hausflur auf ihn wartete.

Sie stiegen die Treppen ins dritte Stockwerk hinauf. Roberts gab John seine Wohnungsschlüssel. Vorsichtig öffnete John die Tür und ging in die kleine Wohnung hinein, die aus einer kleiner Küche, einem Bad und einem Wohnraum bestand. Auf den ersten Blick konnte John erkennen, daß die Wohnung offenbar noch nicht von jemanden durchsucht wurde. Er ging ins Wohnzimmer, ließ die Jalousien herunter und schaltete das Licht ein.

»Sie können hereinkommen.«

Roberts betrat seine Wohnung und sah sich kurz um.

»Hat sich was verändert?«

»Nein, Mr. Rollins, alles noch so, wie ich es verlassen habe.«

»Gut. Dann packen Sie schnell Ihren Koffer. Ich möchte nicht, daß Miss Coone beunruhigt wird.«

Roberts nahm einen kleinen Koffer aus einer Ecke und begann damit, ihn zu packen. John ging in die Küche und guckte vorsichtig aus dem Fenster. Auf den Dächern der umliegenden Häuser hätte ein Scharfschütze allenfalls die Möglichkeit, aus einem der Fenster heraus zu schießen, denn alle Häuser in der Umgebung hatten Giebeldächer. Von den Dächern käme überhaupt nur ein Dach in Frage: Das des Hauses gegenüber. Das Dachfenster stand offen und John konnte erkennen, daß dort niemand war.

Aber vielleicht wußten sie ja noch gar nichts von Roberts, überlegte John. Nur, wenn dem so war, stellte sich die Frage, wie sie von Dr. Woods erfahren hatten.

John kehrte ins Wohnzimmer zurück, wo Roberts noch mit dem Packen beschäftigt war. Er hatte den Koffer auf das Sofa gelegt, das ihm wohl nachts auch als Bett diente, denn es war ein ausziehbares Sofa. Neben einem Sofa mit einem kleinen Tisch und zwei Sesseln dem Sofa gegenüber standen in dem Zimmer noch der Kleiderschrank und zwei weitere Schränke mit Büchern und verschiedenen Dingen wie Gläser und Tonbändern. Auf einer kleinen Kommode stand ein altes Tonbandgerät und in einer Ecke auf einem kleinen Tisch ein Fernseher.

»Nehmen Sie auch Kleidung mit, die ruhig richtig dreckig werden kann«, sagte John. »Wenn wir morgen früh versuchen, die Leiche auszugraben, sollten Sie nicht gerade ihre besten Sachen tragen.«

»Ja, in Ordnung.«

»Ist Ihnen eigentlich noch etwas eingefallen, was der Mann im Krankenwagen gesagt haben könnte?«

»Nein, so im Moment nicht... irgendwie... ich glaube, ich habe Ihnen alles erzählt. Aber in der Situation...«

John winkte ab.

»Kein Problem. Wir werden morgen sehen, was uns die Aktion im Wald bringt.«

»Ich müßte mal ins Bad und mein Rasier- und Zahnputzzeug...«

»Ich hole es Ihnen.«

John betrat das Bad, das nur über ein Milchglasfenster verfügte, und nahm die Sachen von der Konsole, die über dem Waschbecken angebracht war. Während Roberts auch diese Dinge einpackte betrachtete John nachdenklich das durch die Jalousie verdunkelte Fenster.

»Sagen Sie, wer hat eigentlich Zugriff auf Ihre Dienstpläne?«

»Naja, das sind einige. Die Einsatzplanung, die Lohn- und Gehaltsabteilung, die Notärzte...«

»Das sind alles Personen, die zu Ihrem Dienstgeber gehören. Gibt es auch Leute von außerhalb, die Zugriff haben könnten?«

»Nein, eigentlich nicht.«

Für sich verwarf John den Gedanken, daß jemand, der Zugriff auf die Dienstpläne hatte, für den Tod Dr. Woods verantwortlich war, denn dann wüßte er auch, daß Roberts der Pfleger im Krankenwagen war.

»Was ist eigentlich mit dem Fahrer des Krankenwagens? Wissen Sie, wer das war?«

»Ja, Jeremy Gill. Meinen Sie, er ist auch in Gefahr?«

»Wäre nicht auszuschließen. Wir werden ihn gleich informieren, wenn wir zurückkehren.«

»Naja, vielleicht müssen wir uns um ihn keine Sorgen machen. Er hat jetzt zwei Wochen Urlaub und wollte wegfahren.«

»Wissen Sie, wohin?«

»Nur ungefähr. Er wollte nach Florida. Gestern wird er losgefahren sein.«

»Na gut, wir sollten trotzdem versuchen, ihn irgendwie zu warnen.«

Roberts schloß seinen Koffer.

»Ich bin fertig, Mr. Rollins.«

»Gut, kehren wir ins Hotel zurück.«

Nachdem Roberts die Wohnung verlassen hatte, zog John die Jalousien wieder hoch und sah eine Zeitlang vorsichtig aus dem Fenster. Nach wie vor war nicht zu erkennen, daß irgendeine Gefahr drohte. So hob John seine Schultern und verließ ebenfalls die Wohnung.

12.

Am nächsten Morgen, kurz vor Sonnenaufgang, fuhren John, Susan, Vincent und Roberts in das Wäldchen beim polnischen Friedhof. Ein leichter Morgennebel lag noch über dem Wald, als sie sich auf die Suche nach einer Lichtung machten, auf der das Duell stattgefunden haben konnte. John hatte zunächst Zweifel, ob die Lichtung inzwischen zugewachsen sein konnte. Doch sie fanden eine Lichtung, die etwa einen halben Kilometer vom polnischen Friedhof entfernt war.

»Tja«, meinte Vincent. »Und nun?«

»Jetzt überlegen wir uns, wohin man eine Leiche tragen und vergraben könnte«, erwiderte John.

»Praktisch überall hier«, meinte Roberts.

»Wenn wir davon ausgehen, daß das Duell auf dieser Lichtung stattgefunden hat, können wir vermuten, daß die Leute die Leiche in Richtung Friedhof getragen haben, denn dieser Rivers nahm den Friedhofs als Anhaltspunkt für die Beschreibung des Ortes. Andererseits – was hätte er sonst sagen sollen?«

Vincent stützte sich auf seinen Spaten und gab einen leichten Seufzer von sich.

»Da können wir ja bis zum Ende unseres Lebens den Wald umgraben.«

»Ich sagte es ja schon: Wenn die Polizei es tun würde, würde es deutlich schneller gehen. Aber da sie es nicht tut und wir bis Montag auch nichts weiter machen können, graben wir heute eben selbst. War Ihr Bruder eigentlich schwer, Miss Coone?«

Susan schüttelte ihren Kopf.

»Nein, er war so normal, nicht dick. Noch nicht mal mollig.«

»Dann können sie ihn auch weiter weg getragen haben. Ich weiß nicht.«

»Aber«, warf Vincent ein, »warum sollten sie? Wenn sie sich hier unbeobachtet fühlten? Und ewig werden sie damit sicher auch nicht zugebracht haben wollen.«

»Ja«, murmelte John. »Vermutlich haben Sie recht. Wir

gehen jetzt in den Wald da vorne hinein und fangen einfach an zu graben.«

So machten sie sich auf den Weg und gingen eine kurze Strecke ins Unterholz bis sie in ein Waldstück kamen, dessen Boden nicht von niedrigem Gebüsch bewachsen war.

»Hier fangen wir an«, entschied John. »Sie müssen allerdings bedenken, daß Sie tiefer graben müssen. Zum einen werden die Leute die Leiche nicht direkt unter der Erdoberfläche begraben haben, zudem ist das auch schon über zehn Jahre her, und da kann sich der Boden auch verändert haben.«

Die Anwesenden nickten und begannen mit den Spaten im Boden zu graben.

Ungefähr zur gleichen Zeit schloß Clifford Valen sein Büro im Stadtzentrum von Chicago auf und ließ seine Freunde hinein. Sie gingen direkt in das Büro und setzten sich in die Sessel, die um den Schreibtisch herum standen. Jeff O'Keefe warf eine Sonntagszeitung auf den Tisch.

»Was hast du dir eigentlich dabei gedacht, diesen Arzt umzulegen?«, fragte er Valen ärgerlich.

Valen betrachtete die Zeitung einen Moment lang und blickte zu O'Keefe.

»Wie kommst du auf die Idee, daß ich das war? Ich habe den Mann nicht umgelegt.«

»Außer dir hat aber niemand die Absicht geäußert«, warf Willkins ein.

»Ich habe euch doch gesagt, daß ich das nicht mache. Glaubt ihr, daß ich mein Wort breche?«

»Naja, einen heiligen Eid hast du nicht gerade geleistet«, meinte Klann. »Ich finde das ausgesprochen ärgerlich, daß der Mann ermordet wurde. Das wird Staub aufwirbeln. Es war eine Dummheit.«

»Verdammt, ich war es nicht«, herrschte Valen ihn an. »Glaubst Du, ich war glücklich darüber, als ich das gelesen habe? Habe mir doch gleich gedacht, daß ich mich dafür vor Euch rechtfertigen muß!«

»Es bringt doch nichts, wenn wir uns jetzt gegenseitig

verdächtigen und anschreien«, warf Willkins ein. »Es ist schlimm genug, daß es passiert ist. Jetzt wird es sicher Ermittlungen geben. Und wenn dieser Woods noch mehr Leuten erzählt hat, was er da im Krankenwagen gehört hat, wird sicher irgendein findiger Polizist die Verbindung zu dem Vorfall ziehen.«

»Hat inzwischen einer von euch herausgefunden, wer der Sanitäter war, der im Krankenwagen dabei war?«

Klann und O'Keefe schüttelten ihre Köpfe.

»Wie ich schon sagte«, erwiderte Klann, »wird das schwer sein, den Namen herauszufinden, ohne daß sich jemand darüber wundert, daß man Interesse an dem Pfleger zeigt. Nachdem dieser Arzt umgelegt wurde, sollten wir den Sanitäter lieber erst mal vergessen, sofern wir nicht zufällig seinen Namen erfahren.«

Valen murmelte etwas Unverständliches.

»Es ist euch doch wohl klar, daß wir erhebliche Probleme bekommen, wenn jemand eine Verbindung zu uns herstellt.«

»Da hilft es auch nicht, wenn wir wissen, wie der Pfleger heißt.«

Valen öffnete eine Kiste mit Zigarren.

»Möchte einer von Euch?«

Allgemeines Kopfschütteln. Valen nahm eine Zigarre aus der Kiste, köpfte und entzündete sie.

»Meine Güte, egal wer von uns diesen Arzt umgelegt hat, soll er es doch zugeben«, sagte O'Keefe. »Es wird schon keiner von uns zur Polizei rennen.«

»Ich habe keine Ahnung, wer diese Dummheit begangen hat«, erwiderte Valen. »Ich weiß nur, daß ich es nicht war.«

Willkins schüttelte seinen Kopf und machte eine abwinkende Handbewegung zu O'Keefe.

»Lassen wir das Thema doch jetzt mal sein. Passiert ist passiert. Und wenn sich keiner von uns zu der Tat bekennen will, bringt es doch nichts, da weiter drüber zu diskutieren. Viel wichtiger ist doch, wie wir uns jetzt verhalten, sollte die Polizei auf einen von uns kommen.«

»Ist doch ganz einfach«, erwiderte Valen. »Gebt nur zu, was ohnehin belegt werden kann. Wir kannten diesen Woods nicht. Wir kannten Joe Coone nur flüchtig, wenn danach gefragt wird. Und keiner von uns verrät den Namen eines anderen, wenn nach weiteren Freunden gefragt wird. Wenn überhaupt, kommen wir nur so aus der Sache raus. Alles andere kann man uns nicht beweisen.«

Valen nahm einen tiefen Zug von seiner Zigarre und blies den Rauch in O'Keefes Richtung. Dieser nahm die Zeitung vom Schreibtisch und wedelte den Rauch weg.

»Laß doch mal den Mist!«

Valen lachte.

»Sei nicht so empfindlich. Früher hast du selbst geraucht, aber seit du Arzt bist, spielst du den Gesundheitsapostel.«

»Ich mache Dir keine Vorschriften darüber, was du mit deiner Lunge machst, aber du könntest ruhig darauf verzichten, den Rauch in meine Richtung zu blasen.«

»Ich glaube, wir haben ein paar andere Probleme«, meinte Klann, und Willkins nickte zustimmend.

»Wir sollten uns gegenseitig über alles auf dem Laufenden halten, was wir zu dieser Sache erfahren«, sagte er dann. »Wir treffen uns jetzt jeden Sonntagmorgen hier und besprechen die Entwicklungen. Wenn jemand unter der Woche befragt wird, ruft er die anderen an und informiert sie telephonisch. Wichtig ist, daß wir alle Aussagen miteinander absprechen, wenn möglich, damit sich niemand verplappert.«

»Wir müssen herausfinden, wer dieser Pfleger ist«, warf Valen erneut ein.

»Jetzt hör doch mal mit dem Pfleger auf. Was nützt uns das, wenn wir wissen, wer das ist? Soll den auch noch jemand umlegen und hinterher will es niemand gewesen sein? Beim Arzt können auch noch andere Feinde eine Rolle gespielt haben. Aber wenn der Pfleger dann auch noch über die Klinge springt, wird sicher jemand auf die Idee kommen, daß es damit zusammenhängen könnte, was beide im Krankenwagen von Rivers gehört haben. Der Mord an diesem Arzt war schon einer zuviel!«

Inzwischen hatte Klann die Sonntagszeitung an sich genommen und den Artikel gelesen.

»Viel steht da ja nicht drin. Offenbar vom Dach gegenüber erschossen. Kopfschuß, gleich mit dem ersten Schuß ein Treffer. Ein Profi.«

Valen riß Klann die Zeitung aus der Hand und warf sie in den Papierkorb.

»Ihr könnt einem auf den Geist gehen mit diesem dusseligen Mord! Wir sind uns doch schon einig, daß es eine Dummheit war und daß niemand von uns zugeben will, die gute Tat begangen zu haben! Was reitet Ihr jetzt noch darauf herum?«

»Das ist keine Nebensache, Cliff«, sagte Willkins ruhig. »Es zieht uns möglicherweise so richtig in die Sache rein. Bislang hat offenbar noch niemand in der Sache ermittelt, aber jetzt dürfte die Polizei jedenfalls dran sein. Ich weiß ja nicht, wie viele Feinde dieser Arzt gehabt haben mag, aber irgendwann werden die auch auf die Geschichte mit Rivers kommen.«

»Ja. Durch diesen Pfleger.«

»Bist du wirklich sicher, daß du den Arzt nicht umgelegt hast? Ich finde, dein Beharren auf den Namen des Pflegers macht dich da irgendwie nicht so richtig glaubwürdig.«

»Denk doch, was du willst!«

»Ja, tue ich auch. Die Sache ist jetzt fast eine Woche her. Wer weiß, mit wem der Pfleger inzwischen darüber so alles gesprochen hat. Selbst wenn wir den Namen wüßten und uns entschließen sollten, ihn umzulegen, dürfte die Sache damit nicht vorbei sein, sondern erst richtig losgehen. Wie schon gesagt: Dann ist Rivers die Verbindung zwischen den beiden Morden und die Polizei wird sich darauf konzentrieren. Und außerdem – nachdem der Arzt jetzt tot ist, wird der Pfleger vielleicht erst recht anderen Leuten davon erzählen, und dann wird es doppelt und dreifach verdächtig, wenn der Pfleger stirbt.«

Klann griff in seine Jackentasche und nahm eine Schachtel mit Pfefferminzbonbons heraus, die er anbot und dann selbst einen lutschte.

»Also bitte, wir können zur Zeit nicht viel tun«, sagte er dann. »Vor allem aber müssen wir die Nerven behalten. Es bleibt bei dem, was wir besprochen haben. Wenn die Polizei einen von uns befragt, möglichst herunterspielen und nicht mehr verraten als notwendig. Niemand kann belegen, daß wir Coone kannten. Also werden wir uns da auch gegenseitig nicht reinziehen. Ich habe Rivers seit Jahren nicht mehr gesehen, also werde ich allenfalls zugeben, ihn flüchtig zu kennen. Ansonsten haben wir die Dinge nur in der Zeitung gelesen, okay?«

Die anderen drei nickten. Valen nahm einen Zug von seiner Zigarre und paffte Ringe in die Luft.

»Wir könnten vielleicht doch noch versuchen herauszufinden, wieviel dieser Pfleger weiß. Ich rede doch gar nicht vom Umbringen, aber wenn wir wissen, was Rivers im Krankenwagen erzählt hat, können wir auch besser einschätzen, was da möglicherweise auf uns zukommt.«

»Und wie willst du das machen?«, fragte Willkins. »Willst du dich als Polizist ausgeben und ihn befragen?«

»Ich habe auch schon überlegt, wie wir das machen. Natürlich müßten wir erst mal herausfinden, wer der Mann ist.«

»Ich finde, wenn wir das schon tun, dann sollten wir einen Detektiv beauftragen und ihn nicht selbst befragen«, sagte O'Keefe. »Wenn einer von uns ihn befragt und er sich dann erinnert?«

»Und was willst du dem Detektiv erzählen warum wir ihn damit beauftragen? Das wird dem dann doch erst recht suspekt vorkommen, wenn wir dem eine Geschichte aufbinden.«

Klann seufzte.

»Ich halte es für das Beste, wenn wir jetzt erst mal gar nichts tun und den Dingen ihren Lauf lassen. Laßt uns nächsten Sonntag hier wieder treffen und schauen, wie weit sich die Geschichte entwickelt hat.«

»Okay«, brummte Valen. »Das soll mir recht sein. Nächsten Sonntag. Aber wenn sich zwischendurch etwas tut, informieren wir einander telephonisch, okay?«

»Ja, aber niemand unternimmt etwas ohne Absprache«, sagte Willkins. »Schon gar nicht werden irgendwelche Beteiligte umgelegt, klar?«

Valen sah Willkins mit einem vernichtenden Blick an.

»Wieso schaust du mich dabei an? Wie oft soll ich noch sagen, daß ich diesen verdammten Doktor nicht abgeknallt habe?«

»Ist doch jetzt egal«, fuhr Klann dazwischen. »Es bleibt einfach bei dem, was wir jetzt gesagt haben. Niemand tut etwas ohne Absprache und wir treffen uns am nächsten Sonntag wieder, okay?«

Die anderen Anwesenden zeigten ihre Zustimmungen. Dann verabschiedeten sie sich voneinander und verließen bis auf Valen das Büro.

Vor dem Haus blieben die drei Männer kurz stehen und warfen einander kurze Blicke zu.

»Ich sage euch«, brummte Willkins gedämpft, »Clifford hat diesen Arzt umgenietet. Ich weiß, daß ich es nicht war, und euch beiden traue ich es auch nicht zu.«

Klann seufzte.

»Das wird er nie zugeben.«

»Nein. Das wird er nicht. Aber er wird uns immer weiter in den Mist hineinreiten. Wenn noch einmal etwas passiert, werden wir uns etwas einfallen lassen müssen, wie wir die Sache beenden. Mir hängt der Kerl wirklich zum Halse heraus!«

Klann und O'Keefe nickten zustimmend. Willkins verabschiedete sich von den beiden, stieg in seinen Wagen und fuhr davon. Klann und O'Keefe gingen langsam nebeneinander die Straße entlang. Sie hatten ihre Wagen auf einem Parkplatz in der Nähe geparkt.

»Ich, ähem...«, hob O'Keefe an, »habe ein Angebot von Prof. Karlsenson bekommen. Er möchte, daß ich sein Assistent in der Klinik werde und auch meinen Professor mache, um später eine Abteilung zu leiten.«

»Gratuliere!«, rief Klann erfreut aus. »Dann hast du es ja geschafft.«

O'Keefe lächelte leicht.

»Ja, so sieht es aus. Und wie steht es bei Dir?«

»Naja, ich könnte demnächst Stationsarzt werden. Zudem besteht die Möglichkeit, daß ich in die Forschung an der Uniklinik gehe. Ganz entschieden habe ich mich noch nicht.«

»Das klingt aber auch sehr gut«, meinte O'Keefe.

»Ja, wenn nur diese Sache nicht wäre. Ich sage Dir ganz ehrlich: Langsam frage ich mich, wie ich damals so dumm sein konnte, mich in diese Geheimbundgeschichte hineinziehen zu lassen. Ich bereue das ehrlich, und meinen Frieden mit unserem Staat und unserer Demokratie habe ich inzwischen auch gemacht.«

O'Keefe sah sich kurz um als fürchtete er, Valen konnte ihnen gefolgt sein und sie belauschen.

»Ehrlich gesagt: Ich auch«, sagte er dann. »Es läuft gut für mich. Becky und ich haben vor zwei Jahren geheiratet und das erste Kind ist unterwegs. Wir haben uns ein schönes Haus am Stadtrand gekauft und ich steige jetzt an der Klinik auf. Aber seit diese Geschichte mit Rivers passiert ist habe ich jeden Tag Angst, das könnte alles zerstört werden. Was sollen wir bloß tun?«

Klann hob seine Schultern.

»Ich weiß nicht. Die Mittäterschaft beim Vertuschen könnte verjährt sein, aber wenn das öffentlich wird, wird es uns trotzdem schaden. Ich bin kein Jurist... Vielleicht könnten wir mal Alan fragen.«

O'Keefe blickte Klann zweifelnd an.

»Ich weiß nicht... Vielleicht hat er am Ende doch den Arzt umgelegt.«

»Meinst du? Ich glaube eher, daß es Cliff war. Der Mann war schon immer ein Fanatiker. Darum hat er ja auch diesen komischen Verein hier gegründet... Der ist immer noch überzeugt, daß unser politisches System beseitigt werden müßte. Cliff geht auch über Leichen, zur Not vielleicht auch über unsere.«

»Jedenfalls... sollten wir besonders vorsichtig sein. Ich

schlage vor, wir beiden bleiben jetzt jedenfalls in Kontakt und entscheiden gemeinsam, was wir Alan und Cliff sagen. Es kann nicht schaden, wenn wir beide jetzt etwas vorsichtiger sind.«

»Ja, gut. Das machen wir.«

Die beiden erreichten den Parkplatz, verabschiedeten sich voneinander und stiegen in ihre Autos. Während sie von dem Parkplatz fuhren, gruben John, Susan, Roberts und Vincent weiterhin den Boden im Wald um und versuchten, der einzigen Spur nachzugehen, der sie an diesem Sonntag nachgehen konnten: Die Leiche Joseph Coones zu finden.

13.

An jenem Sonntag im April meinte es das Wetter gut mit John und seinen Helfern. Die Sonne schien von einem nur leicht bewölkten Himmel bei milden Temperaturen. Mit ihren Spaten schabten sie das herabgefallene Laub des vergangenen Herbstes zur Seite und gruben stichprobenartige tiefe Löcher in den Boden, die sie anschließend zuschütteten. John machte sich nichts vor: Ohne genauere Informationen, wo die Leiche lag, konnte es Tage dauern bevor sie fündig würden.

Zu Mittag fuhren sie kurz in die Stadt, um ein kleines Mittagessen einzunehmen, und kehrten dann in den Wald zurück. Es war ein in der Tat verlassenes Waldstück, in das sich nicht einmal bei dem schönen Wetter Spaziergänger oder Wanderer verirrten. So lange sie dort gegraben hatten, hatten sie niemanden in der Gegend gesehen, was John auch recht war, denn so mußten sie sich nicht dafür rechtfertigen, daß sie den Wald umgruben.

»Ich kann nur sagen«, keuchte Vincent am späten Nachmittag, »daß es lange her ist, daß ich so viel körperlich gearbeitet habe. Das schlaucht ganz schön!«

»Naja, ich mache so etwas auch nicht jeden Tag«, erwiderte John. Susan lächelte leicht und setzte die Arbeit fort. John sah sich um, aber es waren nach wie vor keine Menschen in der Gegend zu sehen. Dafür kam eine grau-schwarz getigerte Katze aus einem Gebüsch geschlichen. Sie sah ihnen eine Zeitlang aus einigem Abstand bei der Arbeit zu und verschwand dann wieder in einem anderen Gebüsch.

»Ich kann verstehen, daß das Duell hier stattgefunden haben soll«, sagte er dann. »Hier scheint wirklich nur selten jemand herzukommen.«

»Mir fällt da gerade etwas Schauriges ein«, warf Roberts ein. »Was ist eigentlich, wenn Mr. Coone nicht der einzige war, der hier begraben wurde?«

»Das wird sich zeigen. Möglich ist es in der Tat, zumal ja wohl noch mehr Studenten spurlos verschwunden sind. Wenn hier noch mehr Leute begraben sind, erhöht dies allenfalls unsere Chancen, fündig zu werden.«

Bereits im nächsten Moment knirschte es bei Vincent und er stieß anschließend mit dem Spaten auf etwas Hartes.

»Hier ist was«, sagte er. »Hier scheint eine Kiste vergraben worden zu sein.«

John und Susan gingen zu Vincent und halfen beim Graben. Sie förderten zunächst einen Kasten zutage. John griff in seine Jackentasche und nahm ein Paar Gummihandschuhe heraus, die er überzog. Als er den Kasten aus dem Loch hob, befand sich darunter ein Kleidungsstück. Vincent wandte sich ab.

»Hier liegt jemand«, sagte John und öffnete den Kasten. Er enthielt zwei Pistolen, die aus dem vergangenen Jahrhundert zu sein schienen.

»Richtig!«, rief Roberts aus. »Der Pistolenkasten, den hat dieser Mann auch erwähnt.«

John schloß den Kasten und zog die Gummihandschuhe aus.

»Vielleicht sind noch Fingerabdrücke dran.«

Vincent warf einen kurzen Blick in das Loch, das sie ausgehoben hatten.

»Meinen Sie... wir müssen weitergraben oder sollten wir vielleicht die Polizei holen?«

»Wir werden die Polizei holen«, sagte John. »Das sollte Inspektor McKenzie überzeugen. Die Ortsangabe dieses Mr. Rivers war ausgesprochen gut. Sofern nicht weitere Leute hier vergraben wurden dürfte es sich bei dem Toten um Ihren Bruder handeln, Miss. Coone.«

Susan schluckte schwer. John sah ihr an, daß der Leichenfund sie berührte und belastete. Also brachte er sie ins Auto.

»Wenn Sie ein paar Minuten allein sein möchten...«

»Ja, bitte, Mr. Rollins...«

John kehrte zu der Fundstelle zurück. Roberts stach seinen Spaten in den Boden neben dem Loch und stützte sich darauf.

»Und nun?«

»Ich glaube, Miss Coone braucht jetzt etwas Zeit. Nach diesem Fund dürfte Inspektor McKenzie jedenfalls nicht mehr daran zweifeln, daß an der Geschichte von Mr. Rivers etwas dran ist. Ich hoffe, daß er den ganzen Wald umgraben läßt, denn wenn Mr. Coone hier verscharrt wurde, könnten auch weitere Leichen noch in der Gegend liegen.«

»Schrecklicher Gedanke«, brummte Vincent.

»Ja«, erwiderte John. »Und es ist wichtig, daß Sie alles, was wir ermitteln, bis zum Ende der Ermittlungen für sich behalten. Jetzt, wo Mr. Coones Leiche gefunden wird, dürfen Sie nur Pressemitteilungen der Polizei verarbeiten, nichts von dem, was wir jetzt herausfinden.«

»Ja, Mr. Rollins, in Ordnung. Ich hoffe nur, daß mein Redakteur mir die Story jetzt nicht wegnimmt. Immerhin bin ich ja noch ein Anfänger, und ich habe schon gesehen, wie Kollegen Stories weggenommen wurden, weil der Chefredakteur meinte, sie seien dem nicht gewachsen.«

»Wenn er das versucht, werde ich mit ihm reden.«

John blickte zum Wagen. Susan hatte ihr Gesicht in einem Taschentuch vergraben und schien zu weinen. John beschloß, ihr die Zeit zu geben, bis sie sich von dem Fund erholt hatte. Bedauerlich war nur, daß er eben nur das eine Auto jetzt hier hatte und keine Möglichkeit bestand, die Polizei zu holen.

John zog sich die Gummihandschuhe wieder an und öffnete noch einmal vorsichtig den Pistolenkasten. Er war außen von einem dünnen Metallmantel umgeben und innen aus Holz. Weil der Verschluß nicht wasserdicht war, war das Holz über die Jahre im feuchten Boden modrig geworden. Die Pistolen waren an den Metallteilen angerostet. Die Holzgriffe sahen ebenfalls angegriffen aus.

John schloß den Kasten wieder und zog die Gummihandschuhe wieder aus.

»Die sehen aus, als stammten sie aus dem vorigen Jahrhundert«, meinte Roberts. »Wie in den alten Filmen.«

»Ja. Ich hoffe, daß da noch nicht alle Fingerabdrücke weggewaschen sind.«

»Meinen Sie nicht, daß die die Pistolen abgewischt haben werden, wenn sie sie zu der Leiche hinzulegen?«

John hob seine Schultern.

»Wahrscheinlich, aber möglicherweise sind noch Patronen drin, und da könnten sie vergessen haben, die Fingerabdrücke abzuwischen.«

»Ja. Daran habe ich jetzt auch nicht gedacht.«

»Das wird die Spurensicherung rausfinden. Ich fürchte, wir werden heute noch einen langen Abend vor uns haben mit dem Inspektor.«

Susan stieg aus dem Wagen aus und gab John ein Zeichen, woraufhin er zu dem Wagen ging.

»Es... es geht wieder«, sagte sie.

»Gut. Sie fahren mit Mr. Vincent zur Polizei, und Mr. Roberts und ich bleiben hier. Meinen Sie, Sie schaffen das?«

»Ja, sicher.«

John kehrte zu dem Fundort der Leiche zurück und schickte Vincent zum Wagen, woraufhin er mit Susan in die Stadt fuhr.

»Meinen Sie, es ist jetzt alles vorbei?«

John blickte Roberts an.

»Nein, Mr. Roberts, jetzt geht es erst richtig los. Sie sind so lange nicht außer Gefahr bis die Leute, die das hier getan haben, gefunden sind. So lange werden Sie unter falschem Namen in dem Hotel wohnen bleiben und sich von Ihrem Arbeitgeber freistellen lassen müssen. Wir können es einfach nicht riskieren, daß jene, die Dr. Woods umgebracht haben, auch Sie töten.«

»Und meinen Sie... das dauert lange?«

John zuckte kurz mit seinen Schultern.

»Wenn die Leute Fingerabdrücke an den Waffen hinterlassen haben, haben wir erst mal eine Spur. Das ist natürlich nur ein Indiz und kein Beweis. Und es ist ja auch schon über zehn Jahre her, da könnte es schwierig werden, die Tat zu beweisen.«

»Aber ich kann mich doch nicht ewig verstecken.«

»Nein, das werden Sie auch nicht müssen, mit der Zeit dürfte die Gefahr nachlassen, weil das, was Sie wissen, nicht mehr Ihr alleiniges Wissen ist und der Mörder keinen Gewinn davon erwarten kann, wenn er Sie tötet. Bis dahin müssen Sie aber untertauchen.«

»Und alles nur, weil ich zufällig gehört habe, was der Mann gesagt hat.«

»Ja, das ist leider so. Da sind Sie nicht der Einzige, dem so etwas passiert.«

Roberts schabte ein wenig versunken mit dem Spaten auf dem Boden neben dem Loch. John ging ein paar Schritte im Wald auf und ab und überlegte, wie lange es wohl dauern mochte, bis die Polizei in dem Wald ankam. Die Bäume standen verhältnismäßig dicht beieinander. Einige Bäume waren noch recht klein und durften erst innerhalb der letzten zehn Jahre gewachsen sein. Offenbar wurde in diesem Teil des Waldes nicht viel von Menschen verändert. Der Ort lag einige Meter vom Waldweg entfernt. Vermutlich liefen ansonsten hier nur Tiere herum.

In Richtung des Friedhofs wurde der Wald wieder lichter und es wuchs auch niedriges Gebüsch zwischen den Bäumen, was natürlich nicht ausschloß, daß vor Jahren dort auch Leute verscharrt wurden, die möglicherweise bei Duellen getötet wurden.

John dachte an Prof. Mientz und die Art und Weise, wie er die Vorfälle einfach verdrängen wollte. Konnte es wirklich sein, daß Studenten sich gegenseitig bei Duellen töteten und die Professoren bekamen das nicht mit oder ignorierten es?

Hätte man ihm vor diesem Fall von derartigen Vorgängen erzählt, hätte John dies allerdings auch für unglaubwürdig gehalten, allenfalls für Einzelphänomene. Daß aber doch mehrere Leute auf diese Weise umgekommen seien, war erschreckend und im Grunde unglaublich.

Die Frage war jedoch nun, wie die Vorgänge ohne ein weiteres Geständnis eines Beteiligten bewiesen werden sollten. Auch wenn es Fingerabdrücke an den Pistolen geben sollte, bewies dies noch keine Beteiligung, allenfalls daß die Waffen im Besitz der jeweiligen Person waren. Aber zumindest könnte möglicherweise eine weitere Verbindung hergestellt werden, wenn Fingerabdrücke noch gefunden werden konnten. Aber wirkliche Hoffnungen machte John sich nicht.

Nachdem er ein wenig durch das Unterholz geschlendert war, kehrte er zu der Fundstelle der Leiche zurück, an der Roberts noch stand und mit seinem Spaten auf dem Boden herumschabte.

»Was meinen Sie, wie lange...«

»Keine Ahnung«, erwiderte John. »Ich habe mit der Polizei in Chicago noch nicht so viel zu tun gehabt. Bei Dr. Woods waren sie recht schnell, aber hier kann es noch etwas dauern, zumal wenn sich Inspektor McKenzie eingestehen muß, daß er hier doch hätte suchen sollen.«

»Irgendwie möchte ich jetzt doch gerne weg.«

John zeigte ein leichtes Lächeln.

»Das kann ich verstehen. Haben Sie denn Verwandte, die nicht in Chicago leben?«

»Ja, meine Eltern wohnen in Minneapolis. Meinen Sie, das ist weit genug weg von hier?«

»Ich weiß nicht recht. Wenn die Mörder bereits hinter Ihnen her sind, ziehen Sie Ihre Eltern vielleicht mit in die Geschichte.«

»Nein, das möchte ich dann doch nicht.«

John war es letztlich auch lieber, wenn Roberts in Reichweite blieb, denn es konnte ja sein, daß ihm weiteres einfiel.

»Sie sagten vorhin, daß Rivers den Pistolenkasten erwähnt habe. In welcher Beziehung?«

Roberts überlegte.

»Naja, er sagte was von einem Pistolenkasten auf dem Toten. An mehr erinnere ich mich nicht.«

»Dann können wir annehmen, daß dies der Tote ist, den er meinte. Es sei denn, alle Leute, die auf diese Weise umkamen, wurden mit dem Pistolenkasten der Duell-Waffen verscharrt.«

Roberts schluckte. In einiger Entfernung waren Moto-
rengeräusche zu hören. John kletterte auf einen Baumstumpf um besser zu sehen können. Und tatsächlich
waren in einiger Entfernung Polizeiwagen zu sehen, die
seinem Leihwagen folgten.
John stieg von dem Baumstumpf wieder herunter.
»Sie kommen.«

14.

»So schnell sieht man sich wieder«, brummte Inspektor McKenzie, als er bei John und Roberts ankam.

»Ja«, erwiderte John. »Wir haben den ganzen Tag hier gegraben und dann diesen Toten gefunden. Und den Pistolenkasten.«

Mehrere Polizisten kamen am Fundort der Leiche an sowie Leute von der Spurensicherung.

»Waren Sie da schon dran und haben überall Ihre Fingerabdrücke verteilt?«

John zog die Gummihandschuhe aus seiner Jackentasche und Inspektor McKenzie nickte kurz. Dann wies er die Leute von der Spurensicherung an, den Kasten wegzubringen.

»Dürfen wir uns Ihre Spaten leihen?«

»Aber sicher.«

Fünf Polizisten nahmen die Spaten und setzten die Ausgrabung der Leiche fort.

»Fünf Spaten«, stellte Inspektor McKenzie fest. »Wer hat Ihnen denn noch geholfen?«

»Niemand. Wir haben nur sicherheitshalber einen Spaten mehr mitgenommen, falls einer beim Graben kaputtgeht.«

»Verstehe. Sie denken offenbar an alles. Und Sie meinen, dies ist Mr. Coone?«

»Vermutlich ja, es paßt alles. Mr. Roberts fiel noch ein, daß der Sterbende von einem Pistolenkasten sprach, der auf der Leiche liegen sollte.«

Inspektor McKenzie blickte in die Richtung, in die die Leute von der Spurensicherung mit dem Pistolenkasten gegangen waren.

»Naja, es wird sich zeigen, ob wir die Leiche identifizieren können, wenn die da zehn Jahre lang gelegen hat. Das wird vermutlich etwas dauern. Ich hoffe, Sie haben heute abend nichts weiter vor, denn wir werden uns sicher ein wenig miteinander noch im Präsidium unterhalten müssen.«

»Außer der Leiche hat sich keine neue Erkenntnis ergeben. Wir haben, wie gesagt, den ganzen Tag hier gegraben.«

Der Inspektor sah sich um und schien die vielen zugeschütteten Löcher zu zählen, die John, Susan, Vincent und Roberts gegraben hatte.

»Ausdauer haben Sie ja.«

»Wenn Sie bereit gewesen wären, das machen zu lassen, hätten wir die Leiche vielleicht schon heute vormittag gefunden.«

»Ja, in Ordnung, Mr. Rollins, Sie hatten Recht. Ich hoffe, Sie sind jetzt zufrieden. Ich werde hier alles absperren und nach weiteren Leichen suchen lassen. Sollte es sich hier tatsächlich um das Opfer eines Duells gehandelt haben, und sollte es tatsächlich der vermißte Student Mr. Coone sein, liegen hier vielleicht noch weitere Opfer.«

John nickte erleichtert, denn er war sich nicht sicher gewesen, ob Inspektor McKenzie tatsächlich diese naheliegende Schlußfolgerung ziehen und die Suche veranlassen würde.

Zwei Angestellte des Leichenbeschauers kamen mit einer Bahre und legten sie neben das Loch, welches die Polizisten immer weiter aushoben. Susan stand in einiger Entfernung vom Loch und vermied es, hinzuschauen. Sie wollte offenkundig nicht sehen, wenn die Polizisten die Leiche ihres Bruders bargen.

Weitere Polizisten begannen damit, die Gegend abzusperren. Der Wald, der noch bis vor wenigen Minuten unberührt schien, wimmelte nun vor Menschen.

»Wir werden das ganze Areal hier abtragen lassen«, sagte Inspektor McKenzie. »Wer weiß, wo noch weitere Leute verscharrt wurden. Haben Sie bei Ihrer Suche noch jemanden entdeckt?«

»Nein, wir haben nur ihn gefunden. Hätten wir noch jemanden entdeckt, hätten wir Sie schon früher geholt.«

Der Inspektor warf einen kurzen Blick auf seine Armbanduhr und stellte fest, daß es nicht mehr allzulange dauern würde, bis es dunkel würde. Er wies an, daß

Laternen in den Wald gebracht würden, damit die Untersuchungen auch nach Einbruch der Dunkelheit fortgesetzt werden konnten. Die Polizisten beendeten inzwischen ihre Arbeit an dem Loch und nickten dem Inspektor kurz zu.

»In Ordnung, Mr. Rollins. Bringen Sie Miss Coone zu Ihrem Wagen. Sie muß das hier nicht unbedingt sehen, auch wenn sie uns gerade den Rücken zudreht.«

»Ja.«

John ging zu Susan und führe sie zum Wagen. Susan wirkte noch immer aufgelöst und war erleichtert, daß sie nicht mehr alleine herumstehen mußte, als John sie zum Wagen brachte.

»Wie geht es jetzt weiter?«

»Ich fürchte«, erwiderte John, »wir werden heute abend noch eine Zeitlang im Büro von Inspektor McKenzie verbringen müssen. Morgen werden wir weitersehen. Zunächst möchte ich mit dem Arzt sprechen, den wir jetzt am Wochenende nicht erreicht haben und dann unbedingt noch mit Inspektor Werries, der damals für die verschwundenen Studenten zuständig war. Tja, und dann werden wir sehen wie es weitergeht. Ich hoffe ja, daß die Untersuchung der Pistolen etwas bringt.«

»Dann... ist es also wahr. Mein Bruder hat bei diesem Duell mitgemacht.«

»Ja, danach sieht es aus.«

Susan schloß ihre Augen.

»Das verstehe ich nicht. Es ist so sinnlos.«

»Ja, das ist es. Aber wir sollten trotzdem herausfinden, was die Hintergründe des Duells waren, und wer daran beteiligt war. Offensichtlich ist jemanden das so wichtig es zu vertuschen, daß er dafür auch heute noch mordet.«

»Ja, das möchte ich auch. Ich möchte wissen, warum sich mein Bruder darauf eingelassen hat und worauf er sich genau eingelassen hat.«

Inspektor McKenzie kam zu Wagen und klopfte an das Seitenfenster der Fahrerseite, wo John saß. Er öffnete die Tür.

»Ich sehe schon, Mr. Rollins, Sie sind wohl beide nicht in der Stimmung, heute noch in mein Büro zu kommen. Da will ich mich kurz fassen und Ihnen die Fragen hier stellen.«

John warf einen kurzen Blick zu Susan und sie nickte kurz.

»Steigen Sie ein.«

Inspektor McKenzie öffnete die hintere Tür und setzte sich auf den Rücksitz. Dort nahm er einen kleinen Notizblock heraus.

»Sie sagten, Sie hätten den Tip mit der Leiche von diesem Mr. Rivers bekommen, der verunglückte und dem Pfleger von dem Duell erzählte.«

»Ja«, erwiderte John.

»Und dann haben Sie einfach angefangen zu graben und die Leiche gefunden?«

»Mr. Rivers erwähnte eine Lichtung, auf der das Duell stattgefunden haben soll. Wir waren auf einer Lichtung hier in der Nähe und haben geschlußfolgert, wo die Leiche sein mag, wenn sie ungefähr dort liegen sollte, wo Rivers es beschrieben hatte. Nachdem wir fast den ganzen Tag gegraben hatten, hatten wir dann Glück und stießen auf den Pistolenkasten. Darunter lag die Leiche.«

»Ja, der Pistolenkasten. Ich hoffe, daß er uns auf eine Spur bringt, wenngleich er auch ziemlich verwittert aussieht. Haben Sie eine Vorstellung, warum dieses Duell stattgefunden hat?«

»Nein, das wissen wir auch nicht. Wir wissen auch nicht, wer daran beteiligt gewesen sein mag. Das werden wir alles noch herausfinden müssen.«

»Wir haben die Leiche übrigens jetzt abtransportiert. Miss Coone, wir werden versuchen, die Leiche zu identifizieren ohne Sie hinzuzuziehen. Sie ist schon sehr verwest und das Gesicht ist nicht mehr zu erkennen. Können Sie uns sagen, bei welchem Zahnarzt Ihr Bruder in Behandlung war?«

»Als wir noch mit unserer Familie in Chicago lebten war

er bei Dr. Irvin Sullivan«, erwiderte Susan.

»Ja, den kenne ich, der praktiziert noch. Wenn wir Glück haben, können wir ihn über das Gebiß identifizieren.«

»Wann... werde ich meinen Bruder begraben dürfen? Wir haben ein Familiengrab in Chicago, und ich hätte gerne, daß er...«

»Sicher können Sie das. Die Vorschriften schreiben uns vor, daß wir die Leiche jetzt noch eine Woche behalten müssen, falls sich neue Spuren zeigen, die eine erneute Sektion erfordern nach der, die jetzt gemacht werden wird. Dann wird die Leiche freigegeben und Sie können die Beerdigung veranlassen. Da setze ich mich dann mit Ihnen in Verbindung. Ich möchte Ihnen auch jetzt noch mein Beileid aussprechen, ich kann mir vorstellen, daß es nicht leicht für Sie war.«

»Nein.«

Inspektor McKenzie wandte sich wieder John zu.

»Was werden Sie jetzt tun, Mr. Rollins? Ist Ihr Auftrag mit dem Fund der Leiche beendet?«

»Nein, wir werden noch versuchen herauszufinden, wie es zu dem Duell kam.«

»Nach so langer Zeit werden Sie da auf Glück angewiesen sein. Wir hatten schon Leichenfunde, die kürzere Zeit zurücklagen, und trotzdem konnten die Hintergründe nicht weiter geklärt werden. Aber dann werden wir uns sicher noch ein paarmal wiedersehen.«

»Werden Sie eine Presseerklärung über den Fund der Leiche herausgeben?«

Inspektor McKenzie sah John prüfend an.

»Wieso fragen Sie das? Sind Sie dagegen?«

»Eigentlich ja. Das könnte die Beteiligten an dem Duell unnötig aufscheuchen und vorsichtig machen.«

Inspektor McKenzie steckte seinen Notizblock ein und lehnte sich in dem Sitz zurück.

»Sehen Sie, Mr. Rollins, wenn wir daraus jetzt eine Verschlußsache machen, werden wir keine Hinweise aus der Bevölkerung bekommen, die diesen Fall betreffen.«

»Ja, aber ich halte es zu diesem Zeitpunkt für überflüssig, die Teilnehmer an dem Duell darüber zu informieren, daß das Opfer bereits gefunden wurde.«

»Sie haben recht, das mag ein Problem sein. Aber ich halte es für wichtiger, die Öffentlichkeit über den Vorfall zu informieren, weil wir sonst niemals an Zeugen kommen werden, die möglicherweise etwas zu dem Vorfall beitragen könnten.«

»Aber nach so langer Zeit? Wie kann es da schaden, noch zwei, drei Tage mit der Veröffentlichung zu warten?«

Inspektor McKenzie sah John nachdenklich an.

»Naja, ich muß zugeben, daß das ein ziemlich stichhaltiger Einwand ist. Wenn das Duell über zehn Jahre her ist, können wir von Glück reden, wenn sich da überhaupt jemand dran erinnern kann.«

»Das meine ich. Ob Sie das morgen oder in einer Woche rausgeben, spielt doch eigentlich keine Rolle mehr. Ich vermute ohnehin, daß wir uns die Zeugen selbst suchen müssen und die sich nicht von selbst melden werden. Denn immerhin dürfte ja auch schon das Verschwinden Mr. Coones damals zu Veröffentlichungen geführt haben, und da lag der Fall noch nicht so weit zurück.«

»Haben Sie eigentlich schon mal überlegt sich bei der Polizei zu bewerben?«

John grinste.

»Naja, ich suche mir meine Fälle lieber selbst aus.«

»Genau das ist es, was Ihnen das Leben bei manchen Polizisten so schwer macht, Mr. Rollins: Wir sind für die routinemäßige Drecksarbeit zuständig und die Privatdetektive schöpfen den Rahm ab.«

»Naja, ganz so ist es nun auch wieder nicht. Sie brauchen nicht zu glauben, daß ich nur einfache Fälle bearbeite.«

»Das glaube ich auch nicht, Mr. Rollins, denn wenn Sie das täten, würden Sie nicht diesen Fall bearbeiten.«

Susan zeigte ein leichtes, unsicheres Lächeln und John nickte zustimmend.

»Verbleiben wir jetzt so, daß Sie den Fund der Leiche

nicht bekanntgeben?«

»Was ist mit dem Journalisten, der mit Ihnen herumläuft, dieser Martin Vincent?«

»Der gibt nur Dinge weiter, die ich ihm vorher genehmige.«

Inspektor McKenzie seufzte.

»Sie scheinen ja alle Menschen in Ihrer Umgebung im Griff zu haben, Mr. Rollins. Merkwürdig, als ich Sie das erste Mal sah, machten Sie einen solchen Eindruck gar nicht. Aber gut, wie Sie meinen, ich werde den Leichenfund erst in zwei Tagen bekanntgeben. Länger werde ich das auf keinen Fall geheimhalten können, vor allem nicht, wenn wir in dem Wäldchen hier noch mehr Leichen finden.«

»Einverstanden. Zwei Tage reichen mir schon voll und ganz aus.«

15.

Am darauffolgenden Morgen fuhr John zunächst zur Klinik, um mit Dr. Klann zu sprechen. Für dieses Gespräch hatte er sich alleine auf den Weg gemacht, zumal er das Hotel als den sichersten Ort für Roberts empfand. Zudem – sollte der Mörder Dr. Woods nicht wissen, wer Roberts ist, sollte ihm diese Erkenntnis nicht dadurch erleichtert werden, daß Roberts sich dort aufhält wo man ihn kennt, überlegte John und überzeugte Roberts schließlich davon, das auch so zu sehen.

Als John auf der Station Dr. Klanns ankam, war die Arztvisite gerade beendet und Dr. Klann war auf dem Weg zu seinen Büro. John, der dessen Namen auf dem kleinen Schildchen las, welches Klann an seinem Kittel trug, sprach ihn an.

»Dr. Klann?«

»Ja«, erwiderte Klann, »wer sind Sie?«

»Mein Name ist John Rollins. Ich bin Privatdetektiv und würde Sie gerne kurz mit Ihnen sprechen.«

Klann sah sich kurz um.

»Ja, also eigentlich ist das im Moment... ungünstig. Aber kommen Sie doch in mein Zimmer.«

John folgte Klann in dessen Arztzimmer, wo sich dieser zunächst hinter seinen Schreibtisch setzte, doch sogleich wieder aufstand.

»Also, Mr. Rollins, Sie sind Privatdetektiv. Wie kann ich Ihnen helfen?«

»Sie kennen Dr. Andrew Woods?«

»Ja, klar kenne ich ihn. Ich ... ähem... habe auch schon gehört, daß er ermordet wurde. Stand ja in der Zeitung.«

»Ja. Was mich interessieren würde: Haben Sie in den letzten Tagen mit ihm gesprochen?«

Dr. Klann setzte sich wieder in seinen Sessel hinter dem Schreibtisch und begann, einen Kugelschreiber zwischen seinen Fingern zu drehen.

»Ja, warten Sie... in den letzten Tagen... wann genau?«

»Nach vorigem Dienstag.«

Offensichtlich war es Klann unangenehm, daß John ihn aufmerksam beobachtete, während er ein wenig nachdachte. Es mußte doch einen Grund für die Nervosität des Arztes geben, überlegte John und beobachte, wie Klann weiterhin mit dem Kugelschreiber herumspielte, während er überlegte.

»Ja, in der Tat. Ich habe ihn am Mittwoch oder Donnerstag hier in der Kantine getroffen.«

»Mittwoch oder Donnerstag?«

»Ich ähm... weiß es nicht genau, eher Mittwoch als Donnerstag.«

John nahm sein Notizbuch aus der inneren Jackentasche.

»Macht es Ihnen etwas aus, wenn ich mir Notizen mache?«

Klann blickte auf, als habe man ihn erschreckt.

»Notizen? Ähem... Ja, machen Sie nur.«

»Entschuldigen Sie, Dr. Klann, ist irgend etwas nicht in Ordnung?«

»Doch, alles in Ordnung. Es paßt mir nur gerade nicht so richtig... ich muß in Kürze operieren und noch was vorbereiten. Es wäre mir recht, wenn wir jetzt die Sache schnell hinter uns bringen.«

John hob seine Schultern.

»Also gut. Hat Dr. Woods Ihnen etwas Ungewöhnliches erzählt am Mittwoch, zum Beispiel von einem Einsatz?«

»Also, ein Einsatz ist nicht ungewöhnlich. Er hat mir am Mittwoch eigentlich nichts weiter erzählt, nur eben so Belangloses.«

»Und das war?«

»Naja, Belangloses eben. Was man sich so erzählt beim Essen.«

»Und was ist das?«

»Nun, das Übliche eben.«

»Und das Übliche ist?«

»Na, das Übliche eben. Was man sich so erzählt.«

John betrachtete Klann nachdenklich.

»Sagen Sie, geht es vielleicht auch etwas konkreter? Ich

meine, worüber haben Sie gesprochen beim Essen?«

»Wie ich schon sagte.«

»Sie haben leider noch gar nichts gesagt. Worüber haben Sie genau gesprochen?«

»Ich weiß das nicht mehr so genau... es war eine beiläufige Unterhaltung. Er hat mir wohl erzählt, daß er sich jetzt hier bewirbt und daß McMillan ihn unterstützt... haben Sie schon mit Dr. McMillan gesprochen?«

»Ja. Hat Ihnen Dr. Woods vielleicht auch von dem Unfall erzählt, zu dem er gerufen wurde? Hat er eventuell gesagt, daß er einen Schwerverletzten versorgen mußte, der ihm von einem Duell erzählt hat?«

»Von einem Duell? Nein, nur daß er einen Schwerverletzten hatte, den er ins Krankenhaus gefahren hat, und daß man dem armen Kerl dort nicht mehr helfen konnte.«

»Und Sie sind sich sicher, daß er nicht noch etwas von einem Geständnis erzählt hat?«

Dr. Klann sah zum wiederholten Male auf seine Armbanduhr.

»Nein, Dr. Rollins. Äh... Mr. Rollins. Das hat er nicht. Und jetzt entschuldigen Sie mich bitte, ich muß mich noch auf die Operation vorbereiten.«

Dr. Klann begleitete John aus dem Arztzimmer und schloß die Tür hinter ihm. John blieb eine Zeitlang nachdenklich vor der Tür stehen und ging dann zum Fahrstuhl. Auf der Fahrt ins Erdgeschoß sah er seine Notizen durch und verließ dann das Gebäude.

Wieso war Klann so nervös, überlegte John. Hatte er tatsächlich mit Dr. Woods nur über Belangloses gesprochen oder hatte er mit dem Duell zu tun? John steckte sein Notizbuch ein und verließ die Klinik. Im Wagen auf dem Parkplatz vor der Klinik wartete Susan auf ihn.

»Haben Sie etwas herausgefunden?«

»Ja«, murmelte John. »Daß ich mich von Dr. Klann nicht operieren lassen möchte.«

»Was?«

»Klann war ausgesprochen nervös und fahrig und

sagte, er müsse gleich operieren. Mit Woods will er über das Duell nicht gesprochen haben. Ich weiß nicht, was mit diesem Mann los war.«

»Und nun? Meinen Sie, er hat etwas mit dem Tod meines Bruders zu tun?«

»Das weiß ich nicht, es kann tausend Gründe geben, aus denen er nervös war. Auch er meinte, daß Woods ihm nicht erzählt habe, daß Rivers über das Duell sprach, als er im Krankenwagen im Sterben lag. Aber ich bin mir nicht sicher. Einer der beiden Ärzte hat mir nicht die Wahrheit gesagt, entweder McMillan oder Klann. Aber das können wir herausfinden.«

»Und wie?«

John ließ den Wagen an und fuhr vom Parkplatz herunter.

»Indem wir zur Uni fahren und herausfinden, wer von beiden zur gleichen Zeit wie Ihr Bruder hier studiert hat. Das beweist zwar noch nichts, sagt aber doch etwas darüber aus, bei wem es wahrscheinlicher sein könnte, daß er etwas mehr über die Sache weiß, als er jetzt zugeben möchte.«

»Und wie werden wir das herausfinden?«

»Indem wir in die Universitätsbibliothek gehen und uns die Jahrbücher der Absolventen anschauen.«

Susan zeigte ein leichtes Lächeln.

»Ja, darauf bin ich auch gespannt.«

»Wenn wir einen Namen haben, werden wir vielleicht auch weitere bekommen. Wenn einer der beiden Ärzte damit zu tun oder zumindest Ihren Bruder gekannt hat, finden wir vielleicht noch weitere Leute, die etwas wissen könnten.«

Während John und Susan zur Universität fuhren, meldete sich Klann auf der Station ab und erklärte, er habe etwas Wichtiges zu tun. Eilig verließ er das Krankenhaus und lief zu seinem Wagen, mit dem er zu einem Park in der Nähe fuhr, an dem er sich zuvor mit O'Keefe verabredet hatte. Bereits auf dem Parkplatz in der Nähe des Parks trafen sich die beiden.

»Meine Güte, Bill«, begrüßte ihn O'Keefe, »du siehst ja

schrecklich aus!«

»Danke für das Kompliment. Eben war ein Privatdetektiv bei mir, der mir Fragen über Woods gestellt hat.«

»Ein Privatdetektiv? Und wie kommt er darauf?«

»Keine Ahnung, der hat mich heute auf dem völlig falschen Fuß erwischt. Ich habe nachher noch einen Manager zu operieren und war deshalb etwas nervös, daraus könnte er falsche Schlüsse gezogen haben. Nein. Es kam für mich so überraschend, daß jemand nach Woods und Joe fragt. Ich war unvorbereitet und total blockiert. Verdammt, ich habe auch vergessen zu fragen, wieso er überhaupt nachforscht.«

»Jetzt beruhig dich mal wieder. Was wollte er wissen?«

»Er wollte wissen, ob mir Woods erzählt hat, daß Mark im Krankenwagen von einem Duell gesprochen hat.«

»So ein Mist«, knurrte O'Keefe. »Das war ja klar, daß das Probleme machen würde, wenn Woods ermordet wird. Möchte bloß wissen, wer von den beiden so blöd war!«

»Das ist doch jetzt auch egal. Die Frage ist: Sagen wir den anderen was davon, daß da jetzt ein Privatdetektiv ermittelt?«

O'Keefe schüttelte seinen Kopf.

»Nein, bloß nicht. Am Ende legt einer der beiden den Detektiv auch noch um. Dann zieht das noch weitere Kreise. Die erfahren das schon früh genug, sollte der Detektiv dahinter kommen. Weißt du, wie der Detektiv heißt?«

»Er hat sich mir als John Rollins vorgestellt.«

»Nie gehört. Aber ich kenne mich da auch nicht so aus. Ob der gut ist?«

»Davon kannst du ausgehen, wenn er uns bereits auf der Spur ist.«

»Das wissen wir ja noch gar nicht. Wenn er dich fragt, ob du mit Woods gesprochen hast, heißt das doch erst mal, daß er überhaupt erst ermittelt. Was hast du ihm gesagt?«

»Daß ich mit ihm gesprochen habe. Bestreiten konnte ich das schlecht, denn wenn er jemanden findet, der uns in der Kantine gesehen hat, weiß er doch gleich, daß ich gelogen habe. Ich habe ihm gesagt, daß wir uns über Belanglosigkeiten unterhalten haben, über seine Bewerbung und so weiter.«

Die beiden Ärzte bogen in den Park ein. O'Keefe beobachtete, wie Klann einen Kugelschreiber aus seiner Tasche nahm und damit herumspielte. Selten hatte er Klann so nervös erlebt.

»Wir müssen die Nerven behalten«, sagte O'Keefe. »Ich bin jedenfalls dagegen, mit den anderen darüber zu sprechen. Der Ärger, den einer der beiden mit Woods Ermordung ausgelöst hat, reicht. Was ist denn bloß mit Dir los? Warst Du bei ihm auch so hektisch?«

»Ich fürchte ja«.

»Warum? Was ist los?«

»Ich habe heute Mittag eine schwierige OP, da ist der Chef dabei und von diesem Manager ist bekannt, daß er bereits einen Arzt verklagt hat. Ich versuche heute mit der Operation wieder in Ordnung zu bringen, was der Kollege verbockt hat, aber die Chancen stehen nicht gut. Und der Chef meinte, daß mit dieser Operation auch ein wichtiger Prestigegewinn für unser Haus einherginge, wenn uns die Operation gelänge. Und, wie gesagt, ich war völlig unvorbereitet, daß ein Detektiv nach Woods fragt.«

»Na wunderbar. Laß dich wegen der OP nicht irremachen. Das schaffst du schon. Und wenn es nicht geht, geht es eben nicht.«

»Wahrscheinlich hast du recht, aber irgendwie nimmt mich die ganze Sache doch mit. Und als dann dieser Detektiv noch nach Woods fragte... Ich habe ihn nachher an die Luft gesetzt und gesagt, daß ich gleich zur OP müsse.«

O'Keefe sah ihn zweifelnd an.

»Und wenn der jetzt rausfindet, daß die OP erst mittags ist?«

»Warum sollte er? Ich glaube nicht, daß er das prüfen wird. Er ist auch widerspruchslos gegangen.«

O'Keefe seufzte und die beiden setzten sich auf eine

Bank. Es war ein sonniger Tag und im Park waren viele Leute unterwegs, vor allem mit ihren Hunden. Die April-Sonne verbreitete eine angenehme Wärme. O'Keefe lehnte sich ein wenig zurück und schloß die Augen.

»Wenn ich nur wüßte was jetzt richtig wäre.«

»Ich weiß es auch nicht«, erwiderte Klann. »Eigentlich möchte ich am liebsten irgendwo hin auswandern, wo mich keiner kennt, und wo mich diese dumme Geschichte nicht mehr einholen kann.«

»Ja, das wäre vielleicht eine Lösung«, murmelte O'Keefe. »Das sollte ich auch tun. Am liebsten würde ich mich der Polizei stellen und über die ganze Geschichte auspacken.«

Klann zeigte ein müdes Lächeln.

»Du weißt natürlich, daß Cliff dich dann umlegen würde.«

»Ja«, brummte O'Keefe, »das weiß ich. Aber auch dann wäre alles vorbei und diese entsetzlichen Alpträume, die ich seit Marks Tod habe, wären wieder weg.«

»Ich würde auch am liebsten alles gestehen, aber unsere Karriere wäre dann sicher zu Ende.«

»Wenn wir von uns aus alles sagen vielleicht auch nicht.«

»Es hilft alles nichts«, stellte Klann mit einem leichten Unterton der Resignation fest. »Da müssen wir jetzt durch. Entweder legt sich die Aufregung wieder oder unsere Zukunft ist im Eimer.«

»Das sehe ich auch so. Zehn Jahre lang habe ich von der Geschichte nichts mehr gehört. Ich dachte, ich müsse Cliff nie wiedersehen, und jetzt hängen wir schon wieder auf Gedeih und Verderb mit ihm zusammen.«

»Mein Fehler, Jeff. Ich hätte nichts sagen sollen, als Woods mir von Mark erzählte. Dann hätten Alan oder Cliff ihn nicht getötet und dieser Detektiv wäre nicht aufgetaucht.«

»Ich weiß es nicht«, meinte O'Keefe. »Wir müßten herausfinden, von wem er beauftragt wurde. Soll er den Mord an Woods aufklären oder soll er die alte Geschichte mit Joe untersuchen?«

Klann wandte seinen Kopf ruckartig um und schaute O'Keefe an, der noch immer zurückgelehnt mit geschlossenen Augen auf der Bank saß.

»Mensch, daran habe ich gar nicht gedacht! Du hast recht, es könnte sein, daß er sich für die Geschichte mit dem Duell interessiert. Gefragt hat er ja danach.«

O'Keefe öffnete seine Augen wieder.

»Hinterher ist man immer schlauer. Du hättest ihn nicht so schnell abwimmeln sollen. Es wäre nützlich zu wissen, was eigentlich sein Ziel ist. Jetzt müssen wir warten, bis er wieder Kontakt mit Dir aufnimmt. Das wird er sicher noch einmal tun.«

»Ja, vermutlich. Ich werde dann versuchen, etwas ruhiger zu sein.«

»Das wäre nützlich. Und bis dahin behalten wir die Sache für uns und überlegen, welche Verbindungen er zwischen uns und Joe finden könnte. Und ich drücke Dir die Daumen für Deine Operation.«

Klann atmete tief durch.

»Danke, das kann ich gebrauchen.«

16.

John und Susan saßen im Lesesaal der Universität und blätterten in den Jahrbüchern der Zeit, in der Susans Bruder Joseph studiert hatte. John hatte sich von der Ausgabe alle Jahrbücher der Zeit des Studiums und drei Jahre darüber hinaus geben lassen. Um sie herum war nur das geschäftige Rascheln von Seiten der Studenten zu hören, die ebenfalls im Lesesaal ihre Literatur bearbeiteten.

Während John in dem Buch des Jahres blätterte, in dem Joseph Coone verschwunden war, blätterte Susan durch das Buch aus dem Jahr davor.

In den Jahrbüchern wechselten sich Gruppenphotos der Abschlußjahrgänge mit einzelnen Artikeln und Photos von Ereignissen aus den jeweiligen Semestern des Jahres ab, aus denen die Bücher stammten. Dabei stellten John und Susan fest, daß offenbar nicht alle Fakultäten mit dem gleichen Engagement an den Artikeln über ihre Aktivitäten gearbeitet hatten.

»Ich habe was gefunden«, flüsterte Susan und John sah zu ihr herüber. Susan legte das Buch vor John hin und deutete auf einen Artikel unter einem Photo, auf dem zwei Studenten in Arztkitteln und ein scheinbar blutüberströmter Student in Alltagskleidung zu sehen war. Unter dem Photo war zu lesen, daß die Medizinstudenten William Klann und Jeffrey O'Keefe dem ,schwerverletzten' Mark Rivers Notfallhilfe leisteten. Unterhalb des Bildes war ein kurzer Artikel abgedruckt: »Während einer Übung, bei der ein schwerer Unfall nachgestellt wurde, zeigten die beiden Medizinstudenten William Klann und Jeffrey O'Keefe an dem Jura-Studenten Mark Rivers, wie Ärzte eine Erstversorgung an einem Schwerverletzten am Unfallort vornehmen. Die Übung war Teil einer mehrtägigen Lehrveranstaltung, bei der zwar kein Blut, dafür aber viel Ketchup floß.« Daraufhin folgten weitere Ausführungen zum Ablauf der Übung.

»Sehr gut«, flüsterte John. »Das bringt schon einmal Dr.

Klann mit Mr. Rivers zusammen. Offensichtlich kennen sie sich, wenn vielleicht auch nur flüchtig.«

John notierte sich auch den Namen O'Keefes, den er gegebenenfalls auch noch zu der Verbindung zwischen Klann und Rivers befragen wollte. Dann nahm Susan das Buch wieder an sich und blätterte weiter darin.

John blätterte durch den Teil seines Buches, der von den Juristen gestaltet wurde und stockte plötzlich.

»Sehen Sie mal hier, Miss Coone«, flüsterte er. Susan beugte sich herüber. Auf einem Photo war ihr Bruder zusammen mit einem Studenten namens Clifford Valen zu sehen. Beide trugen Richterroben. Das Bild war mit »Der Richter und sein Assistent« untertitelt. In dem kurzen Bericht unter dem Bild war zu lesen, daß die Fakultät mehre historische Gerichtsverhandlungen nachgestellt hatte, bei denen Valen jeweils als Vorsitzender Richter und Coone und weitere als Richter oder Beisitzer agierten.

»Kennen Sie den?«, fragte John und deutete auf Valen. Susan schüttelte ihren Kopf.

»Nein, ich habe nie von ihm gehört. Joe hat auch nie von ihm erzählt. Das Photo ist ungefähr ein Jahr vor Joes Verschwinden aufgenommen worden, sehen Sie?«

John notierte sich den Namen.

»Das ist zwar nicht viel, aber es gibt uns einen Anhaltspunkt«, murmelte er dabei. »Ich wäre dafür, daß wir die Professorin noch mal besuchen und nach diesem Valen fragen. Wenn die beiden sich so abbilden lassen, dürften sie sich auch gekannt haben. Wir sollten versuchen herauszufinden, wo dieser Valen jetzt wohnt und ihn auch mal befragen.«

»Und wenn er ganz woanders wohnt?«

John hob seine Schultern.

»Dann sollten wir ihn anrufen. Wir können uns ja mal bei der Anwaltskammer nach ihm erkundigen. Die werden vielleicht am ehesten wissen, wo er praktiziert. Das erledigen wir gleich als nächstes.«

»Ruhe«, raunte ein Student am Nachbartisch.

»Entschuldigen Sie«, flüsterte John und blätterte weiter

in dem Buch.

»Ich dachte immer«, flüsterte John, »da würden nur Leute drin sein, die in dem Jahr abgeschlossen haben?«

»Das ist nicht überall so«, erwiderte Susan leise. »Es gibt Jahrbücher, in denen nur die Absolventenjahrgänge dokumentiert werden, und es gibt auch Jahrbücher, in denen auch sonstige Ereignisse des universitären Lebens abgebildet werden, und hier haben wir ein solches Buch. Hier sind auch viele Aktivitäten drin, mit denen sich die Uni präsentieren möchte und vielleicht die Studenten selbst auch.«

»Ein Glück«, erwiderte John und fuhr mit seinen Notizen fort. Schließlich blätterte er noch die Listen der Abgänger der jeweiligen Jahrgänge der Uni durch und stieß erneut auf Rivers, Klann, O'Keefe und Valen, jedoch nicht auf McMillan, was ihn zu dem Schluß führte, daß dieser entweder woanders studiert hatte oder zu einem anderen Jahrgang gehörte – was sich John aufgrund des von ihm vermuteten Alters McMillans nicht so recht vorstellen konnte.

»Gehen wir gleich einen Kaffee trinken?«

»Ja, gerne«, erwiderte Susan. Die beiden brachten die Bücher zurück zu der Ausgabe. Auf dem Weg zur Kantine ordnete John für sich die neuen Erkenntnisse und überlegte, was daraus zu machen sein könnte. Daß McMillan nicht in den Jahrbüchern zu finden war sprach dafür, daß er die Wahrheit gesagt hatte. Allerdings konnten die Bücher auch unvollständig sein, denn wie er von seiner Schwester wußte, mußte man sich dort nicht eintragen lassen.

In der Cafeteria setzten sich John und Susan mit ihren Kaffees an einen Tisch für zwei Personen. Bereits am Vormittag war viel los und der Großteil der Tische war belegt. Studenten liefen mit ihren Mappen und Ordnern herum, saßen an den Tischen und lasen Bücher, schrieben oder unterhielten sich miteinander.

»Es sieht so aus, als habe Dr. McMillan die Wahrheit gesagt«, sagte John. »Möglicherweise weiß Dr. Klann aber mehr als er gesagt hat. Ich werde ihn mir jedenfalls noch mal vornehmen.«

»Und wir wollten auch noch einmal mit dieser Professorin über Valen sprechen.«

»Ja, auf jeden Fall. Wir gehen gleich noch mal zu ihrem Büro, mal schauen, ob sie da ist. Sie sind sich sicher, daß Ihr Bruder den Namen dieses Valen nie erwähnt hat?«

»Ganz sicher, ich höre den Namen zum ersten Mal.«

»Wenn sich die beiden hier im Jahrbuch abbilden lassen und Ihr Bruder sich als Valens Assistent bezeichnen läßt, können wir davon ausgehen, daß die beiden befreundet waren, zumindest aber oft miteinander zu tun hatten. Wir haben jetzt ein paar Verbindungen: Rivers – O'Keefe – Klann. Und Ihr Bruder mit diesem Valen. Das ist zwar noch nicht viel, aber ein Anfang.«

Susan rührte gedankenabwesend in ihrem Kaffee und John beschloß, sie nicht zu stören. Er nahm sein Notizbuch und blätterte darin. Von den Namen, die er aufgeschrieben hatte, würde er zunächst nur jene überprüfen, bei denen sich ein Zusammenhang konstruieren ließ. Das waren im Wesentlichen Klann, O'Keefe und Valen, zumal letzterer wohl nicht würde leugnen können, Joseph Coone gekannt zu haben.

»Wie wenig ich doch über ihn wußte«, meinte Susan. »Wie erschreckend wenig!«

»Sie sollten sich das nicht zu sehr zu Herzen nehmen. Sie waren beide erwachsen. Sie können davon ausgehen, daß sich Geschwister, insbesondere wenn sie verschiedenen Ausbildungen und Berufen nachgehen, sich ein wenig auseinanderleben.«

»Ist das bei Ihnen und Ihrer Schwester auch so?«

John hob seine Schultern.

»Ich bin mir nicht sicher. Aber ich weiß wohl auch vieles nicht von dem, was sie tut. Und sie würde sich sicher auch wundern, wenn ich mal tot sein sollte und sie dann nachforscht, was ich so gemacht habe. Das ist eben so.«

»Aber vielleicht sollte es nicht so sein.«

»Das können Sie schwerlich verhindern. Täglich wundern sich hunderte von Geschwistern und Eltern, was ihre Angehörigen so treiben, wenn sie sich mit deren Leben befassen. In einer Massengesellschaft wie der unseren können Sie das wohl kaum umgehen. Sie sollten sich nicht einreden, Ihren Bruder vernachlässigt zu haben oder sich nicht genug für ihn interessiert zu haben. Wie ich bisher aus Ihren Erzählungen und denen der Professorin folgere, hat er ohnehin nicht so gerne andere Leute in sein Leben gelassen.«

Susan seufzte kurz.

»Naja, vielleicht haben Sie recht. Aber so im Nachhinein wünschte ich, daß es anders gewesen wäre.«

»Es wird nicht besser, anders oder leichter, wenn Sie sich das vorhalten. Aber es wird Ihnen helfen, wenn wir herausfinden, was wirklich passiert ist.«

»Ja, das glaube ich auch. Meinen Sie, wir werden noch lange brauchen, bis wir alles aufgeklärt haben?«

John machte mit seiner linken Hand eine abwägende Bewegung.

»Das kann man nicht wissen. Offensichtlich sind heute noch Leute daran interessiert, nicht aufzuklären, was damals passiert ist, denn sonst wäre der Arzt nicht ermordet worden. Wir haben bislang nur Bruchstücke eines Hergangs und wer daran außer Ihrem Bruder und dem verunglückten Anwalt beteiligt war, wissen wir auch noch nicht. Möglicherweise hat dieser Klann etwas damit zu tun, aber das vermute ich eher als daß ich es weiß. Sein Verhalten war merkwürdig, aber das muß nicht heißen, daß er was damit zu tun hatte. Vielleicht war tatsächlich aus einem anderen Grund nervös.

Die Bilder, die wir eben gesehen haben, liefern uns Ansatzpunkte darüber, wer Ihren Bruder gekannt haben könnte. Möglicherweise erfahren wir von diesen Leuten etwas Neues, vielleicht aber verläuft die Spur im Sand. Wir sollten jedenfalls zunächst mal sehen, ob wir die Professorin noch einmal sprechen können, bevor wir zur Anwaltskammer fahren.«

Susan rührte mit ihrem Plastiklöffel im Kaffee herum.

»Wäre es nicht einfacher, wenn wir ins Telephonbuch

gucken? Wenn er hier arbeitet, steht er sicher drin.«

»Ja, sicher, aber ich hoffe, daß wir von der Anwaltskammer noch ein wenig mehr über ihn erfahren, was
nützlich sein könnte.«

»Verstehe.«

»Jedenfalls... ich würde sagen, daß wir noch eine Woche
lang versuchen sollten, die Sache aufzuklären. Dann
werden wir wissen, ob es Sinn hat, es weiterzuversu-
chen, oder ob wir besser aufgeben sollten.«

»Nein, Mr. Rollins, sprechen Sie nicht von Aufgeben. Sie
haben jetzt schon so viel erreicht. Wenigstens habe ich
jetzt die Gewißheit über das Schicksal meines Bruders,
daß ich ihn beerdigen und um ihn trauern kann. Allein
das ist mir schon sehr wichtig. Die Ungewißheit der
letzten Jahre – die hat mich schon sehr belastet.«

»Das kann ich verstehen.«

John trank seinen Kaffee aus und stellte mit einem
dezenten Blick fest, daß Susans Tasse noch halb gefüllt
war.

»Wenn Sie möchten, können Sie hier noch ihren Kaffee
in Ruhe austrinken und ich sehe nach, ob die Professorin jetzt zu erreichen ist oder ob wir da noch warten
müssen.«

»Ja, Mr. Rollins, ich würde hier gerne noch ein wenig
sitzenbleiben.«

»Gut«, sagte John und machte sich auf den Weg zum
Büro von Prof. Kelly.

Prof. Kelly war auf dem Weg von der Vorlesung in ihr
Büro, als John ihr auf dem Flur begegnete.

»Ah, Mr. Rollins«, sagte sie. »Haben Sie schon etwas
herausgefunden?«

»Nicht so direkt«, erwiderte John. »Aber ich habe noch
ein paar Fragen an Sie über einen Studenten, den Sie
möglicherweise kennen.«

»Kommen Sie doch in mein Büro.«

»Ich möchte Sie nicht aufhalten. Der Name des Mannes,
nach dem ich suche, ist Clifford Valen.«

Prof. Kelly blieb vor ihrer Bürotür stehen und überlegte
eine Zeitlang.

»Valen... Nein, der Name sagt mir jetzt nichts.«

»Er hatte zur gleichen Zeit studiert wie Joseph Coone. Es gibt ein Photo von ihm und Valen im Jahrbuch mit der Unterschrift »Der Richter und sein Assistent«.«

»Das Photo müßte ich sehen. Ich verbinde jetzt so nichts mit seinem Namen. Aber ich habe in zwanzig Minuten eine Vorlesung. Wenn Sie morgen noch mal vorbeikommen habe ich mir das Photo angesehen. Schreiben Sie mir doch bitte den Namen noch mal auf und das Jahrbuch, in dem Sie es gefunden haben.«

John betrat mit Prof. Kelly das Büro und notierte die Angaben auf einen Zettel, während Prof. Kelly einen kurzen Blick über ihre Ordner aus der Zeit warf und in einem von ihnen blätterte.

»Tut mir leid, Mr. Rollins, ich kann jetzt auf die Schnelle nichts über diesen Valen finden. Wenn Sie morgen mittag vorbeikommen, habe ich etwas recherchiert.«

»Ich danke Ihnen«, sagte John. Prof. Kelly lächelte freundlich und John verließ ihr Büro wieder. Er fuhr mit dem Fahrstuhl zurück ins Erdgeschoß und kehrte in die Cafeteria zurück, wo Susan ihren Kaffee inzwischen getrunken hatte.

»Haben Sie sie gefunden?«

»Ja«, erwiderte John. »Sie kann sich an den Namen nicht erinnern, will aber bis morgen mittag nachschauen, ob sie nicht doch etwas mit ihm verbindet. Bis dahin können wir jedenfalls schon mal bei der Anwaltskammer nachfragen und schauen, ob wir noch etwas über diesen O'Keefe herausfinden, der uns zumindest etwas über Dr. Klann wird sagen können.«

»Machen wir uns auf den Weg?«

»Wenn Sie möchten, gerne.«

17.

John hielt den Wagen vor der Vertretung der Anwaltskammer in Chicago und die beiden betraten das Gebäude. Nach einigem Suchen fanden sie das Büro für ihr Anliegen und betraten das Vorzimmer.

»Dies ist Miss Susan Coone und ich bin John Rollins. Wir würden gerne Mr. Chambers sprechen«, sagte John zu der Sekretärin.

»Haben Sie einen Termin?«

»Leider nein, ich hatte gehofft, daß es auch so geht. Wir haben nur ein kurzes Anliegen.«

Die Sekretärin zeigte ein freundliches Lächeln und drückte auf den Knopf ihrer Gegensprechanlage.

»Ein Mr. Rollins und eine Miss Coone möchten sie sprechen.«

»Fragen Sie, was der Anlaß ist und geben sie ihnen einen Termin in der nächsten Woche«, erwiderte eine männliche Stimme.

»Eigentlich wollten wir nur eine Auskunft über einen Mann namens Clifford Valen«, sagte John.

»Warten Sie einen Moment«, erwiderte die Sekretärin und drückte erneut den Knopf ihrer Sprechanlage.

»Ja?«

»Mr. Rollins sagt, es gehe um Mr. Clifford Valen.«

»Das ist etwas anderes«, erwiderte die Stimme aus der Sprechanlage. »Er kann sofort eintreten.«

Die Sekretärin lächelte John kurz zu und deutete auf die Bürotür.

»Sie dürfen eintreten.«

John und Susan betraten das Büro von Hugh Chambers. Es war ein großes Büro, welches mit altmodischen Möbeln eingerichtet war. Hinter einem großen hölzernen Schreibtisch saß der etwa vierzigjährige Chambers, gekleidet in einen dezenten grauen Anzug. In den Regalschränken, die an den Wänden des Büros standen, ruhten zahlreiche Ordner hinter den mit Fenstern versehenen Schranktüren, die sie davor schützen sollten, einzustauben.

John und Susan setzten sich in die Sessel, die vor dem großen Schreibtisch standen, während Chambers den Ordner schloß, der vor ihm lag.

»Sie sagten eben, daß es um Mr. Valen gehe«, eröffnete er. »Wenn es um Mr. Valen geht, steht bei uns alles andere zurück. In welcher Hinsicht geht es um Mr. Valen?«

John gab dem Mann seine Lizenz, die dieser eingehend betrachtete, bevor er sie zurückgab.

»Wir sind hier wegen des Todes des Bruders von Miss Coone«, erwiderte John. »Wir würden gerne wissen, ob Mr. Valen in Chicago arbeitet. Ich verspreche mir Hinweise von ihm.«

»Haben Sie schon ins Telephonbuch geschaut, was die simpelste Möglichkeit gewesen wäre herauszufinden, ob er noch hier lebt?«

»Nein, das noch nicht.«

Chambers zeigte ein leichtes Lächeln.

»Also erwarten Sie im Grunde ein wenig mehr als nur die Auskunft, ob Mr. Valen hier in Chicago tätig ist.«

John erwiderte mit einem leicht verlegenen Lächeln.

»Ja, in der Tat.«

»Erzählen Sie mir doch bitte zunächst einmal, was es mit dem Tod des Bruders von Miss Coone auf sich hat.«

»Mr. Coone ist hier vor über zehn Jahren plötzlich verschwunden. Durch einen Hinweis, der vor kurzem erging, konnten wir seine Leiche finden, jedenfalls glauben wir, daß es seine ist. Ein Mann namens Mark Rivers erzählte einem Arzt kurz vor seinem Tod von einem Duell, das stattgefunden haben soll, und bei dem Mr. Coone zu Tode kam. Ich überprüfte die Ärzte Dr. Klann und Dr. McMillan und stieß dabei auf Valen.«

Chambers hatte aufmerksam zugehört und sich dabei in seinem Ledersessel hin- und hergedreht.

»Und sie sind aus Kalamazoo hergekommen um dieses mysteriöse Duell aufzuklären?«

»Ja.«

»Ich muß Ihnen sagen«, hob Chambers langsam an, »daß Mr. Valen bei uns hier kein unbeschriebenes Blatt ist. Viele Mitglieder unserer Kammer können Ihnen Geschichten von Mr. Valen erzählen ohne vorher danach in Akten gesucht zu haben. Ich kann Ihnen da jetzt auch aus freier Hand einiges an Informationen geben, die Sie möglicherweise interessieren werden.«

»Dafür wäre ich Ihnen dankbar.«

»Ja. Und ich wäre Ihnen dankbar, wenn Sie uns helfen könnten, die Akte Valen zu schließen. Dieser Mann ist nicht gerade eine Zierde für unseren Berufsstand, und wir hätten liebend gerne einen Grund, ihn endlich aus der Anwaltskammer auszuschließen und dafür zu sorgen, daß er nicht länger praktiziert. Im Übrigen praktiziert er hier in Chicago, meine Sekretärin wird Ihnen nachher die Adresse seines Büros geben.«

John sah Chambers nachdenklich an.

»Ist es nicht ungewöhnlich, daß die Anwaltskammer so etwas so deutlich sagt?«

»Der Fall ist auch ungewöhnlich. Lassen Sie es mich erklären: Das ganze begann eigentlich schon mit Clifford Valens Vater Roger C. Valen. Das C. steht für Clifford, sein Sohn ist nach ihm benannt. Das paßt insofern, als daß sein Vater sehr autoritär war. Er war ein relativ bekannter Anwalt. Außerdem war er etwas über fünf Jahre lang Präsident der Anwaltskammer von Chicago bis zu seinem Tod. In seinen Nachruf wurde er von seinem Nachfolger Prof. Roland Pathwick sehr intensiv für seine Leistungen gewürdigt. Vor fünf Jahren kam heraus, daß Roger C. Valen nicht nur übergelaufene Nationalsozialisten aus Deutschland rechtlich betreut hat, sondern auch dem örtlichen Ku-Klux-Clan angehörte. Sie können sich denken, was das für einen Schock hier ausgelöst hat.

Prof. Roland Pathwick hat seinen Nachruf widerrufen und ihn posthum aus der Anwaltskammer ausgeschlossen. Eigentlich endet die Mitgliedschaft ohnehin mit dem Tod, aber hier ging es um die Symbolik, und auch ich teile die Auffassung, daß dieser Schritt richtig und wichtig war.

Valens Sohn Clifford hat nun leider nicht nur die

Kanzlei des Alten geerbt, sondern auch dessen rechtsextremes Weltbild, welches sich überdies noch mit einer tiefen Abneigung gegen die Demokratie verbindet. Vor drei Jahren hat er versucht, sich zum Richter wählen zu lassen. Glücklicherweise kam zwei Wochen vor der Wahl heraus, daß Valen den »Verein zum Schutz und Erhalt der amerikanischen Kultur« gegründet hat, und manchmal sind die Wähler ja doch ganz vernünftig...«

»Er hat ihn gegründet? Ich dachte, den Verein gibt es schon seit über 50 Jahren?«

»Nicht in Chicago. Den örtlichen Ableger des Vereins hat er maßgeblich gegründet.«

»Was ist denn das für ein Verein den dieser Valen gegründet hat?«, fragte Susan.

»Das ist ein zutiefst rassistischer und rechtslastiger Verein«, erklärte John. »Die Mitglieder setzen sich vor allem gegen die Gleichberechtigung von Schwarzen in unserer Gesellschaft ein und vertreten die Auffassung, daß die amerikanische Kultur geschädigt wird, wenn Schwarze Zugang zu allen gesellschaftlichen Positionen bekommen.«

»Das stimmt«, sage Chambers. »Dem Verein werden Verbindungen zum Ku-Klux-Clan nachgesagt, aber das ist nicht bewiesen. Wundern würde es mich allerdings nicht.«

»Und das reicht nicht, um ihn aus der Anwaltskammer auszuschießen?«

»Leider nicht, jedenfalls nicht, solange er sich keine standesrechtlichen Verfehlungen zuschulden kommen läßt. Leider ist er auch intelligent und achtet schon darauf, daß er nicht zu weit geht. Jedenfalls bisher.«

»Ein reizender Mensch«, stellte Susan mit einem ironischen Unterton fest.

»Ja, in der Tat. Bedauerlicherweise hatte er gute Startvoraussetzungen. Sein Vater war einflußreich und er selbst hatte bereits fußgefaßt, bevor die Geschichten um seinen Vater herauskamen. Sein Vater hat ihn überall vorgestellt und dafür gesorgt, daß sein Klientenstamm an seinen Sohn übergeht, was auch nahezu nahtlos geschehen ist. Der Umstand, daß sein Vater beim Klu-Klux-Clan war, hat ihm nicht wesentlich geschadet. Vermutlich wußten es auch einige seiner Klienten. Er vertritt vor allem Firmen aus dem Süden Amerikas, die ihre Interessen hier in Chicago anwaltlich durchsetzen lassen wollen.«

»Demnach ist er reich?«

»Ja, ziemlich. Er hat einiges von seinem Vater geerbt und seine Kanzlei läuft leider auch ausgesprochen gut. Zwar gibt er sich Mühe, nicht anzuecken, aber auf der anderen Seite vertritt er auch immer wieder Leute in sogenannten »politischen Prozessen«. Dabei geht es in der Regel um politisch motivierte Straftaten rechter politischer Sekten. Natürlich alles streng in Ausübung seines Mandates und ohne vor Gericht seine Sympathien für diese Leute durchscheinen zu lassen.«

John seufzte.

»Halten Sie ihn für gefährlich?«

Chambers nahm seine schwarze Hornbrille von der Nase und beugte sich leicht vor, als wolle er John ein Geheimnis anvertrauen.

»Ich selbst halte ihn für gefährlich. Nicht im dem Sinne, daß er selbst die Stadt anzünden würde, wohl aber halte ich ihn für einen Schreibtischtäter. Wer weiß, wie viele dieser Wahnsinnigen, die er vor Gericht vertritt, von ihm selbst zu den Taten angestiftet wurden, für die er sie verteidigt.«

John blätterte in seinem Notizbuch.

»Sie erwähnten vorhin, daß sein Vater aus Deutschland übergelaufene Nazis rechtlich beraten hat. Das habe ich schon mal gehört, und zwar von Prof. Leonard Mientz.«

»Ja, in der Tat«, erwiderte Chambers. »Allerdings sind dies bei Mientz nur Gerüchte, während es bei Valens Vater erwiesen ist. Interessant ist allerdings, daß Valen seinen Doktor bei Mientz gemacht hat. Mientz und Valens Vater kannten sich übrigens. Die beiden haben eine Zeitlang zusammen im Rechtsausschuß des Kongresses als Referenten gearbeitet.«

»Naja, dann dürfte es wohl kein Zufall gewesen sein, daß sein Sohn bei Mientz den Doktor erworben hat.«

»Nein, glaube ich auch nicht. Und über die Maßen schwergemacht haben wird er es seinem Schützling auch nicht.«

John klappte sein Notizbuch zu.

»Das klingt alles recht unerfreulich.«

»Das können Sie laut sagen, Mr. Rollins. Können Sie damit etwas anfangen?«

»Ich weiß nicht recht. Ich weiß noch nicht einmal, ob Valen überhaupt etwas mit meinem Fall zu tun hat. Es geht letztlich um den Tod von Joseph Coone vor gut elf Jahren. Ein Mann namens Mark Rivers hat kurz vor seinem Tod behauptet, daß Coone bei einem Duell gestorben sei. Aufgrund seines Hinweises haben wir die Leiche gefunden, von der wir vermuten, daß es die von Mr. Coone ist.«

»Dieser Anwalt, der vor kurzem mit seinem Wagen verunglückt ist?«

»Ja, genau. Der Arzt, der in dem Krankenwagen war, in dem Rivers von dem Duell erzählte, ist inzwischen erschossen worden. Wir vermuten, daß Beteiligte des Duells noch hier in Chicago tätig sind und ein Interesse daran haben, daß die Geschichte nicht aufgeklärt wird.«

»Und wie kommt Valen da hinein?«

»Wir haben die Jahrbücher aus der Zeit angeschaut, zu denen Joseph Coone studiert hat. Dort haben wir ein Bild von Coone mit Valen gefunden, das untertitelt war »Der Richter und sein Assistent«.«

»Sehr interessant. Wenn Sie es wünschen, lasse ich auch mal nachschauen, was wir über diesen Rivers haben. Da müßten Sie dann aber morgen noch mal vorbeischauen.«

»Ja, gerne, vielen Dank.«

»Gut«, erwiderte Chambers und begleitete John und Susan noch vor die Bürotür. John hinterließ noch den Namen des Hotels, in dem er und Susan abgestiegen waren, für den Fall, daß sich etwas Wichtiges ergeben würde. Dann verabschiedeten sie sich von Chambers und kehrten zu dem Wagen zurück.

»Ich finde das sehr unheimlich«, meinte Susan, als sie mit dem Wagen zu dem Krankenhaus fuhren, in dem Klann arbeitete.

»Ja«, murmelte John. »Das sieht alles recht unerfreulich aus.«

»Mein Bruder – mit so einem Mann befreundet? Ich... kann das kaum glauben. Mir ist bei meinem Bruder nie aufgefallen, daß er politisch so extrem dachte.«

»Naja, das muß ja auch nicht der Fall gewesen sein. Aber eigenartig ist das alles schon. Mir sind einfach die Zusammenhänge nicht klar. Aber vielleicht gibt es zwischen Valen und dem Tod Ihres Bruders auch keinen. Wir sollten uns auf Klann konzentrieren. Ich habe das dumpfe Gefühl, daß mit dem irgend etwas nicht stimmt. Inzwischen sollte er mit seiner Operation fertig sein.«

Susan zupfte während der Fahrt nervös an ihrer Bluse herum und fuhr sich mehrmals mit ihrer Hand durch ihre Haare. John war nicht entgangen, daß die Erkenntnisse sie beunruhigt hatten, und so sprach er lieber nicht über seine Überlegungen, um Susan nicht noch stärker zu beunruhigen.

Bislang hatte er ohnehin nicht viele Ansatzpunkte. Die Verbindung von Joseph Coone zu Dr. Klann war eher dünn, und ob Valen mit dem Tod Coones zu tun hatte, war mehr als fraglich. Ob es eine gute Idee war, Valen direkt zu befragen? John entschied, daß er damit noch mindestens bis zum nächsten Tag warten würde, wenn er von Chambers die Informationen über Rivers bekommen hatte. Möglicherweise würde über Rivers eine Verbindung entstehen.

Bislang war nur klar, daß Rivers behauptete, dabei gewesen zu sein, als Coone während eines Duells starb. Die Leiche wurde so gefunden, wie Rivers sie beschrieben hatte. Somit war wahrscheinlich, daß der Rest von Rivers' Erzählungen auch wahr sein durften. Also gab es dieses Duell, und das konnte nur bedeuten, daß es auch einen Gewinner dieses Duells geben würde. War das etwa Valen? Und wenn ja, wieso sollte er sich mit einem Kommilitonen duellieren, den er laut Jahrbuch als seinen Assistenten ansah?

All das führte John nicht weiter. Es mußte noch etwas geben, was der Angelegenheit einen Sinn gab und die noch fehlenden Zusammenhänge herstellte.

John fuhr auf den Parkplatz der Klinik und parkte seinen Wagen. Er vereinbarte mit Susan, daß sie in der Cafeteria der Klink auf ihn warten würde, denn er hielt es für sicherer, Klann alleine zu befragen, sollte dieser tatsächlich in die Ereignisse verstrickt sein.

Klann verließ gerade sein Arztzimmer, als John mit dem Fahrstuhl auf der Etage ankam, und war mit einem Straßenanzug bekleidet. Offenbar war er auf dem Weg nach Hause. Als er John sah, fuhr er leicht zusammen.

»Guten Tag, Dr. Klann«, sagte John. »Wie ist Ihre Operation gelaufen?«

»Sind Sie hier, um mich das zu fragen?«

»Auch.«

Klann sah sich nervös um.

»Gut, Mr. Rollins. Der Patient hat es gut überstanden. Gehen wir in mein Arztzimmer, wenn Sie sich mit mir unterhalten wollen.«

»Aber gerne!«

Die beiden gingen schweigend den Flur entlang zum Arztzimmer. Klann drückte die Klinke herunter und lief vor die verschlossene Tür.

»Wie dumm«, brummte Klann, während er die Tür aufschloß, »ich habe ja abgeschlossen.«

Die beiden betraten das Arztzimmer und Klann schloß die Tür wieder.

»Dr. Klann, ich möchte jetzt gerne mal ganz offen mit Ihnen sprechen«, sagte John, während sich Klann wieder hinter seinen Schreibtisch setze.

»Ja, Mr. Rollins.«

»Ich würde mich jetzt nicht von Ihnen operieren lassen wollen, so nervös wie Sie sind.«

»Das scheint nur so. Im OP bin ich die Ruhe in Person.«

»Was hat Ihnen Dr. Woods erzählt?«

»Was ich Ihnen sagte. Belanglose Dinge. Daß er diesen Einsatz hatte und man dem Mann nicht mehr helfen konnte...«

»Kannten Sie Mr. Mark Rivers?«

»Sollte ich?«

»Wieso können Sie eigentlich nicht mit ja oder nein antworten?«

»Ich weiß ja nicht, worauf Sie hinauswollen.«

»Kannten Sie Joseph Coone?«

»Nein.«

»Kannten Sie Mark Rivers?«

»Möglich, könnte sein.«

»Was meinen Sie damit?«

»Daß bei dem Namen bei mir etwas klingelt. Er könnte der Freund eines Freundes gewesen sein.«

»Hieß dieser Freund zufällig Jeffrey O'Keefe?«

Aus Klanns überraschtem Gesichtsausdruck konnte John ablesen, daß er genau richtig lag.

»Ja, ähm... ein Studienfreund von der Universität.«

»Haben Sie noch Kontakt mit ihm?«

»Nein, nach der Universität haben wir uns aus den Augen verloren. Er ist wohl noch in Chicago an einer Klink, aber wie das so ist... man hat verschiedene Interessen und verliert sich so aus den Augen.«

»Und Sie sind sich sicher, daß Sie Joseph Coone nicht kannten?«

»Ja, den kannte ich nicht. Den Namen habe ich von Ihnen jetzt zum ersten Mal gehört.«

John zuckte kurz mit den Schultern.

»Joseph Coone studierte zur gleichen Zeit an der Universität von Chicago wie Sie, allerdings Jura. Er verschwand vor etwa elf Jahren spurlos.«

Klann schaute nachdenklich auf die Schreibtischlampe und dann zu John herüber.

»Daß damals Leute verschwunden sind, ist mir bekannt. Ich habe davon gehört. Betroffen waren aber wohl vor allem die Juristen. Solange ich dort studiert habe, ist jedenfalls keiner von meinen Kommilitonen an der medizinischen Fakultät verschwunden.«

»Haben Sie eine Erklärung dafür, daß die Leute einfach verschwunden sind?«

»Nein. Ich habe das nur so am Rande mitbekommen und mir keine weiteren Gedanken gemacht. Vielleicht tauchen die Leute ja auch wieder auf oder sind aufgetaucht. Es war eine verrückte Zeit damals.«

»Ja«, erwiderte John dumpf. »Vielleicht tauchen die Leute wieder auf. War Jeff O'Keefe Mediziner oder Chirurg?«

»Mediziner. Einer der besten an der Uni. Genauer gesagt: Seine Abschlußarbeit war die zweitbeste in seinem Jahrgang.«

»Und Ihre?«

Klann lächelte unsicher.

»Naja, ich ähem... ja, also ich war mit meiner Note an siebter Stelle in meinem Jahrgang.«

John machte zwei Schritte auf die Tür zu.

»Dr. Klann, ich will Ihnen nichts vormachen: Ihre Geschichte mit Dr. Woods, und worüber Sie gesprochen haben wollen, glaube ich Ihnen nicht. Sie sagten vorhin, daß Woods Ihnen erzählt habe, daß er den Einsatz hatte, und daß man dem Mann nicht mehr helfen konnte. Ich weiß aber, daß der Mann, dieser Mark Rivers, Dr. Woods von dem Duell erzählt hat. Wenn Ihnen Woods von dem Einsatz erzählt hat, dann wäre es doch naheliegen, daß er Ihnen gegenüber das Geständnis erwähnt hat. Denn wenn es ein Einsatz wie jeder andere gewesen war – wieso sollte er Ihnen überhaupt davon erzählen?«

»Also... Mr. Rollins... ich kann Ihnen nur sagen, was ich Ihnen gesagt habe: Dr. Woods hat mir von dem Einsatz erzählt, und daß man dem Mann nicht mehr helfen konnte. Das stand ja auch in der Zeitung.«

»Wie sind Sie denn überhaupt auf dieses Thema gekommen?«

»Das weiß ich nicht mehr.«

John lachte kurz auf.

»Entschuldigen Sie, Dr. Klann. Das ist doch nun wirklich

noch nicht so lange her. Hat es denn bei Ihnen gar nichts ausgelöst, daß Dr. Woods plötzlich ermordet wurde?«

»Ja, natürlich bin ich betroffen, weil ich ihn ja auch kannte. Aber ich verstehe nicht, wieso Sie unbedingt wollen, daß er mir was von diesem verrückten Duell erzählt hat, von dem Sie reden. Was bezwecken Sie damit?«

John zuckte kurz mit den Schultern.

»Nichts, Dr. Klann. Es ist nur ein Aspekt, verstehen Sie? Mir ist wichtig zu erfahren, wie sehr Dr. Woods von diesem Geständnis beeindruckt wurde.«

»Tja«, meinte Klann. »Offenbar nicht so sehr, denn er hat mir gegenüber davon nichts erwähnt.«

John sah Klann eine Zeitlang prüfend an.

»Dr. Klann, ich will weiterhin ganz offen zu Ihnen sein. Was Sie mir hier alles erzählt haben, paßt einfach vorne und hinten nicht zusammen. Es gibt in einem Jahrbuch der Universität ein Photo, auf dem Sie und Jeffrey O'Keefe bei einer Übung Mark Rivers versorgen, der einen Schwerverletzten darstellt.«

Klann schnippte mit seinen Fingern.

»Sehen Sie? Es paßt zusammen. Ich wußte doch, daß ich den Namen schon einmal gehört hatte. Wohl bei dieser Übung.«

»Und Sie wollen mir jetzt sagen, daß Sie diesen Rivers nur bei der Übung gesehen haben und ansonsten nicht gekannt haben?«

Klann nickte.

»So ist es, Mr. Rollins.«

»Wie ist denn Mr. Rivers überhaupt in diese Rolle des Schwerverletzten gekommen?«

Klann zuckte kurz mit seinen Schultern und begann, mit einem Kugelschreiber herumzuspielen.

»Das weiß ich nicht. Vermutlich hat sich die Fakultät um Freiwillige gekümmert.«

»Und Sie haben zu Mr. O'Keefe keinen Kontakt mehr?«

»Nein. Ich habe ihn schon seit mehreren Jahren nicht mehr gesehen. Aber... darf ich Sie auch etwas fragen?«

»Bitte sehr.«

»Warum fragen Sie das alles? Sie sind Privatdetektiv, also wird doch jemand Ihr Auftraggeber sein. Was wollen Sie eigentlich herausfinden?«

»Das habe ich Ihnen schon gesagt. Ich möchte herausfinden, wer Dr. Woods ermordet hat, und was hinter dieser merkwürdigen Geschichte mit den Duellen steckt.«

»Ja, gut... Also, wie gesagt, ich kann Ihnen da leider nicht weiterhelfen. Mehr als das, was ich Ihnen gesagt habe, kann ich dazu nicht beitragen.«

»Wie Sie meinen. Dann wünsche ich Ihnen noch einen schönen Feierabend.«

John verließ das Büro. Klann stützte seinen Kopf verzweifelt in seine Hände. Selten hatte er es so bereut, bei diesem Duell dabeigewesen zu sein, wie in den letzten Tagen. Als er sich wieder gefaßt hatte, nahm er den Hörer seines Telephons ab und wählte die Nummer von Jeff O'Keefe.

18.

Mit einem Blick ins Telephonbuch hatte sich John die Adresse von Jeff O'Keefe beschafft. Er hoffte ihn am Abend zu Hause anzutreffen. Für den frühen Nachmittag hatte er zunächst noch einen Besuch bei der Polizei vorgesehen und Susan vorher im Hotel abgesetzt.

Auf dem Polizeirevier erfuhr er, daß Inspektor Werries außer Haus war, und daß auch Inspektor McKenzie nicht in seinem Büro sondern im Wald nahe dem polnischen Friedhof war. So beschloß John, dort noch einmal hinzufahren und nachzusehen, was die weiteren Ermittlungen der Polizei dort ergeben hatten.

John stellte seinen Wagen an einer Einfahrt in den Wald ab und lief den Weg entlang der zu der Stelle führte, an der sie Coones mutmaßliche Leiche gefunden hatten. Er hatte schon an der Straße gesehen, daß dort zahlreiche Polizeiwagen und auch vier Leichenwagen standen. Schon frühzeitig stieß er auf die erste Polizeiabsperrung, an der er seinen Ausweis und seine Lizenz vorzeigte, um weiter vorgelassen zu werden. Als er darum bat, Inspektor McKenzie zu sprechen, versicherte sich der Polizist über Funk, daß es in Ordnung sei, und wies John den Weg zum Inspektor.

Einige Meter hinter der Lichtung stand ein Mannschaftswagen, vor dem Inspektor McKenzie auf John wartete.

»Den Täter treibt es zum Tatort zurück?«

John grinste.

»Ich bin kein Täter, Inspektor, ich ermittle nur.«

»Ja, so kann man es nennen«, erwiderte McKenzie. »Hier scheint es einen Friedhof neben dem Friedhof zu geben. Wir haben bereits drei Leichen gefunden, also außer der, die Sie gestern ausgeschaufelt haben. Alle zeigen ungefähr den gleichen Stand der Verwesung. Ich kann dazu noch nichts Genaueres sagen, aber die liegen nicht erst seit gestern dort.«

»Vielleicht sind es die Studenten, die damals verschwunden sind?«

»Warum nicht? Wenn Ihre Theorie stimmt und Mr. Coone bei einem Duell starb, dann könnte dies auch auf andere zutreffen. Wir haben bislang nur männliche Leichen gefunden.«

»Die Leute haben sich hier duelliert und der Verlierer wurde dann hier im Wald beigesetzt«, meinte John.

»Das ergibt doch durchaus einen Sinn. Wieso sollte Mr. Coone der einzige gewesen sein, der einem solchen Ritus zum Opfer fiel?«

»Haben Sie vielleicht auch schon die Antwort darauf, wer so etwas warum tun sollte? Wer geht freiwillig in den Wald und läßt sich erschießen?«

»Das weiß ich nicht. Vielleicht irgendwelche Verrückten, die an diesen fragwürdigen Begriffen von Ehre festgehalten haben, die sie mit der Pistole verteidigen mußten?«

»Dann ist Ihr Mr. Coone einer davon.«

»Ohne Zweifel.«

»Hat seine Schwester bei ihm mal so was beobachtet?«

»Sie sagt nein, und das glaube ich. Sein Tod nimmt sie sehr mit.«

McKenzie nickte.

»Das kann ich mir denken. Wenn man über die Jahre hofft, daß er doch irgendwann wieder auftaucht und dann die Leiche gefunden wird...«

»Wann werden Sie der Presse mitteilen, was hier los ist?«

»Morgen. Länger kann ich es nicht geheimhalten. Wir hatten heute schon eine Anfrage danach, was die Polizei hier tut. Ein Journalist hatte zufällig beim Vorbeifahren die Polizeiwagen gesehen und sich schon gewundert. Wir konnten verhindern, daß er bis hierhin vordringt, aber mit einer Schlagzeile der Art »Was tut die Polizei im Wald?« dürften wir morgen schon rechnen.«

»Das ist schlecht«, brummte John und beobachtete die Polizisten, die vorsichtig mit Spaten und Hacken den Boden umgruben und nach weiteren Leichen suchten. Eine weitere Einheit war mit Heckenscheren und leichten Motorsägen ausgerüstet und legte den Boden frei, der über die Jahre mit Gebüsch und niedrigen Bäumen bewachsen war.

»Haben Sie denn schon etwas herausgefunden?«

»Nichts, was wirklich helfen würde«, erwiderte John mit leichter Resignation. »Zur Zeit versuche ich herauszufinden, welche Verbindungen zwischen Leuten bestehen, von denen ich noch nicht einmal weiß, ob sie damit zu tun haben.«

»Nennen Sie doch mal Namen.«

John zeigte ein leichtes Lächeln.

»Inspektor McKenzie, ich weiß nicht mal, ob die Leute überhaupt etwas mit der Sache zu tun haben, da werde ich sicher keine Namen nennen und ihnen möglicherweise Probleme mit der Polizei bereiten.«

»Ja, ja, Mr. Rollins. Solche Sprüche kenne ich auch von Ihren Kollegen hier in Chicago. Privatdetektive sind doch alle gleich. Sie wollen sich nicht in die Karten gucken lassen und am Ende müssen wir Sie dann wieder aus diversen Notsituationen heraushauen, in die Sie sich selbst gebracht haben. Am Ende ist die Verhaftung ohnehin unsere Sache.«

»Naja, ich habe Sie ja nun schon lange genug gebeten, hier mal den Wald umzugraben, und dazu waren Sie nicht bereit. Da können Sie mir jetzt wohl kaum vorhalten, daß ich mit Ihnen über ungelegte Eier spreche.«

»Möchten Sie jetzt auch noch eine Medaille von mir haben, weil Sie recht hatten?«

»Ihr Eingeständnis genügt.«

»Das haben Sie doch schon längst. Immerhin graben wir ja jetzt hier. Ich verstehe Sie wirklich nicht, Mr. Rollins. Wir stehen doch auf derselben Seite.«

»Ja, aber Sie verfolgen Ihre Spuren und ich die meine. Wenn ich mehr Gewißheit habe, rede ich auch gerne mit Ihnen über meine Vermutungen.«

McKenzie winkte ab.

»Tun Sie, was Sie nicht lassen können. Ich kann Sie ja doch nicht daran hindern. Da fällt mir ein: Wir haben uns mit Mr. Coones Zahnarzt in Verbindung gesetzt.

Die Identifizierung anhand des Gebisses dürfte morgen nachmittag vorliegen. Ich werde mich bemühen, daß die Leiche möglichst bald freigegeben wird.«

»Ja, das richte ich Miss Coone aus. Vielen Dank.«

»Möchten Sie vielleicht noch einen kleinen Spaziergang hier im Wald machen?«

»Ja.«

Inspektor McKenzie führte John zu den Stellen, an denen die Polizei bereits fündig geworden war. Sie lagen verhältnismäßig weit auseinander, wobei McKenzie meinte, daß es noch zu früh sei, daraus Schlüsse zu ziehen. Er führte John weiter zu der Lichtung, die er auch schon am Sonntag mit Susan, Roberts und dem Journalisten entdeckt hatte. Hier könnten die Duelle stattgefunden haben, wenn es sie gab, meinte McKenzie. Die bisherigen Fundorte lagen praktisch im Kreis um diese Lichtung. Ermittlungen bei der Forstbehörde hatten ergeben, daß die Lichtung vor zehn Jahren noch etwas größer war als jetzt.

Aus einem der Fundorte hoben die Polizisten die Leiche, als John und McKenzie dort waren. John warf nur einen kurzen Blick auf den Toten. Zwar wurde ihm davon nicht schlecht, besonders gerne betrachtete er Leichen wiederum auch nicht.

Die Polizisten legten die Leiche vorsichtig auf eine Bahre und deckten sie mit einem weißen Tuch zu, welches unterhalb der Bare befestigt wurde. McKenzie nickte ihnen kurz zu und die Polizisten transportierten die Leiche ab.

»Da wird Ihre Gerichtsmedizin viel zu tun bekommen«, meinte John.

»Allerdings. Nicht nur die. Wir müssen am Ende ja auch noch herausfinden, wer diese Leute sind und gegebenenfalls ihre Angehörigen benachrichtigen.«

Die beiden sahen den Polizisten nach, die die Leiche in Richtung des Weges davontrugen und diesen entlang zu den Leichenwagen, die am Eingang des Waldes warteten.

»Ich habe vorhin vier Wagen gesehen«, sagte John,

»aber Sie sagten, daß nur drei Leichen gefunden wurden.«

»Ja, aber wir rechnen mit weiteren Toten. Es sind damals erheblich mehr Leute verschwunden, und wenn Ihre Theorie stimmt, dann, fürchte ich, werden wir hier noch die ganze Woche über Leichen finden.«

»Das tut mir leid.«

»Das braucht Ihnen aber nicht leid zu tun, Mr. Rollins. Immerhin werden jetzt vielleicht die ganzen Vermißtenfälle geklärt und die Familien erhalten endlich Gewißheit.«

»Ja. Das ist etwas dran.«

»Inspektor«, rief einer der Polizisten und winkte zu McKenzie herüber. Der Inspektor ging über den freigelegten Waldboden zu der Stelle hin, gefolgt von John. Die Polizisten waren dort auf einen weiteren Toten gestoßen. Auch hier war die Verwesung schon weiter fortgeschritten, so daß McKenzie den Schluß zog, daß auch der Tote schon länger dort lag.

Weitere Polizisten kamen zu dem Fundort und halfen, den Toten vorsichtig komplett freizulegen um ihn abtransportieren zu können. Der Polizeiphotograph machte Photos vom Fundort und von der Leichte in dem ausgehobenen Loch. Die Spurensicherung suchte noch während die Leiche komplett freigelegt wurde nach Hinweisen in der unmittelbaren Umgebung.

»Ich glaube nicht, daß hier noch Spuren vorhanden sein werden«, erläuterte McKenzie, »aber sicher ist sicher. Die Taten liegen ohnehin schon lange genug zurück, da brauchen wir jeden Hinweis, auch den kleinsten.«

»Werden Sie morgen wieder hier anzutreffen sein?«

»Davon können Sie ausgehen. Ich werde sicher noch die ganze Woche lang hier herumlaufen, wenn nicht nächste Woche auch noch. Das hätte ich nicht für möglich gehalten, daß Sie nicht nur recht haben, sondern wohl auch das ganze Ausmaß Ihrer Entdeckung wohl nicht kannten.«

»Nein, das hätte ich nicht gedacht. Aber vielleicht war

es logisch, daß Mr. Coone nicht der einzige ist, der hier begraben liegt.«

»Vielleicht. Aber das wäre nur dann so, wenn hinter diesen Duellen mehr steckt als einige verschrobene Nostalgiker, die eine alte und blutige Tradition aufleben lassen wollen. Wenn es tatsächlich so ist, daß diese Leute alle bei Duellen umgekommen sind, dann muß doch auch eine Organisation oder Gruppe dahinter stecken, die diese Riten kultiviert. Bei deren Zugehörigkeit die Mitglieder sich auch mit diesen archaischen Bräuchen einverstanden erklären.«

»Sie meinen vielleicht einen Geheimbund, wie er an der Universität vermutet wird?«

»Ja, das meine ich. Ich weiß, daß an der Universität nicht gerne darüber gesprochen wird, aber ich denke, daß sie nach diesem Fund nicht umhin kommen wird, das zu diskutieren, sofern die Toten, die wir hier finden, alle ehemalige Studenten sind.«

»Sprechen Sie mit Prof. Claudia Kelly, sie kämpft in dieser Sache schon länger auf verlorenem Posten an der Universität.«

»Das werde ich tun.«

Inspektor McKenzie begleitete John noch durch den Wald bis zu dem Weg, auf dem er sich vor dem Polizisten ausweisen mußte. John warf noch einmal einen Blick zurück. Die Polizisten gruben weiterhin den Waldboden um oder legten ihn frei. Es war ein großes Gebiet, das bereits abgesperrt worden war und John war sich sicher, daß es nicht bei diesem Gebiet bleiben würde. Die Arbeit würde fortgesetzt, bis es dunkel ist, erklärte Inspektor McKenzie, und auch in der Nacht würde der Fundort bewacht um sicherzustellen, daß nichts mehr verändert würde.

Während John mit seinem Wagen zurück zum Hotel fuhr, dachte er darüber nach, was er im Wald gesehen hatte. Die Professorin hatte gesagt, daß seit vier Jahren keine Flugblätter mehr aufgetaucht waren, und John zog daraus den Schluß, daß wohl auch mindestens seit vier Jahren niemand mehr verschwunden war. Inspektor McKenzie konnte sich dazu nicht weiter äußern, weil er mit den Fällen nicht befaßt war. Dabei fiel John ein, daß er auch noch mit Inspektor Werries sprechen wollte und machte einen kleinen Umweg über das Präsidium. Doch Werries war noch immer nicht zurück. Aus seiner Abteilung hieß es, daß es am günstigsten sei, morgens zu kommen, weil der Inspektor dann noch im Büro sei.

So setzte John seinen Weg zum Hotel fort. Als er mit dem Wagen dort ankam, warteten bereits Susan und der Journalist Martin Vincent vor dem Hotel auf ihn.

»Mr. Rollins«, rief Vincent aus, als John aus dem Wagen stieg und die Tür schloß. »Ich brauche Ihre Hilfe! Es gibt Probleme in der Redaktion!«

19.

»Ich setze auf die Story an, wen ich will«, knurrte Vincents Redakteur Barry Walton. John stand zusammen mit Susan und Vincent vor dem Schreibtisch des etwa fünfzigjährigen Mannes mit ergrautem Haar. Er trug einen schlichten braunen Anzug und ein weißes Hemd mit gestreifter Krawatte – sicher nicht sein bester Anzug.

»Also, wenn Sie möchten, daß Ihre Zeitung exklusiv über meine Ermittlungen informiert wird, lassen Sie Mr. Vincent weiter berichten«, erwiderte John.

»Ich lasse mich nicht erpressen. Mr. Vincent ist ein Anfänger, und was er bisher geliefert hat, ist reichlich dünn. Ich werde Ihnen einen Profi mitgeben, der mehr aus der Story machen kann.«

»Ich habe mit Mr. Vincent besprochen, was er veröffentlichen darf und was nicht, um die Ermittlungen nicht zu gefährden. Wenn Sie glauben, daß Sie mir jemanden an die Seite geben können, der laufend über meine Ergebnisse berichtet und mir damit den Fall total kaputtmacht, haben Sie sich geirrt. Mr. Vincent bleibt an der Sache oder niemand!«

Der Redakteur warf einen mißbilligenden Blick auf John.

»Mr. Rollins, ich möchte hier gerne eine professionelle Berichterstattung leisten, das sind wir unseren Lesern schuldig. Aber was Mr. Vincent bislang geliefert hat, ist ja nicht mal eine halbe Story!«

»Es ist bereits jemand ermordet worden. Und ich habe nicht die Absicht, leichtfertig das Leben weiterer Menschen zu gefährden, nur weil Sie Ihre professionelle Story haben wollen. Es bleibt bei den Absprachen zwischen Mr. Vincent und mir oder Sie bekommen gar nichts.«

Sichtlich verärgert wandte sich Walton an Vincent.

»Haben Sie das eingefädelt?«

»Nein«, erwiderte John, bevor Vincent antworten konnte. »Es war meine Entscheidung. Mr. Vincent ist mit auf die Sache gestoßen und ich war damit einverstanden, daß er an der Sache dranbleibt, solange er sich entsprechend verhält und die Ermittlungen nicht gefährdet.«

»Mr. Rollins, Sie sind mir jetzt schon reichlich über! Mr. Vincent ist ein blutiger Anfänger, der hat noch nie eine große Story geschrieben.«

John hob seine Schultern.

»Jeder fängt mal an. Geben Sie ihm die Chance.«

Walton sah Vincent prüfend an.

»Okay, Vincent, es sieht ja so aus als hätte ich keine Wahl. Also gut, Sie bleiben an der Sache dran. Wenn Sie es vermasseln, werde ich persönlich dafür sorgen, daß Sie allenfalls noch einen Job als Zeitungsträger bekommen!«

»Ja, Mr. Walton...«, stammelte Vincent.

»Tun Sie sich selbst einen Gefallen und nehmen Sie diese kindische Drohung wieder zurück«, sagte John. »Sie machen zur Zeit nicht gerade Werbung für Ihre Zeitung.«

Walton brummte etwas Unverständliches und wandte sich den Artikeln zu, die er gerade redigiert hatte, als die drei sein Büro betragen. John warf einen kurzen Blick zu Vincent, der sich leise und vorsichtig auf den Weg zur Bürotür begab. John schüttelte kurz den Kopf und Vincent blieb stehen. Walten blickte wieder auf.

»Ist noch was?«

»Ich dachte, vielleicht wollten Sie Mr. Vincent noch alles Gute wünschen und ihm sagen, daß Sie an ihn glauben?«

»Ach, Mr. Rollins, scheren Sie sich doch bitte zum Teufel. Sie können ja wieder vorbeischauen wenn die Sache vorbei ist und Sie glauben, daß Sie recht behalten haben.«

Die drei verließen das Büro und John schloß die Tür hinter sich.

»Das ist ja ein schrecklicher Vorgesetzter«, meinte Susan.

»Ja«, erwiderte Vincent gedämpft. »Er ist am Ende seiner Karriereleiter angekommen, weil er eine große Story in den Sand gesetzt hatte. Weil er mal viel für die Zeitung getan hat, wird er nicht gefeuert, aber auf diesem Posten bleibt er jetzt und hat keine Chance mehr, Chefredakteur oder Leiter eines Teils der Zeitung zu werden. Daß läßt er mit Vorliebe an den Anfängern hier in der Zeitung aus.«

»Vielleicht sollte sich mal jemand oben beschweren«, meinte John. Vincent schüttelte seinen Kopf.

»Nein, ich jedenfalls nicht. Mir tut er eigentlich nur leid.«

»Naja«, brummte John, während sie die Büros der Redaktion verließen. Susan sah kurz auf ihre Armbanduhr. Es war wenige Minuten nach vier Uhr.

»Was machen wir heute noch?«

»Ich werde Mr. Roberts fragen, ob er den Namen Jeffrey O'Keefe kennt, sonst müssen wir mal herausfinden, an welchem Krankenhaus dieser Mann arbeitet. Dr. Klann sagte, daß er den Kontakt zu O'Keefe verloren hätte.«

»Glauben Sie das?«

»Ich weiß es nicht. Wenn er noch Kontakt zu O'Keefe hat, dann hat er jetzt genug Zeit gehabt, seine Aussage mit ihm abzustimmen und dafür zu sorgen, daß sie sich nicht wiedersprechen.«

»Ich könnte ins Archiv gehen und nachschauen, ob wir irgend einen Bericht über diesen O'Keefe haben«, schlug Vincent vor, was John für eine gute Idee hielt, denn so könnte er unter Umständen auch noch an weitere Informationen über O'Keefe kommen.

Während Vincent mit dem Aufzug in den Keller fuhr, setzen John und Susan ihren Weg zum Wagen fort.

»Hat Ihre Fahrt zur Polizei etwas ergeben?«

»In gewisser Weise ja«, erwiderte John. »Die haben im Wald bereits mehrere Leichen ausgegraben. Und es sieht so aus als würden es noch mehr werden.«

»Das ist ja... schrecklich!«

»Möglicherweise wird jetzt der Verbleib zahlreicher Vermißter aufgeklärt. Die Sache wird auch nicht mehr lange unter dem Deckel bleiben können. Inspektor

McKenzie will morgen die Presse informieren. Ich schätze, er kann nicht anders.«

»Meinen Sie, daß die alle bei Duellen gestorben sind?«

John öffnete die Beifahrertür und ließ Susan einsteigen. Er ging um den Wagen herum, öffnete die Fahrertür und setze sich hinter das Lenkrad.

»Es könnte so sein«, sagte er, während er den Wagen anließ und losfuhr. »Ich halte es für wahrscheinlich, daß es so ist. Wenn dieser Rivers die Wahrheit gesagt hat, was Ihren Bruder angeht, dann können wir davon ausgehen, daß das wohl nicht das einzige Duell war. Ganz besonders wenn ich sehe, daß da ein Toter nach dem anderen ausgegraben wird.«

Susan schloß ihre Augen.

»Wie kann man nur?«

»Das kann ich Ihnen auch nicht erklären. Aber offenbar ist da etwas dran an den Geschichten mit dem Geheimbund. Vielleicht sind die Bräuche in diesem Bund entsprechend gewesen. Vielleicht waren die Mitglieder der Auffassung, ihre Ehre in Duellen verteidigen zu müssen. Es gibt ja auch schlagende Verbindungen, bei denen sich die Mitglieder beim Fechten verletzten um einen Schmiß im Gesicht zu haben.«

»Ja, aber das ist doch etwas anderes als sich gegenseitig umzubringen.«

»Sicher, aber die Tradition ist vergleichbar. Für mich ergibt beides keinen Sinn.«

»Für mich auch nicht«, murmelte Susan leise. John überlegte, ob er O'Keefe direkt aufsuchen oder besser zunächst ein wenig über ihn herausfinden sollte, bevor er ihn befragte. Allerdings vermutete John, daß Klann sich ohnehin bereits mit O'Keefe in Verbindung gesetzt hatte, so daß die Befragung so oder so vermutlich nicht viel bringen würde, also konnte er auch erst mal Nachforschungen über O'Keefe anstellen.

An einer roten Ampel nahm er sein Notizbuch aus seiner Innentasche und blätterte kurz darin.

»Grün«, zischte Susan, und gleichzeitig hupte es hinter John. Er legte eilig den ersten Gang ein und fuhr los.

»Ich werde Mr. Vincent veranlassen, morgen einen Teil der Story zu schreiben, damit er den Druck von seinem Vorgesetzen los wird«, sagte John. »Die Geschichte mit den Leichen im Wald wird ohnehin nicht mehr lange geheimzuhalten sein, sagte Inspektor McKenzie. Es hätten schon interessierte Reporter vorbeigeschaut.«

»Ja, wie Sie meinen.«

»Ich habe das ungute Gefühl, daß die bisher gefundenen Leichen tatsächlich erst der Anfang waren. Wenn über die Jahre immer wieder Studenten verschwunden sind, können da einige Leichen liegen. Das dürfte an der Universität für erheblichen Wirbel sorgen. Hoffentlich kommt uns dieser Wirbel nicht in die Quere.«

»Wir können heute sowieso nicht mehr viel machen«, erwiderte Susan. »Ich finde, daß wir bis morgen abwarten sollten.«

John sah auf seine Uhr. Seine Klientin hatte recht, es war schon reichlich spät und sie sah auch etwas erschöpft aus.

»Ja, ich stimme Ihnen zu. Für heute sprechen wir nur noch mit Mr. Roberts und dann sehen wir morgen weiter.«

Am Abend trafen sich Susan, John, Roberts und Vincent beim Essen im Hotel.

»Dr. O'Keefe arbeitet im Marywood Hospital«, sagte Roberts auf Johns Nachfrage. »Allerdings habe ich kaum was mit ihm zu tun gehabt. Er wirkt immer sehr ruhig, aber mehr kann ich dazu auch nicht sagen.«

»Ich werde ihn morgen mal ansprechen. Mr. Vincent, wann ist bei Ihnen Redaktionsschluß?«

»23:00 Uhr.«

»Sie kommen nachher mit auf mein Zimmer und wir besprechen, was Sie bis dahin abliefern. Im Wald sind zahlreiche Leichen gefunden worden, und die Sache wird nicht mehr lange geheim bleiben. Ich möchte, daß Sie zu den ersten zählen, die davon berichten. Was genau besprechen wir nachher noch.«

»Ja, gut. Ich danke Ihnen, daß Sie sich bei meinem Chef so eingesetzt haben.«

John zeigte ein leichtes Lächeln.

»Das hat auch viel mit eigenem Interesse zu tun. Aber sagen Sie, was haben Sie über Dr. O'Keefe herausgefunden?«

»Dr. Jeffrey Paul O'Keefe. Arzt im Marywood, wie Mr. Roberts schon sagte. Viel gab es nicht über ihn, aber eine doch interessante Meldung: Er hat eine Auszeichnung für einen Katastropheneinsatz bekommen. Ein Flugzeug war in ein Haus gestürzt und er gehörte zu einem Team von Ärzten, das Tag und Nacht gearbeitet hat, um den Verletzten zu helfen. Dafür hat der Bürgermeister die beteiligten Ärzte ausgezeichnet, weil sie einen ungewöhnlichen und besonderen Einsatz gezeigt hätten.«

Vincent gab John eine Kopie des Artikels, den dieser durchlas.

»Sehr interessant. Wann war das?«

»Vor einem Jahr.«

John zeigte Susan den Artikel.

»Nicht nur Dr. O'Keefe wurde hier ausgezeichnet, sondern neben anderen Ärzten auch Dr. Klann. Beide stehen hier nebeneinander auf einem Bild von vor einem Jahr. Und Klann hatte behauptet, er habe nach der Uni seinen Kollegen O'Keefe aus den Augen verloren.«

»Das heißt, er lügt«, meinte Susan.

»Ja. Die Frage ist nur, warum. Vielleicht um Zeit zu gewinnen und sich mit O'Keefe zu besprechen. Dann dürfte die Befragung O'Keefes nicht viel hergeben. Befragen werde ich ihn aber trotzdem.«

Die vier setzten Ihr Abendessen zunächst wortlos fort. Das Restaurant war gut gefüllt und die Kellner und Kellnerinnen hatten viel zu tun. Im Grunde war es ein guter und sicherer Ort für Roberts, überlegte John. Auf der anderen Seite würde Roberts erst dann außer Gefahr sein, wenn der Mörder Woods' gefaßt wurde. Es wäre John inzwischen lieber, wenn Roberts die Stadt verlassen würde, auf der anderen Seite konnte auch das gefährlich sein.

»Wenn das damals wirklich Duelle waren...«, sagte Vincent, »wie ist das denn rechtlich heute zu bewerten?«

John hob seine Schultern.

»Ich bin kein Jurist, aber meiner Meinung nach wäre des mindestens Totschlag. Auch wenn das Duell in beiderseitigem Einvernehmen stattgefunden haben mag, bleibt es ein Verbrechen. Jedenfalls würde ich das so vermuten. Es dürfte von der juristischen Bewertung durch das Gericht abhängen, ob die Sache verjährt ist oder nicht. Vermutlich ist sie es aber nicht.«

»Es ist... einfach unglaublich. Ich könnte mir nicht vorstellen, daß ich mich mit jemandem zu einem Duell verabrede, bei dem am Ende einer von uns tot sein wird.«

John nickte zustimmend.

»Mir ist das auch schleierhaft, wie man sich auf so etwas einlassen kann, aber es ist offenbar geschehen, und das nicht nur einmal. Inspektor McKenzie gräbt im Wald jetzt eine Leiche nach der anderen aus. Vermutlich werden wir erst in ein paar Wochen wissen, wie groß das Ausmaß wirklich ist.«

»Das ist einfach... unglaublich«, meinte Susan. »Unheimlich. Und Joe hat da mitgemacht. Das verstehe ich nicht. Das hätte ich ihm niemals zugetraut.«

»Das kann man sich, glaube ich, auch nicht vorstellen«, erwiderte John. »Ich würde vermuten, daß schon einiger Fanatismus dazugehört, um sich auf ein solches Duell um Leben und Tod einzulassen.«

»Ich begreife aber auch die anderen nicht«, sagte Roberts. »Offensichtlich gab es dort auch Leute, die zugesehen haben. So wie dieser Rivers. Die müssen sich doch auch darüber klargewesen sein, daß da gleich jemand stirbt.«

John nickte zustimmend.

»Ja, aber wie es scheint hat gerade dieser Mr. Rivers das nie verwunden. Er hatte ja offensichtlich das Bedürfnis, vor seinem Tod mit jemanden darüber zu reden.«

Susan blickte von ihrem Essen auf.

»Vielleicht hat er ja auch mit anderen darüber gesprochen? Mit seiner Frau, wenn er eine hatte? Mit seiner

Freundin?«

»Ja«, erwiderte John. »Ich denke, der Spur sollten wir als nächste folgen. Und es wäre jetzt vielleicht auch an der Zeit, Mr. Roberts, Sie dem Schutz der Polizei zu übergeben.«

Roberts sah John leicht betreten an.

»Halten Sie die Lage jetzt für so gefährlich?«

»Ich bin mir nicht sicher. Vor allem halte ich sie für unübersichtlich. Wir sollten kein Risiko eingehen. Wenn Ihnen hier im Hotel noch etwas passiert, würde ich es mir nie verzeihen, Sie diesem Risiko ausgesetzt zu haben.«

»Aber bis jetzt habe ich mich hier eigentlich doch recht sicher gefühlt.«

John zuckte kurz mit seinen Schultern.

»Vielleicht sind Sie das auch. Vielleicht auch nicht. Ich wäre da lieber vorsichtig. Aber letztlich ist es natürlich Ihre Entscheidung.«

»Nein, nein, Mr. Rollins. Wenn Sie der Meinung sind, daß das sicherer ist, lassen Sie uns zur Polizei gehen. Ich möchte ja auch nicht umgebracht werden.«

»Gut. Gleich morgen früh werden wir uns darum kümmern.«

20.

Direkt nach dem Frühstück machten sich John, Susan und Roberts auf den Weg zur Polizei. Sie trafen Inspektor McKenzie, der im Aufbruch begriffen war, gerade noch in seinem Büro an. Es brauchte keine langen Überredungskünste, McKenzie zu überzeugen, Roberts Polizeischutz zu gewähren. Roberts erklärte sich damit einverstanden, daß von nun an die Polizei seine Unterbringung gewährleisten würde, um ihn besser schützen zu können. Sein Zimmer im Hotel mußte er aufgeben.

John und Susan fuhren vom Polizeipräsidium aus direkt zu der Adresse Rivers', die die beiden zuvor aus dem Telephonbuch herausgesucht hatten. Rivers wohnte in einem fünfstöckigen Haus mit neun weiteren Mietparteien. Seine Wohnung lag im dritten Stockwerk. John und Susan klingelten direkt an der Wohnungstür, jedoch öffnete niemand. Nach drei weiteren Versuchen öffnete sich die Tür der Wohnung gegenüber, und ein älterer Mann schaute hinaus.

»Wollen Sie zu Mr. Rivers?«

»Ja«, erwiderte John. »Also nicht so direkt...«

»Sind Sie Freunde von ihm?«

»Nicht so direkt.«

»Ja«, sagte der alte Mann, »da habe ich eine schlechte Nachricht für Sie. Mr. Rivers ist tot. Vor einer Woche bei einem Autounfall.«

»Das wissen wir. Ich bin Privatdetektiv und wollte seine Frau befragen, falls er eine hatte.«

»Nein«, antwortete der Mann, nachdem er sich Johns Lizenz genau angesehen hatte. »Er war nicht verheiratet. Lebte alleine hier.«

»Hatte er eine Freundin?«

»Ja, da war so eine Frau öfters hier. Dunkle, schulterlange Haare, etwa so groß wie die Lady hier«, antwortete der Mann, auf Susan deutend. »Ich glaube, sie hieß Furndale.«

»Wissen Sie zufällig auch den Vornamen?«

»Nein, ich weiß nur den Nachnamen. Er hatte sie mir

mal als Miss Furndale vorgestellt.«

John nahm sein Notizbuch aus seiner inneren Jackentasche und notierte sich den Namen.

»Sie war Rechtsanwältin«, fügte der alte Mann hinzu.

»War sie seine Partnerin in seiner Kanzlei?«

»Nein, er praktizierte alleine. Hatte da nur eine Sekretärin. Vielleicht können Sie die auch mal befragen.«

»Ich danke Ihnen Mr...«, sagte John und blickte auf das Schild unter dem Klingelknopf, »Jarvis.«

»Gern geschehen. Wissen Sie, ich war selbst auch mal Privatdetektiv. Aber jetzt nicht mehr, ich bin dazu zu alt. Ich wünsche Ihnen Glück.«

»Vielen Dank.«

Der alte Mann schloß die Tür. John betrachtete eine Zeitlang die Tür zu Rivers' Wohnung. Ob es sich lohnen würde, der Wohnung nachts mal einen Besuch abzustatten? Auf der anderen Seite schien zumindest Mr. Jarvis sehr aufmerksam zu sein, was das Risiko erhöhte, bei einem Einbruch in die Wohnung erwischt zu werden.

»Meinen Sie, wir könnten uns die Wohnung mal ansehen?«

Susan schien seine Gedanken erraten zu haben und er schüttelte den Kopf.

»Ich wüßte nicht wie«, erwiderte er leise. »Wenn Mr. Jarvis so aufmerksam ist, ist ein Einbruch zu riskant, und ich wüßte jetzt nicht, wer uns sonst in die Wohnung lassen sollte.«

Die beiden gingen langsam den kurzen Flur entlang zur Treppe. Der nächste Weg würde zu Rivers' Büro führen. Vielleicht, so überlegte John während sie die Treppe hinabstiegen, würden sie die Sekretärin dort antreffen. Anderenfalls würde vermutlich jemand in dem Gebäude wissen, wie sie hieß. Das hätte er auch Jarvis noch fragen können, aber irgendwie beschlich ihn das Gefühl, daß er nicht noch mal bei dem ehemaligen Privatdetektiv klingeln und die Frage nachholen wollte.

»Wir werden die Adresse von Mr. Rivers' Büro aus dem Telephonbuch heraussuchen und dann hinfahren.

Wenn das zu nichts führt, werden wir ins Krankenhaus fahren und schauen, ob wir etwas über diesen Dr. O'Keefe herausfinden können. Wenn ich Dr. Klann damit konfrontiere, daß er O'Keefe doch noch nach dem Studium gesehen hat, möchte ich gerne ein bißchen was in der Hand haben.«

»Reicht denn der Artikel nicht?«

»Doch, schon, aber ich habe gerne mehrere Möglichkeiten, Leute in die Ecke zu drängen, wenn es geht.«

Nahe dem Gebäude stießen die beiden auf eine Telephonzelle, aus der sie die Adresse des Büros heraussuchten. Susan wußte, wo die Straße lag, und so brauchten die beiden nicht allzulange zu fahren und zu suchen, bis sie dort waren.

Zu Johns Überraschung war das Büro tatsächlich geöffnet und die Sekretärin saß im Vorzimmer, wo sie mit traurigem Blick die Akten ihres verstorbenen Chefs ordnete.

»Mein Name ist John Rollins«, stellte John sich ihr vor, »und dies ist Miss Susan Coone.«

»Karen Perry«, erwiderte die Sekretärin. John zeigte ihr seine Lizenz als Privatdetektiv.

»Ich versuche den Tod von Miss Coones Bruder aufzuklären. Mr. Rivers scheint etwas darüber gewußt zu haben. Als er im Krankenwagen lag, gestand er dem Arzt und dem Pfleger, daß er bei einem Duell anwesend war, bei dem Mr. Coone vermutlich getötet wurde.«

»Das war mir alles nicht bekannt«, sagte die Sekretärin. »Man hat mir nur gesagt, daß mein Chef tot ist. Ich räume jetzt nur noch das Büro auf. Mit dem Ende des Monats endet mein Arbeitsverhältnis hier. Die Kanzlei wird wohl geschlossen. Es sieht nicht so aus, als würde sie jemand übernehmen.«

»Das tut mir leid«, erwiderte Susan.

»Hat Mr. Rivers Ihnen gegenüber jemals etwas von einem Duell erwähnt, bei dem er dabei war?«, fragte John.

Perry schüttelte ihren Kopf.

»Nein, so direkt nicht. Aber ich wußte, daß es etwas

gibt, was ihn belastete. Er hatte immer wieder mal so eigenartige Phasen. Ich dachte schon, er hätte möglicherweise Depressionen. Er wirkte manchmal so. Etwas belastete ihn offensichtlich.«

»Hat er mal Andeutungen gemacht?«

»Nein, aber ich glaube, manchmal wollte er das gerne.«

»Kennen Sie eine Miss Furndale?«

»Ja, das war Mr. Rivers' Freundin. Sie ist auch Anwältin und praktiziert ebenfalls hier im Haus, im fünften Stockwerk. Möglicherweise wird sie mich weiterbeschäftigen, hat sie gesagt.«

»Das bringt mich gleich zur nächsten Frage: Wie nahe standen Sie Mr. Rivers? Haben Sie ein so gutes Verhältnis zu ihm gehabt, daß er Ihnen möglicherweise auch mal Dinge erzählt hat, die man sonst nicht so jedem erzählt?«

»Ich habe fünf Jahre für Mr. Rivers gearbeitet, aber ich war nie mit ihm privat zusammen. Wir haben natürlich auch mal so über private Dinge gesprochen. Aber von einem Duell hat er mir nie erzählt.«

»Hat er mal die Namen Klann oder O'Keefe erwähnt?«

»Nein.«

»Joseph Coone?«

Perry schüttelte erneut ihren Kopf.

»Nie gehört.«

»Clifford Valen?«

»Das ist ein Anwalt. Er hatte den Namen mal erwähnt, aber ich weiß nicht mehr, in welchem Zusammenhang.«

»Falls es Ihnen wieder einfallen sollte, wäre ich Ihnen dankbar, wenn Sie sich mit mir in Verbindung setzen würden«, sagte John und notierte die Telephonnummer des Hotels auf einem Zettel.

»Sicher«, erwiderte Perry. John und Susan verließen das Büro und fuhren mit dem Aufzug ins fünfte Stockwerk, wo sie das Büro von Nancy Furndale aufsuchten.

Nancy Furndale hatte keine Sekretärin, und so erklärte sich vielleicht ihre Bereitschaft, Karen Perry einzustellen. Als John und Susan das Büro betraten, räumte

Furndale gerade ein paar Akten zusammen und schien auf dem Weg zu sein, das Büro zu verlassen. Sie war etwa Mitte dreißig und hatte lange, dunkle Haare. Über den rechten Arm trug sie eine schwarze Robe, die sie sich vor Gericht wohl über ihre weiße Bluse und den schwarzen, knielangen Rock ziehen würde.

Ihr Büro hatte kein Vorzimmer. In der Mitte stand ein großer Schreibtisch mit einem großen Schreibtischsessel dahinter und drei kleineren davor. Ihre Akten hatte sie in mehreren Schränken an den Wänden untergebracht. Auf einer kleinen Kommode stand ein Telephon neben verschiedenen Bildern.

»Miss Furndale?«, fragte John, als er mit Susan das Büro betrat.

»Ja?«

»Mein Name ist John Rollins, und dies ist Miss Susan Coone.«

John sah an der Reaktion Fundales, daß sie den Namen Coone schon einmal gehört hatte.

»Sie kommen ungünstig«, erwiderte Furndale. »Ich muß gleich zum Gericht. Der Prozeß beginnt in einer Stunde und ich komme nicht gerne zu spät.«

»Das verstehe ich. Trotzdem wäre ich Ihnen dankbar, wenn Sie noch fünf Minuten für uns erübrigen könnten.«

Furndale legte ihre Robe auf den Schreibtisch.

»Ja, aber mehr nicht.«

John gab ihr seine Lizenz als Privatdetektiv, die sie ihm nach einem kurzen Blick darauf zurückgab.

»Privatdetektiv«, meinte sie. »Und Sie sind vermutlich Joseph Coones Frau?«

»Seine Schwester«, korrigierte Susan.

»Demnach haben sie von Joseph Coone gehört?«, folgerte John. Nancy Furndale hatte den Verlust Mark Rivers' sichtlich noch nicht überwunden. Sie wirkte jedoch sehr beherrscht.

»Ja, sicher habe ich das. Mark erwähnte den Namen mal. Er kannte ihn von der Universität. Coone gehörte zu den Studenten, die vor über zehn Jahren spurlos verschwunden waren.«

»Ja«, sagte John. »Inzwischen ist er wieder aufgetaucht. Das heißt, seine Leiche ist aufgetaucht.«

Furndale seufzte leise.

»Ja, das war eigentlich zu befürchten. Nur die wenigsten Menschen verschwinden einfach so und tauchen nach einem Jahrzehnt wieder lebend auf.«

»Miss Furndale... es sieht danach aus, als sei Mr. Coone bei einem Duell getötet worden, und Mr. Mark Rivers scheint Zeuge dieses Duells gewesen zu sein. Das entnehme ich dem, was er einem Arzt in dem Krankenwagen gesagt hat, der ihn vom Unfallort ins Krankenhaus gefahren hat. Hat er Ihnen gegenüber jemals etwas von einem Duell erwähnt?«

Nun schluchzte Furndale doch leise.

»Nein, nicht so direkt. Aber daß es etwas gab, was ihn belastete, weiß ich nur zu gut. Er fühlte sich immer wieder unter Druck. Als er mir vor zwei Monaten erzählte, daß er wisse, was aus Joseph Coone geworden sei... Da wußte ich, daß er ein schreckliches Geheimnis mit sich trug.«

John überlegte einen Moment, ob er sich Notizen machen sollte, verzichtete dann lieber darauf, weil er den Eindruck hatte, daß es das Gespräch stören würde und Furndale dann vielleicht nicht mehr so offen sprechen würde.

»Miss Furndale... in welchem Zusammenhang hat er das gesagt?«

»In einer Zeitung war ein Artikel über die Leute, die damals verschwunden waren. Ein Journalist hatte den Fall aufgegriffen und berichtet, daß das Thema heute noch an der Uni gemieden wird. Er hatte die Frage gestellt, was wohl aus den Leuten geworden sei. Da sagte Mark zu mir, daß er zumindest wisse, was aus Joseph Coone geworden sei, der in dem Artikel erwähnt wurde. Als ich ihn fragte, was denn aus ihm geworden sei, schwieg er eine Zeit lang und wechselte dann das Thema. Ich habe aber deutlich gespürt, daß ihn das Wissen belastet hat. Darum habe ich mich dann auch nicht mehr getraut, ihn noch mal darauf anzusprechen.«

»Sagt Ihnen der Name Clifford Valen etwas?«

»Ja, das ist ein Studienkollege von Mark. Der Mann ist ein Rechtsextremist und Rassist. Mark sagte mal, daß er es bereute, mit ihm je etwas zu tun gehabt zu haben.«

»Haben Sie den Eindruck, daß Mr. Rivers noch mit ihm Kontakt hatte?«

»Nein, ich glaube nicht, jedenfalls hat er nichts davon gesagt, und ich habe auch nichts davon mitbekommen.«

Furndale warf einen kurzen Blick auf die Uhr, die über der Kommode an der Wand hing.

»Ich muß jetzt zum Gericht, Mr. Rollins. Wir können uns aber gerne heute abend noch mal treffen. Es mir ein Anliegen, Ihnen zu helfen und zu erfahren, was Mark so belastet hat.«

»Gut«, sagte John und wandte sich der Tür zu. In dem Moment klirrte ein Fenster und John spürte einen leichten Schlag an seiner Schläfe. Geistesgegenwärtig warf er sich gegen Susan.

»Runter!«, rief er, und auch Nancy Furndale ließ sich hinter den Schreibtisch fallen. Zwei Projektile schlugen in Johns Nähe ein, während er sich ebenfalls hinter den Schreibtisch robbte. Susan kroch hinter der Kommode in Deckung, während John seinen Revolver zog. Ein weiteres Projektil schlug vor ihm in den Schreibtisch ein, was ihn vermuten ließ, daß er nicht im Schußfeld des Täters war.

»Miss Furndale, sind Sie in Ordnung?«, rief John gedämpft.

»Ja«, erwiderte sie. »Was ist mit Ihnen?«

John faßte sich an die Schläfe und stellte fest, daß er dort blutete. Wieder schlug ein Projektil ein. John kroch um den Schreibtisch herum. Furndale lag flach auf dem Boden.

»Bleiben Sie unten«, flüsterte John und schaute vorsichtig neben dem Schreibtisch hervor. Der Schütze war vermutlich auf dem Dach gegenüber hinter der Leuchtreklame. Zur Zeit schien er aber in Deckung zu sein oder aufgegeben zu haben.

Susan zog inzwischen das Telephon am Kabel von der Kommode und fing es auf, als es herunterfiel.

»Ich rufe die Polizei«, sagte sie.

»Ja«, erwiderte John. Dann sah er jemanden mit einem Gewehr hinter der Leuchtreklame auftauchen, die auf dem Dach gegenüber eine Höhe von gut eineinhalb Metern hatte. John richtete seinen Revolver auf das Dach und schoß zwei Mal. Der Mann ging in Deckung. John schoß erneut und ging wieder hinter den Schreibtisch in Deckung.

»Bleiben Sie beide wo Sie sind. Dort sind Sie sicher. Der Mann ist oben hinter den Buchstaben der Autowerbung.«

»Welche Adresse ist das hier?«, fragte Susan aufgeregt.

»Malloway Drive. Wir sind Nummer 421 und gegenüber liegt 435«, erwiderte Furndale. Wieder schlug ein Projektil in den Schreibtisch ein.

»Was bezweckt der Kerl bloß?«, brummte John. »Das muß dem doch klar sein, daß er hier niemanden mehr treffen wird.«

Furndale blickte auf.

»Sie bluten an der Stirn, Mr. Rollins. Zeigen Sie mal her.«

John kroch auf Händen und Füßen zu Furndale und sie betrachtete die Wunde an der Stirn.

»Ist wohl nur ein Streifschuß«, meinte sie. »Sie hatten Glück.«

»Ja. Ich glaube, daß ich auch schon längst nicht mehr bei Bewußtsein wäre, wenn er getroffen hätte.«

»Sie sollten trotzdem einen Arzt aufsuchen.«

»Die Polizei ist auf dem Weg«, meldete Susan hinter der Kommode.

»Gut«, sagte John. Wieder schlug ein Projektil in den Schreibtisch. John robbte zur anderen Seite und sah vorsichtig um die Ecke. Der Mann richtete das Gewehr gerade wieder auf den Schreibtisch und sah durch sein Zielfernrohr. John zog seinen Kopf schnell zurück und in die Ecke des Schreibtischs schlug erneut in Projektil ein.

»Gehen Sie kein Risiko ein«, sagte Furndale. »Es bringt Ihnen nichts, wenn Sie erschossen werden.«

Aus der Ferne war die Sirene eines Polizeiwagens zu hören. John hob seine Schultern. Es war nicht damit zu rechnen, daß der Schütze warten würde, bis die Polizei ankam. Vermutlich würde er schon vorher das Weite suchen, überlegte John, aber Nancy Furndale hatte Recht: Wozu ein Risiko eingehen.

»Miss Coone, alles in Ordnung?«, fragte John.

»Ja, mir ist nichts passiert. Wie geht es Ihnen?«

»Soweit alles in Ordnung, glaube ich. Bleiben Sie jedenfalls dort hinter der Kommode bis die Polizei hier ist!«

»Ja, das hatte ich auch vor.«

Es waren keine Einschläge mehr von Projektilen zu hören. John vermutete, daß der Schütze inzwischen die Flucht angetreten haben dürfte. Einen Moment lang überlegte er, ob er vielleicht doch einen Blick um die Ecke riskieren sollte, verwarf den Gedanken aber doch. Die Sirenen der Polizei wurden lauter, es konnte sich nur noch um Minuten handeln, bis sie im Büro angekommen waren.

21.

Der Polizeiarzt, der zusammen mit den Polizisten gekommen war, kümmerte sich um John Wunde an der
Stirn.

»Sie haben Glück gehabt, es ist nur ein großer Kratzer«,
sagte er, als er Johns Wunde versorgt hatte. »Haben Sie
Kopfschmerzen? Können Sie mich klar erkennen?«

»Ich habe keine Kopfschmerzen und kann Sie klar erkennen«, erwiderte John. »Und ich glaube nicht, daß
ich eine Gehirnerschütterung habe. So stark war der
Schlag auch nicht, den ich am Kopf gespürt habe. Es
war mehr so, als hätte mich beim Fahrradfahren ein Ast
gestreift.«

»Naja«, erwiderte der Polizeiarzt. »Das täuscht manchmal. Aber wenn Sie sagen, daß Sie keine Beschwerden
haben, kann ich Ihnen ja wohl nicht widersprechen.
Nur sollten Sie schnell zu einem Arzt gehen, wenn Sie
heute im Laufe des Tages oder morgen doch noch was
merken.«

»Ja, das werde ich dann sicher tun.«

Zwei Polizisten waren in das Haus gegenüber gegangen,
nachdem John gesagt hatte, daß vom Dach jenes Hauses
aus geschossen worden war. Zwei Leute von der Spurensicherung sammelten die Patronen im Büro ein und
vermaßen die mögliche Schußbahn. Nancy Furndale
hatte inzwischen bei Gericht angerufen und erklärt,
daß sie zu dem Termin nicht kommen könnte, weil auf
ihr Büro geschossen worden war. Der Gerichtstermin
wurde daraufhin auf den nächsten Tag verschoben.

»Mein Name ist Sergeant Kane«, stellte sich ein Polizist
vor. »Haben Sie jemanden auf dem Dach erkennen können, Mr. Rollins?«

»Nein«, antwortete John. »Ich habe nur gesehen, daß
von dort aus geschossen wurde.«

»Haben Sie zurückgeschossen?«

»Ja, zweimal oder so.«

»Darf ich Ihren Waffenschein sehen?«

John zeigte seine Lizenz und seinen Waffenschein vor.

Der Sergeant warf einen kurzen Blick darauf und gab sie John zurück.

»In Ordnung. Meinen Sie, daß Sie getroffen haben?«

»Das glaube ich nicht. Die Entfernung war zu groß und weil er ständig feuerte konnte ich auch nicht entsprechend zielen. Er dürfte unverletzt sein.«

Über Funk meldeten die beiden Polizisten, die inzwischen auf dem Dach des Gebäudes gegenüber angekommen waren, daß dort nichts zu sehen war. Sollte die Waffe Patronenhülsen ausgeworfen haben, hatte der Attentäter diese eingesammelt und mitgenommen. Auch sonst seien dort keine Spuren zu sehen. Sergeant Kane ordnete an, daß die Polizisten wieder ins Büro zurückkehren sollten.

»Haben Sie denn einen Verdacht, wer das gewesen sein könnte?«

John hob seine Schultern.

»Ich arbeite zwar an einem Fall, bei dem schon jemand ermordet wurde, aber bislang habe ich da noch keine konkrete Spur finden können. Außer vage Verdachtsmomente habe ich nichts anzubieten.«

»Ist es ein Geheimnis, an was für einem Fall Sie arbeiten oder haben Sie die Polizei schon darüber informiert?«

»Inspektor McKenzie weiß bereits Bescheid.«

»Gut«, sagte Kane mit einem leichten Lächeln. »Dann können Sie es ja auch mir erzählen.«

»Jetzt hier oder wollen Sie, daß wir Sie auf das Präsidium begleiten?«

»Jetzt hier. Auf dem Präsidium wird sicher Inspektor Werries noch mal mit Ihnen reden wollen.«

»Das trifft sich gut. Mit ihm wollte ich nämlich auch gerne noch sprechen. Es geht darum, daß wir das Verschwinden von Mr. Joseph Coone bearbeiten. Miss Susan Coone hier ist seine Schwester. Wir hatten den Anhaltspunkt, daß Mr. Mark Rivers kurz vor seinem Tod nach einem Unfall dem Arzt sagte, daß Mr. Coone bei einem Duell ums Leben gekommen sei. Der Arzt wurde inzwischen ermordet und Mr. Coones Leiche wurde inzwischen im Wald beim polnischen Friedhof gefunden.«

»Ja«, sagte Kane. »Davon habe ich schon gehört. Inspektor McKenzies Abteilung gräbt gerade den Wald um. Dann Sie also der Detektiv, der das alles ausgelöst hat.«

»In gewisser Weise ja. Nun waren wir hier, um Mr. Rivers' Lebensgefährtin zu befragen, und da wurde auf mich geschossen.«

Sergeant Kane warf einen Blick zu Nancy Furndale, die bestätigend nickte.

»So war es, Sergeant«, sagte sie dann. »Mr. Rollins wurde am Kopf getroffen und hat sich geistesgegenwärtig mit uns hinter die Tische geworfen. Hätte er nicht so schnell reagiert, wäre eine von uns vielleicht auch noch angeschossen oder erschossen worden.«

»Hat einer von Ihnen den Schützen erkennen können?«

»Nein«, erwiderte Furndale. »Ich habe den Schützen gar nicht gesehen.«

»Ich auch nicht«, bestätigte Susan. »Mr. Rollins hatte mich gleich nach dem ersten Schuß zu Boden geworfen, und ich war dann schnell hinter die Kommode geflüchtet.«

»Das war ja auch vernünftig«, sagte Kent. »Miss Furndale, ich fürchte, wir werden uns noch eine längere Zeit in Ihrem Büro aufhalten und die Spuren sichern müssen. Haben Sie hier noch zu tun?«

»Ich habe meine Termine für heute alle abgesagt.«

»Sie können hierbleiben oder auch woandershin gehen. Wir würden dann Ihr Büro abschließen und den Schlüssel für Sie zur Abholung auf dem Revier aufbewahren.«

»Nein, danke. Ich warte bis Sie hier fertig sind.«

»Wie Sie wünschen. Mr. Rollins, Miss Coone, Sie können gehen. Seien Sie bitte heute nachmittag gegen 16 Uhr auf dem Revier. Ich werde Inspektor Werries verständigen. Er wird Sie dann eingehender zu dieser Geschichte vernehmen. Und seien Sie etwas vorsichtiger in der nächsten Zeit. Der Mörder könnte es noch mal versuchen.«

»Ja«, erwiderte John. »Sicher, das ist mir klar. Miss Furndale, können wir Sie jetzt vielleicht doch noch sprechen wegen der Angelegenheit um Mr. Rivers?«

»Selbstverständlich«, erwiderte Furndale und verließ mit John und Susan das Büro. Sie gingen den Flur entlang zum Fahrstuhl, wo um einen kleinen Tisch ein paar Stühle herumstanden, und ließen sich dort nieder.

»Sie sagten, daß Sie den Eindruck hatten, daß Mr. Rivers die Kenntnis um Mr. Coones Schicksal belaste«, sagte John. »Hat er jemals eine Andeutung gemacht, nachdem Sie mit ihm darüber gesprochen haben?«

»Nein«, erwiderte Furndale. »Wie gesagte, ich hatte den Eindruck, daß er darüber nicht reden wollte, und da wolle ich ihn auch nicht bedrängen. Ich dachte mir, daß er von sich aus etwas sagen würde, wenn er es wollte.«

»Sie sagten auch kurz bevor das Schießen begann, daß Sie nicht den Eindruck hatten, daß Mr. Rivers in der letzten Zeit mit Mr. Valen zu tun hatte. Wie kamen Sie dazu, mit ihm über Valen zu reden?«

»Das war auch durch einen Zeitungsartikel ausgelöst. Valen hatte versucht, sich zum Richter wählen zu lassen, und kurz vorher kam heraus, daß er hier so einen rechtsextremen Verein gegründet hatte. Mark sagte mir, daß er Valen kannte und daß er es bereue, je mit ihm zu tun gehabt zu haben.«

»War das im Zusammenhang auch mit Mr. Coone?«

»Nein. Das war weit vorher. Meinen Sie, daß dieser Valen auch etwas damit zu tun hat?«

John hob seine Schultern.

»Das kann ich nicht sagen. Bislang habe ich keinen Hinweis darauf. Aber er kannte Mr. Coone ebenfalls. Ich werde ihn jedenfalls auch noch befragen.«

John bemerkte den besorgten Blick, den seine letzte Bemerkung bei Nancy Furndale auslöste.

»Mr. Rollins«, sagte sie ernst. »Sehen Sie sich bloß vor, wenn Sie zu Mr. Valen gehen. Was man so von ihm hört... ich bin froh, daß ich mit ihm noch keine Bekanntschaft machen mußte. Sein Vater war beim Ku-Klux-Klan und ihm selbst werden auch Kontakte dorthin nachgesagt. Auch wenn Mark mit ihm wohl nichts mehr zu tun hatte, war ihm stets unbehaglich, wenn von Valen die Rede war. Und Mark war nicht einer von denen, die sich leicht ängstigen lassen.«

John lächelte leicht.

»Da machen Sie sich keine Sorgen. Ich bin nicht leichtsinnig und auch nicht erst seit gestern Privatdetektiv. Auch habe ich schon mit Leuten zu tun gehabt, die gefährlich waren. Aber ich danke Ihnen für Ihre Warnung.«

Nancy Furndale versuchte ein leichtes Lächeln.

»Wissen Sie, Mr. Rollins, ich habe ein Jahr für die Anwaltskammer gearbeitet und weiß, daß dort Mr. Valen auch sehr kritisch gesehen wird. Es gibt viele Gerüchte, aber kaum Beweise für das, was man ihm so vorwirft. Aber sein Vater war ein sehr schlimmer Finger, das wissen wir heute.«

»Ja, ich war auch schon bei der Anwaltskammer. Haben Sie denn vielleicht mal doch irgend etwas von Mr. Rivers gehört, was eine Andeutung sein könnte? Vielleicht irgendein merkwürdiger Hinweis auf einen düsteren Teil in seiner Vergangenheit?«

»Nein. Nicht in der Weise. Nur so, wie ich es Ihnen bereits gesagt habe, und da wollte ich nicht weiter nachfragen. Es tut mir leid, daß ich es nicht getan habe, das war wohl ein Fehler.«

»Sie sind ja ungefähr in Mr. Rivers Alter. Haben Sie während Ihres Studiums hier in Chicago mitbekommen, daß Studenten verschwunden sind?«

Wieder versuchte Furndale ein leichtes Lächeln.

»Mr. Rollins, Sie gehen von falschen Voraussetzungen aus. Ich habe in Boston studiert und bin dann nach Chicago gezogen. Daß hier Studenten verschwunden sind habe ich gehört, aber nur aus der Presse und von Kollegen, die hier studiert haben. Etwas Genaueres habe ich darüber nicht erfahren.«

»Vermutlich werden die Leute gerade von Inspektor McKenzie im Wald hinter dem polnischen Friedhof ausgegraben. Wenn meine Vermutung stimmt, und leider deutet darauf einiges hin, dürfte Mr. Coone nicht der einzige gewesen sein, der dort ermordet wurde.«

»Und was vermuten Sie als Motiv?«

John hob seine Schultern.

»Es scheint tatsächlich so zu sein, daß dort Duelle stattgefunden haben. Mr. Rivers sagte das, als er im Sterben lag und mein Eindruck ist, daß er die Wahrheit gesagt hat. Sollte Mr. Coone dort bei einem Duell getötet worden sein, liegt es nahe, daß weitere solcher Duelle stattgefunden haben, wenn die entsprechenden Strukturen bestanden.«

Furndale sah John zweifelnd an.

»Sie meinen, daß es tatsächlich Leute gibt, die sich auf ein Duell einlassen, bei denen sie getötet werden?«

John nickte ernst.

»Ja, es sieht sehr danach aus. Bislang haben wir keinen Hinweis darauf, daß Mr. Rivers vor seinem Tod nicht die Wahrheit gesagt hat. Es stimmte bislang alles. Die Leiche Joseph Coones lag in etwa da, wo er es beschrieben hatte und er hat auch einen Pistolenkasten in seinem Grab, genau wie Mr. Rivers es sagte. Sie sagten ja selbst, daß ihn etwas schwer belastet hat. Wenn er Zeuge eines oder mehrerer dieser Duelle geworden ist – meinen Sie nicht, daß ihn dies sehr belasten würde?«

Furndale schloß kurz ihre Augen und sah zunächst Susan und dann John an.

»Sie haben recht. Es würde ihn gewiß sehr belasten. Ich kann mir aber nur schwer vorstellen, daß sich Menschen tatsächlich auf so etwas einlassen. Natürlich weiß ich, daß Duelle früher in gewissen Kreisen die Regel waren, aber eigentlich hatte ich gehofft, daß wir heute weiter sind als damals.«

»Offenbar gibt es doch einige Leute, bei denen das nicht der Fall ist. Dabei fällt mir ein – kennen Sie vielleicht irgendwelche Studienfreunde von Mr. Rivers oder könnten Sie mir welche nennen?«

Nancy Furndale überlegte einen Moment.

»Also... über unsere Studienzeit haben wir nicht so viel gesprochen. Und Mark hat wohl auch weitgehend die alten Kontakte abgebrochen. Jedenfalls wüßte ich jetzt niemanden, den er noch aus seiner Studienzeit kennen könnte oder den er mir als alten Studienkollegen vorgestellt hat. Wenn ich es mir genau überlege, hat er wohl alle Kontakte von damals abgebrochen.«

»Wenn wir davon ausgehen, daß er damals bei diesem Duell dabei war und dies eine schreckliche Erinnerung für ihn war, die ihn belastete, ist das eigentlich naheliegend.«

Furndale sah nachdenklich auf den kleinen Tisch in der Mitte zwischen den Stühlen und nickte versunken.

»Das erklärt vielleicht einiges. Ich glaube, ich werde da noch ein bißchen drüber nachdenken müssen bevor ich Ihnen weiterhelfen kann. Können Sie mir Ihre Telephonnummer geben, so daß ich Sie anrufen kann, wenn mir etwas einfällt?«

John notierte die Telephonnummer des Hotels, in dem er wohnte, und erklärte, daß sie Tag und Nacht anrufen könne und im Zweifel eine Nachricht hinterlegen sollte.

»Eine Sache fällt mir noch ein«, sagte Furndale. »Mark erwähnte mal einen früheren Freund, der hieß... Andrew Richmont. Ich weiß, daß er sich nach dem Studium wohl noch eine Zeitlang mit ihm getroffen hat. Vielleicht weiß er ja was.«

John notierte sich den Namen.

»Wir müssen aber noch etwas in Betracht ziehen«, sagte er dann.

»Und das wäre?«, fragte Susan.

»Der Anschlag könnte Miss Furndale gegolten haben. Sollte der Mörder in die Sache um das Duell verstrickt gewesen sein, könnte er fürchten, daß Mr. Rivers seiner Freundin von dem Vorfall erzählt und auch Namen genannt hat. Ich glaube, es wäre besser, wenn Sie auch Schutz bekämen, Miss Furndale.«

Zum ersten Mal konnte John so etwas wie Angst in dem Blick Nancy Furndales erkennen, die ihm ansonsten als recht unerschrockene Frau erschien. Nun wurde sie etwas blasser als sie ohnehin schon war und griff mit der linken Hand nach der Armlehne ihres Stuhls.

»Das ist doch nicht ihr Ernst?«, fragte sie tonlos.

»Leider doch. Der Arzt, dem Mr. Rivers die Geschichte

mit dem Duell erzählt hatte, wurde bereits ermordet. Daher könnte es durchaus sein, daß der Anschlag nicht mir, sondern Ihnen galt. Möglicherweise empfand es der Mörder als glückliches Zusammentreffen, uns gemeinsam umlegen zu können, aber wir müssen erwägen, daß er eigentlich Ihretwegen hier war.«

»Und nun?«, fragte Susan.

»Nun werden wir Sergeant Kane bitten, Miss Furndale beschützen zu lassen.«

»Damit bin ich einverstanden«, erwiderte Furndale, und die drei kehrten in ihr Büro zurück.

Es kostete John keine große Mühe, den Sergeant davon zu überzeugen, daß Nancy Furndale möglicherweise in Gefahr war. Immerhin war der Anschlagsort ihr Büro. Auch Sergeant Kane sah die Möglichkeit, daß es der Attentäter möglicherweise ursprünglich auf die Freundin Rivers abgesehen haben könnte.

»Aber, Mr. Rollins, eines müssen Sie mir dann erklären: Wie kam er dazu, offenbar erst mal auf Sie zu schießen?«, fragte Kane.

John hob seine Schultern.

»Möglicherweise stehe ich auch auf seiner Liste. Oder aber er hat aus der Entfernung schlecht gezielt. Als das Attentat begann, waren wir alle im Begriff, das Büro zu verlassen.«

»Und meinen Sie nicht, daß gegebenenfalls auch ein wenig Polizeischutz für Sie selbst sinnvoll sein könnte?«

»Nein. Ich kann auf mich selbst aufpassen. Mir ist die Gefahr bewußt. Aber ich kann meine Ermittlungen wohl kaum fortführen, wenn ich mich mit einem Polizisten im Hotelzimmer einschließe.«

»Sie müssen es wissen, Mr. Rollins. Wie steht es mit Miss Coone?«

John warf einen kurzen Blick zu Susan.

»Ich vertraue Mr. Rollins«, sagte sie. »Von mir aus brauche ich keinen Polizeischutz, sofern Mr. Rollins nicht der Auffassung ist, daß es doch sinnvoll wäre, ihn zu haben.«

»Also, Mr. Rollins, was meinen Sie?«, fragte Kane. John überlegte eine Zeitlang. Eigentlich konnte es nicht schaden, wenn Susan auch unter Schutz gestellt wurde. Auf der anderen Seite war ihm klar, daß sie lieber bei den Ermittlungen dabei sein würde als unter Polizeischutz im Hotel zu sitzen und auf Zwischenberichte zu warten.

»Ja«, meinte John schließlich. »Ich bin mir nicht so sicher, ob ich die Verantwortung für diese Entscheidung übernehmen kann.«

Kane grinste breit.

»Das wollte ich hören. Also, was machen wir nun?«

Susan warf einen kurzen, hilfesuchenden Blick zu John.

»Ich fühle mich in Mr. Rollins' Gegenwart sicher«, sagte sie. »Bislang ist mir nichts passiert, und auch hier hat er ja mein Leben schützen können.«

»Äußern Sie sich mal, Mr. Rollins«, erwiderte Kane.

»Was soll ich dazu sagen?«, fragte John. »Mir ist schon klar, daß ich da eine erhebliche Verantwortung auf mich lade, wenn ich sage, daß ich für Miss Coones Sicherheit sorge. Auf der anderen Seite ist es gut, wenn sie bei den Ermittlungen dabei ist, denn immerhin geht es um ihren Bruder. Ein mulmiges Gefühl habe ich allerdings auch, muß ich zugeben, denn wir wissen ja nun so gar nicht, wer derjenige gewesen sein könnte, der auf uns geschossen hat. Ein Risiko besteht allemal, Miss Coone.«

»Ich vertraue Ihnen, Mr. Rollins«, erwiderte Susan. »Mir wäre es lieber, wenn ich bei Ihnen bleiben könnte.«

Kane stieß einen kaum hörbaren Seufzer aus.

»Gut, es Ihre Entscheidung. Sie können sie selbstverständlich noch ändern, wenn Sie es wünschen. Miss Furndale, Sie bleiben hier, ich werde dafür sorgen, daß Sie eine Polizistin als Begleitschutz erhalten.«

John nickte zufrieden. Dann verließ er zusammen mit Susan das Büro und ging den Flur zum Fahrstuhl entlang. Susan wandte sich kurz um, als wollte sie sicherstellen, daß der Sergeant sie nicht mehr hören könne.

»Mr. Rollins«, sagte sie dann leise. »Ich möchte mich Ihnen nicht aufdrängen. Wenn Sie es für sicherer halten, daß ich mich unter Polizeischutz stelle, dann sage ich diesem Sergeant, daß er mir auch eine Polizistin schicken soll.«

John drückte auf den Knopf neben der Fahrstuhltür und wandte sich ebenfalls kurz um.

»Ich bin mir nicht sicher«, erwiderte er ebenso leise. »Auf der einen Seite wäre mir lieber, wenn Sie unter Polizeischutz stünden, auf der anderen Seite verstehe ich, daß Sie lieber weiterhin an den Ermittlungen teilhaben und daß Sie nicht den ganzen Tag herumsitzen möchten. Auch finde ich es schon vorteilhaft, Sie bei mir zu haben, falls ich Fragen zu Ihrem Bruder habe, die Sie beantworten können. Aber ich will deswegen nicht Ihre Sicherheit riskieren. Ganz ehrlich, ich bin mir im Moment selbst nicht sicher, was hier der richtige Weg ist.«

»Dann lassen wir es doch erst mal dabei, daß ich bei Ihnen bleibe.«

»Ja, gut. Wie Sie wünschen.«

Die Fahrstuhltüren öffneten sich und die beiden betraten den Fahrstuhl. Außer ihnen war niemand in der Kabine. Die Fahrstuhltüren schlossen sich, während John auf den Knopf für das Erdgeschoß drückte.

»Ich finde es einfach unheimlich, daß ich keine Vorstellung davon habe, wer da geschossen haben könnte«, sagte er, nachdem sich der Fahrstuhl nach unten in Bewegung gesetzt hatte. »Wir haben nur einen Haufen Anhaltspunkte aber keine konkrete Spur.«

»Meinen Sie, dieser komische Anwalt steckt in der Sache mit drin?«

»Ich weiß es nicht. Eigentlich haben wir genau dafür im Moment noch gar keinen Anhaltspunkt. Er kannte Ihren Bruder, insofern könnte es interessant sein, mit ihm zu sprechen. Aber allein die Tatsache, daß wir auf ihn gestoßen sind, macht ihn nicht zu einem Verdächtigen in diesem Fall. Und wenn es gewesen ist, stellt sich doch die Frage, woher er erfahren haben könnte, daß wir jetzt diesen Fall bearbeiten. Wir haben ja bislang noch gar keinen Kontakt mit ihm aufgenommen, sondern nur Erkundigungen eingezogen. Ich bin dafür, daß wir dort erst mal hinfahren, auch wenn der Mann ein Wahnsinniger sein mag. Aber vorher schauen wir noch einmal bei der Anwaltskammer vorbei.«

Susan atmete kurz auf.

»Gut.«

22.

Hugh Chambers bat John und Susan sofort in sein Büro, als seine Sekretärin ihre Ankunft mitgeteilt hatte. Auf dem Schreibtisch Chambers lag ein relativ schmaler Ordner, der mit »Mark Rivers« beschriftet war. Susan und John setzten sich in die Sessel vor dem Schreibtisch.

»Also, Mr. Rollins«, hob Chambers an, »ich habe inzwischen Gelegenheit gehabt, in den Unterlagen nachzuschauen, die wir über Mr. Rivers haben und konnte auch mit einigen Kollegen sprechen, die ihn kannten. Alle sind sehr betroffen über seinen Tod.«

»Demnach war er unter seinen Kollegen beliebt?«, fragte John.

»Ja. Allerdings war er auch ein eher zurückgezogener Mensch. Er besuchte nur selten irgendwelche Feiern und war auch sonst sehr zurückhaltend. Dabei war er auch sehr sozial eingestellt. Obwohl er nicht gerade wohlhabend war, übernahm er auch immer wieder unbezahlte Fälle für arme Menschen, die sich eigentlich keinen Anwalt leisten konnten. Darüber redete er nicht viel, aber es war durchaus bekannt, daß er so handelte. Ich selbst habe ihn nicht gekannt, aber ein Freund von mir kannte ihn und sagte, daß er ein sehr angenehmer Kollege war, mit dem man auch mal über Probleme reden konnten, ohne daß diese als Gerüchte die Runde machten. Daß er in irgendwelche fragwürdigen Geschichten verwickelt war, konnte sich mein Freund nicht vorstellen.«

»Hm«, brummte John. »Aber offensichtlich war er bei dem Duell dabei.«

»Ja, aber das machte ihm doch offenbar zu schaffen, wenn Sie sagen, daß er in Annahme seines baldigen Todes noch unbedingt darüber reden wollte.«

»Und seine Freundin sagte auch, daß ihn irgend etwas belaste.«

»Dann paßt das ja in Bild. Mr. Rivers war nach übereinstimmender Aussage der Leute, mit denen ich inzwischen gesprochen oder telephoniert hatte, ein sehr freundlicher und hilfsbereiter Mensch. Also das genaue Gegenteil von Clifford Valen. Und auch ist niemandem bekannt, daß er irgendwelche rechtsextremen Neigungen hätte. Im Gegenteil, einer meiner Gesprächspartner sagte mir, er habe gehört, daß Rivers Mitglied der Demokratischen Partei sei.«

»Ist denn bekannt, daß er damals während des Studiums mit Valen zu tun hatte?«

Chambers lachte kurz auf.

»Naja, zu tun hatten viele mit Valen, er war da sehr aktiv und hat ständig versucht, Leute für seine verschrobenen Ziele zu werben. Vermutlich wird er auch mit Rivers gesprochen haben. Aber alles, was darüber hinaus geht, wäre Spekulation. Mir hat niemand etwas in dieser Richtung vermittelt.«

John nickte kurz.

»Jedenfalls danke ich Ihnen für Ihre Mühe.«

»Gerne. Wenn ich Ihnen helfen kann, wenden Sie sich ruhig wieder an mich.«

»Das werde ich sicher tun.«

John und Susan verließen das Büro von Chambers wieder und John machte sich auf dem Flur ein paar Notizen.

»Dann werden wir jetzt Mr. Valen mal einen Besuch abstatten«, meinte John. »Ich finde ihn zwar, nach dem, was ich bisher gehört habe, eher etwas unheimlich und weiß auch nicht, wo der überall beteiligt sein kann, aber vielleicht bringt ein Besuch bei ihm Licht in die Sache. Allerdings bin ich nicht sicher, ob Sie dabei mitkommen sollten, wenn dieser Mann möglicherweise gefährlich ist.«

»Ich möchte jedenfalls mitkommen«, erwiderte Susan. »Der Mann kannte meinen Bruder und da kann es sicher nicht schaden, wenn ich dabei bin.«

John zog nachdenklich seine Augenbrauen zusammen und zuckte dann kurz mit den Schultern.

»Gut, wie Sie wünschen. Vermutlich könnte es tatsächlich nützlich sein, wenn Sie dabei sind, aber ich hoffe, daß ich Sie damit nicht Gefahr bringe.«

Susan seufzte leicht.

»Naja, Mr. Rollins. Ich vertraue Ihnen da. Wenn Sie meinen, daß ich nicht mitkommen sollte, werde ich darauf verzichten.«

John überlegte eine Zeit lang. Natürlich konnte es sein, daß er seine Klientin in Gefahr bringt. Andererseits könnte Valen vielleicht ein wenig offener sein, wenn ein Angehöriger Joseph Coones dabei. Daß Valen ihn kannte, dürfte außer Frage stehen.

»Gut, Miss Coone. Kommen Sie mit. Dann muß ich eben noch ein wenig mehr aufpassen.«

Susan lächelte unsicher und folgte John in den Fahrstuhl nach unten. Auf der Straße ankommen, stiegen sie in den Wagen und fuhren zu Clifford Valens Büro.

Im Vorzimmer des Büros brauchten die beiden nur kurz zu warten, bis ins Büro gelassen wurden. Valen bot den beiden die Sessel vor dem Schreibtisch an und sie setzten sich.

»Möchten Sie einen Kaffee?«, fragte Valen.

»Ja, gerne«, erwiderte Susan und John nickte zustimmend. Valen bat seine Sekretärin über die Sprechanlage, drei Kaffees ins Büro zu bringen.

»Meine Sekretärin sagte mir, Sie seien Privatdetektiv, Mr. Rollins«, sagte Valen dann.

»Ja. Dies ist meine Klientin, Susan Coone.«

Valen überlegte eine Zeitlang.

»Coone«, meinte er dann. »Ich kannte mal einen Joseph Coone, der war ein Mitstudent. Sind Sie mit ihm verwandt?«

»Ich bin seine Schwester.«

Valen sah Susan überrascht und erfreut an.

»Ah ja. Richtig. Joe hat von Ihnen gesprochen. Es freut mich, Sie doch noch persönlich kennenlernen zu können.«

»Mr. Valen«, sagte John. »Wir sind genau aus dem Grund hier. In einem Jahrbuch haben wir Sie auf einem Photo gemeinsam mit Joseph Coone gesehen. Und wir versuchen zur Zeit, seine früheren Freunde ausfindig zu machen.«

»Da sind Sie bei mir richtig. Ich war mit Joe befreundet - Sie haben doch nichts dagegen, wenn ich Joe sage? So haben wir ihn immer genannt.«

Susan lächelte leicht.

»Wir haben ihn auch immer Joe genannt.«

»Sehr schön. Ist er eigentlich wieder aufgetaucht? Ich weiß, daß er damals plötzlich verschwunden war. Das hat uns alle sehr überrascht, denn eigentlich war das nicht seine Art.«

»Ja, er ist wieder aufgetaucht«, sagte John ernst. »Vor wenigen Tagen wurde seine Leiche in einem Wald nahe des katholischen polnischen Friedhofs entdeckt.«

Valen schaute John überrascht und mit leichtem Entsetzen an.

»Wie bitte? Er ist ... tot?«

»Ja, Mr. Valen. Leider ist er tot. Auf der Leiche wurde ein Pistolenkasten gefunden. Er enthielt zwei Pistolen, die aussahen, als stammten sie noch aus dem vorigen Jahrhundert. Ich vermute allerdings, daß es sich um Nachbildungen handelt.«

»Äußerst mysteriös.«

»In der Tat. War Ihnen eigentlich auch ein Mann namens Mark Rivers bekannt?«

»Dieser Anwalt, der letztens tödlich verunglückt ist? Ja, ich kannte ihn flüchtig, er war auch in meinem Jahrgang an der Uni.«

»Vor seinem Tod eröffnete Mr. Rivers dem behandelnden Arzt, daß er Zeuge eines Duells gewesen sei, bei dem Joseph Coone getötet wurde. Er gab auch den Hinweis, daß die Leiche Coones im Wäldchen nahe des polnischen Friedhofs lag.«

Valen lehnte sich in seinem Sessel zurück, stütze seine Ellenbogen auf die Armlehnen und legte die Fingerspitzen seiner Hände aneinander.

»Und Sie glauben, daß das stimmt?«

»Naja, es spricht einiges dafür. Die Leiche lag in der Gegend, von der er gesprochen hatte, den Pistolenkasten hatte er auch erwähnt...«

»Ja, das klingt plausibel. Aber ich kannte Rivers. Er war sehr ängstlich. Kaum zu glauben, daß er sich mit jemandem duelliert hätte, schon gar nicht, wenn es um Leben und Tod gegangen wäre. Er hatte in unserer Burschenschaft nicht mal ein Duell mit Degen, um sich seinen Ehrenschmiß zu verdienen.«

»Sie haben offenbar auch keinen Schmiß.«

Valen zeigte ein leichtes aber unangenehmes Lächeln.

»Ach wissen Sie, Mr. Rollins, ich hatte damals und habe auch heute nichts für solche Kindereien übrig. Das ist doch pubertäres Imponiergehabe. Ich kenne eine Menge Anwälte, die sich heute schämen, daß man ihren Schmiß noch sieht.«

Für einen Moment überlegte John, ob es ratsam sein könnte, sich Notizen zu machen, auf der anderen Seite war Valen sehr redselig, und Notizen könnten ihn vorsichtiger machen. Also verzichtete John darauf und verließ sich darauf, sich die wesentlichen Dinge zu merken. Auch hatte er festgestellt, daß Susan sehr aufmerksam zuhörte. Das durfte reichen.

»War Mr. Coone auch in der Burschenschaft?«, fragte John.

»Ja, die meisten von uns waren das. Das ist ja auch nichts Besonderes. Es ist ein netter Brauch, der aus Deutschland kommt. Einige deutsche Studenten haben damit angefangen an unserer Uni, und es ist positiv aufgenommen worden. Jedenfalls bei uns, die wir dabei waren.«

»Zu den Duellen... Haben Sie jemals davon gehört, daß so etwas an Ihrer Universität stattgefunden hat?«

»Nein. Absolut nicht. Ich kann auch kaum glauben, daß sich tatsächlich Leute um Leben und Tod duelliert haben. Die Duelle, die ich kenne, waren Spielereien, bei denen es nur um den besagten Schmiß ging.«

John betrachtete die Auszeichnungen und Diplome an den Wänden des Büros. Valen machte keinen Hehl aus seinen Leistungen, wenngleich John nicht einschätzen konnte, ob sie wirklich von Bedeutung waren.

»Ich hätte auch noch eine Frage«, sagte Susan. »Unter

dem Photo, das Sie mit meinem Bruder zeigt, stand »Der Richter und sein Assistent« - was bedeutet das?«

Valen lachte kurz auf.

»Ja, ach wissen Sie, das ging auf unsere Gerichtsprozesse zurück. Wir haben zu mehreren Klausuren die Fälle in der Form miteinander geübt, daß wir sie in Gerichtsverfahren durchgespielt haben. Dabei hatte ich die Rolle des Richters und Ihr Bruder hat meistens die Rolle eines Laienrichters gehabt, der mir Stichworte gab. Das trug ihm irgendwann den Spitznamen »Valens Assistent« ein, und das haben wir auf dem Photo aufgegriffen.«

»Sie kannten meinen Bruder gut?«

»Ja, sicher. Wir haben viel zusammen unternommen. Wir waren eine Clique von ca. acht jungen Männern. Mal mehr, mal weniger.«

»Ich verstehe nicht, wie sich mein Bruder auf ein Duell einlassen konnte.«

Valen schüttelte seinen Kopf.

»Liebe Miss Coone, das verstehe ich auch nicht. Ich kannte Ihren Bruder recht gut und er schien mir nicht der Typ dafür zu sein.«

»Was mir noch durch den Kopf geht«, hob John an, »so ein Duell zu organisieren und durchzuführen erfordert doch mehrere Leute. Neben den beiden Duellanten noch die Sekundanten. Offensichtlich haben mehrere Duelle stattgefunden, denn die Polizei hat noch weitere Leichen gefunden. Das muß doch irgendwann mal aufgefallen sein? Sich herumgesprochen haben?«

Valen setzte eine betont ahnungslose Mine auf.

»Die Duellanten, die Sekundanten, die Zeugen und der Arzt, der den Tod feststellt, wenn man so ein Duell klassisch durchführen möchte. In der Tat sind das eine Menge Leute. Aber es tut mir leid, Mr. Rollins, bei mir hat sich das nicht herumgesprochen. Ich habe davon während meiner ganzen Studienzeit nichts gehört. Wohl aber sind mehrere Studenten einfach verschwunden. Damals glaubte man, sie hätten sich einfach abgesetzt.«

»Ja, das habe ich auch schon gehört. Aber es sieht nicht danach aus, als wäre es so gewesen.«

Die Sekretärin brachte den Kaffee herein und verließ das Büro wieder. Valen schenkte den Kaffee ein und verteilte Milch und Zucker. John nahm einen Schluck Kaffee.

»Es tut mir ehrlich leid, daß Joe tot ist«, sagte Valen »Er wäre ein guter Anwalt geworden. Ein ausgesprochen scharfsinniger Mann.«

»Um so verwunderlicher, daß er sich offenbar auf dieses Duell eingelassen hat«, erwiderte John.

»Aber das ist doch wohl nicht sicher, daß es ein Duell war?«

»Ich habe zumindest keinen Zweifel daran. Alle Indizien sprechen dafür.«

Valen stand auf und ging hinter seinem Schreibtisch auf und ab.

»Dann suchen Sie jetzt also den Mann, mit dem Joe sich duelliert haben soll?«

»Wir versuchen, die Umstände seines Todes zu klären. Der Fall erscheint sehr rätselhaft.«

»Ja, das würde ich auch sagen. In meiner Zeit als Anwalt ist mir so etwas noch nie untergekommen. Und ich habe schon einiges erlebt.«

»Können Sie uns eventuell weitere Freunde von Mr. Coone nennen?«

»Ja, warten Sie. Robert Stafford war ein guter Freund von Joe, allerdings praktiziert er jetzt in Denver. Marcy Sullivan war eine Zeit lang seine Freundin, aber von der habe ich zuletzt gehört, daß sie nach Süden geheiratet hat. Burt Cummings könnte noch hier in Chicago sein, ich glaube, der arbeitet in irgendeiner Verwaltung als Rechtsberater. Sonst wüßte ich niemanden. Mr. Coone war nicht sehr aufgeschlossen. Auch bei uns in der Clique war er eher zurückhaltend.«

Susan trank ihren Kaffee und beobachtete Valen, wie er in seinem Schreibtisch nach einem Adreßbuch suchte. Auch John beobachtete Valen und war sich nicht sicher, was er von ihm halten sollte. Dieser Mann trat völlig anders auf, als er es erwartet hatte nach dem, was in der Anwaltskammer und von Nancy Furndale über ihn gesagt wurde. Und er spürte, daß Susan diesen Eindruck teilte.

»Ah, hier habe ich es. Haben Sie etwas zu schreiben?«

John nahm sein Notizbuch aus der inneren Jackentasche.

»Burt Cummings. 27 Abraham Lincoln Drive. Das ist die letzte Adresse, die mir von ihm bekannt ist.«

Valen blätterte noch ein wenig in seinem Adreßbuch, während John die Adresse notierte. Dann legte Valen das Adreßbuch wieder in die Schreibtischschublade. John steckte sein Notizbuch wieder ein und trank noch etwas von dem Kaffee.

»Wissen Sie, Mr. Rollins, daß Mark Rivers in so eine Geschichte verwickelt worden sein soll, überrascht mich fast noch mehr als bei Joe Coone. Ich hätte so etwas Joe schon nicht zugetraut, aber Mark noch viel weniger. Mark im Morgengrauen mit einer Pistole? Nein, kann ich mir nicht vorstellen. Dafür hing er viel zu sehr am Leben. Er hätte sein Leben niemals so weggeworfen, und Joe auch nicht. Was immer da los war, ich habe keine Erklärung dafür.«

»Die habe ich auch nicht«, erwiderte Susan. »Ich würde so etwas meinem Bruder niemals zutrauen. Sicher, er war beeinflußbar und wollte gerne von anderen anerkannt werden, aber so etwas... nein.«

»Ihr Bruder hat bei uns Anerkennung gefunden. Er mußte nicht darum buhlen oder sie sich verschaffen. Mir ist er als ein besonders heller Kopf in Erinnerung, der ein präzises Urteil hatte. Schade, daß er nicht mehr Anwalt werden konnte, er wäre ein guter geworden.«

»Ja«, brummte John. »Es ist überhaupt bedauerlich, daß offensichtlich so viele Leute damals gestorben sind. Ich glaube, an der Universität hat man diese Zeit auch noch nicht hinter sich gelassen.«

»Aber die Zeit wird kommen, Mr. Rollins. Die Dozenten von damals gehen, die Studenten sind schon längst weg bis auf jene, die als Wissenschaftler oder Dozenten an der Uni geblieben sind. Irgendwann wird das nur noch eine düstere Erinnerung sein. Und das mehr noch, wenn die Fälle jetzt aufgeklärt werden. Wenn die Opfer gefunden wurden, wird man auch die Täter finden.«

John erhob sich aus dem Sessel und Susan folgte seinem Beispiel.

»Da wäre ich nicht ganz so sicher, Mr. Valen«, sagte er. »Die Sache ist schon sehr lange her und offenbar gut vertuscht worden. Sie haben schon bei Verbrechen, die kürzere Zeit zurückliegen, Schwierigkeiten, Zeugen zu finden, die sich fundiert an die Vorgänge erinnern können. Hier dürfte das noch schwieriger werden.«

»Das wird die Zeit zeigen, Mr. Rollins. Ich habe da mehr Vertrauen in die Polizei als Sie. Aber sagen Sie, kann ich Sie irgendwo erreichen, falls mir noch etwas einfällt?«

John schrieb die Nummer des Hotels auf einen Notizzettel und gab ihn Valen, der ihm mit einem unangenehmen Lächeln in seine rechte Jackettasche steckte.

»Es freut mich, Sie kennengelernt zu haben, Miss Coone. Joe hat mir viel von Ihnen erzählt, aber es ist doch immer noch etwas anderes, jemanden persönlich vor sich zusehen.«

Susan lächelte unsicher und folgte John, der nach einer kurzen Verabschiedung das Büro verließ.

Auf dem Weg zum Wagen dachte John über die Begegnung mit Valen nach und hatte den Eindruck, daß Susan dies auch tat. Wieder im Wagen angekommen sah John auf die Uhr. Vor dem Termin im Polizeipräsidium noch etwas unternehmen zu wollen war sinnlos.

»Lassen Sie uns noch einen Kaffee trinken«, sagte John. »Aber diesmal keinen löslichen.«

Susan grinste.

»Das ist Ihnen auch aufgefallen?«

»Aber sicher. Leider bin ich mir nicht so sicher, was ich von Valen halten soll.«

»Ich auch nicht«, sagte Susan leise. John fuhr los und hielt nach einiger Zeit in der Nähe eines Cafés, in der das er sich mit Susan in eine stillere Ecke setze. Die beiden saßen sich eine Zeitlang schweigend gegenüber bis die Kellnerin ihnen den Kaffee brachte.

»Ist Ihnen irgend etwas Besonderes aufgefallen?«, fragte John seine Klientin.

»Ja, also ich bin mir nicht so sicher, ob Valen uns nicht ganz schön etwas vorgespielt hat. Ich habe oft den Eindruck gehabt, daß seine Antworten zu schnell kamen, als ob er vorbereitet gewesen wäre.«

»Den Eindruck hatte ich auch. Und noch etwas ist mir aufgefallen: Als wir über das Duell sprachen und ich sagte, daß man Duellanten und Sekundanten bräuchte, ergänzte er noch den Arzt und die Zeugen.«

»Meinen Sie, er hat selbst an Duellen teilgenommen?«

John machte eine abwägende Handbewegung.

»Ich bin mir nicht sicher. Er könnte etwas damit zu tun gehabt haben - oder auch nicht. Er gefällt mir einfach nicht, aber vielleicht haben wir uns auch zu sehr von dem leiten lassen, was wir bisher über ihn gehört haben. Ich bin mir einfach nicht sicher. Eigentlich halte ich ihn für zu schlau, um an solchen Duellen teilzunehmen. Zumindest wird er nie geschossen haben. Und noch etwas ist mir aufgefallen. Er sagte erst, daß er Rivers nur flüchtig gekannt habe, aber später betonte er, daß Rivers ängstlich sei und zu sehr an seinem Leben gehangen habe. Sagt man so etwas über jemanden, den man nur flüchtig kennt?«

Susan nickte zustimmend.

»Ja, das ist mir auch aufgefallen. Aber was machen wir jetzt daraus?«

John überlegte. Wie paßte das alles zusammen? Daran, daß Rivers' Tod ein Unfall war, hatte John keinen Zweifel. Nur hatte der alles ins Rollen gebracht. Rivers hatte Woods davon erzählt und offenbar hatte Woods jemanden davon erzählt, der an dem Duell beteiligt war, denn anders war der Tod des Arztes nicht zu erklären. Wenn er mit Dr. Klann darüber gesprochen hatte und Klann der Arzt war, der nach Valens Meinung zu einem Duell gehörte, hätte Klann ein Motiv, Woods zu beseitigen. Denn als Zeuge des Duells wäre Klann zumindest der Beihilfe und bei der Vertuschung der

179

Behinderung der Justiz Schuldig geworden. Seine Karriere als Arzt dürfte damit zu Ende sein, wenn so etwas herauskäme.

»Worüber denken Sie nach?«, fragte Susan.

»Ich denke darüber nach, ob Dr. Klann vielleicht unser Mann ist, oder vielleicht einer von ihnen. Es ergibt einen Sinn: Sollte Woods mit Klann über das Duell gesprochen haben und Klann zufällig dabeigewesen sein, hätte Klann ein Interesse daran, daß Woods die Geschichte nicht doch noch der Polizei erzählt. Also bringt er ihn um. Auf der anderen Seite müßte Klann sich doch sagen, daß mit so einem Mord die Aufmerksamkeit überhaupt erst richtig auf die Geschichte gelenkt würde. Aber wer in Panik gerät, denkt nicht so weit.

Andere Version: Klann war beteiligt und informiert die anderen Beteiligten. Einer von denen bringt Woods um. Ich persönlich würde Dr. Klann als Verdächtigen McMillan vorziehen, denn im Gegensatz zu McMillan wissen wir bei Klann bereits, daß er mindestens einmal gelogen hat.

Kommen wir zu Valen. Gehört er zu den Beteiligten am Duell? Das halte ich erst mal für unwahrscheinlich, obwohl er sich sehr detailliert über Duelle geäußert hat. Wenn er aber wirklich damit zu tun gehabt hätte, hätte er uns das alles einfach so gesagt, was er uns gesagt hat? Wir hatten beide den Eindruck, daß er vorbereitet war. Aber wenn das so ist, hätte er sich dann wirklich diese Blöße gegeben, so detailliert über die Durchführung eines Duells zu sprechen?«

Susan zuckte kurz mit ihren Schultern.

»Ich weiß nicht. Vielleicht setzt er darauf, daß Sie so denken?«

»Auch das ist möglich. Klar ist, daß wir noch immer keinen konkreten Verdacht haben bis auf den gegen Klann. So oder so, ich glaube, daß Dr. Klann der Schlüssel ist. Trotzdem werden wir auch mal schauen, was es mit den Leuten auf sich hat, die Valen genannt hat. Vielleicht gibt uns die Überprüfung dieser Leute Auskunft darüber, ob Valen in die Sache verwickelt ist oder nicht. Haben Sie einen der Namen, die Mr. Valen nannte, schon mal gehört?«

Susan schüttelte ihren Kopf und trank ein wenig von ihrem Kaffee.

»Nein, noch nie. Aber das heißt nichts, der Name Valens sagte mir ja auch nichts, und Joe scheint ihn ja gekannt zu haben, wenn er sich sogar mit ihm zusammen photographieren ließ.«

»Ich denke, wir sollten jetzt wie folgt vorgehen: Zunächst befrage ich Dr. O'Keefe. Es wäre schön auch von ihm zu hören, daß er und Klann sich seit dem Studium nicht gesehen haben, weil wir dann nämlich wissen, daß sich die beiden abgesprochen haben. Ich denke, ich werde O'Keefe dann mit dem Photo erschrecken, auf dem die beiden abgebildet sind. Klann hat inzwischen einfach zu viel Zeit gehabt, über alles nachzudenken, aber O'Keefe dürfte noch nicht so vorbereitet sein. Es sei denn, er steckt auch in der Geschichte mit drin. Aber das werden wir sehen.«

Er trank ein wenig von seinem Kaffee und schaute dann auf die Uhr.

»Gut«, meinte er dann. »In einer Stunde werden wir endlich mit Inspektor Werries sprechen können.

23.

Inspektor Werries saß in seinem Sessel hinter seinem Schreibtisch und nahm seine dunkle Hornbrille ab, als John und Susan das Büro betraten. Er bot ihnen die beiden Sessel vor dem Schreibtisch an und sie setzen sich hinein.

»Ich habe schon den Bericht gelesen, den Sergeant Kane mir vorgelegt hat«, sagte der dann. »Und ich habe auch schon mit Inspektor McKenzie gesprochen, der übrigens immer noch im Wald ist und Tote ausgräbt.«

»Ja«, sagte John. »Ich wollte ohnehin gerne mit Ihnen sprechen, weil Sie damals an den Ermittlungen beteiligt waren um die Studenten, die verschwunden sind.«

»Ja, aber damals war ich noch nicht Inspektor sondern einfacher Polizist. Ich habe mir die Akten von damals kommen lassen, zumal sich McKenzie dafür ebenfalls interessiert. Sie haben sehr viel Staub aufgewirbelt, Mr. Rollins.«

»Bedauern Sie das?«

»Nein, ich bin froh, wenn die Geschehnisse von damals aufgeklärt werden. Ich hatte damals auch mit den Leuten an der Uni gesprochen. Inspektor Richardson ermittelte damals in dem Fall. Leider ist er vor einem Jahr an einem schweren Krebsleiden verstorben.«

Inspektor Werries legte John und Susan deren Aussagen vor, die sie Sergeant Kane gegenüber gemacht hatten, und die beiden unterschrieben ihre Aussagen.

»Miss Furndale hat inzwischen Personenschutz?«, fragte John.

»Ja, eine unserer Polizistinnen, die im Personenschutz ausgebildet sind, ist bei ihr. Ich habe auch schon von Sergeant Kane gehört, daß Sie darüber nachdenken, ob Ihr Klientin Personenschutz braucht.«

»Ja, aber im Moment doch lieber nicht«, sagte Susan. »Ich fühle mich bei Mr. Rollins sicher.«

Inspektor Werries zuckte kurz mit seinen Schultern.

»Wie Sie wünschen. Sie können jederzeit Ihre Meinung ändern. Daß auf Sie oder Miss Furndale geschossen wurde zeigt, daß die Angelegenheit von damals nicht beendet ist. Offensichtlich leben noch immer an der Geschichte beteiligte in dieser Stadt, die ein Interesse daran haben, daß die Vorfälle von damals nicht neu aufgerollt werden. Haben Sie denn schon irgendwelche Hinweise?«

John machte eine zögerliche Bewegung und der Inspektor merkte sofort, daß der Privatdetektiv über seine Mutmaßungen nicht gerne reden wollte.

»Ja, also nichts wirklich Konkretes. Nur Vermutungen.«

»Und Ihrem Gesichtsausdruck entnehme ich, daß Sie nicht beabsichtigen, mit mir darüber zu sprechen.«

John lächelte leicht verlegen.

»Naja, so direkt würde ich das nicht sagen. Aber grundsätzlich wäre es mir schon lieber, wenn ich den ein oder anderen Beweis hätte, bevor ich hier darüber spekuliere, wer da alles beteiligt sein könnte.«

»Das verstehe ich schon. Allerdings haben wir beide das gleiche Interesse an diesem Fall. Ich weiß, daß Sie über die Auskünfte von Mr. Rivers auf die Spur von Mr. Coone gestoßen sind, der dann auch tatsächlich in dem Wäldchen beim polnischen Friedhof begraben lag. Inzwischen sind übrigens zehn weitere Leichen gefunden worden. Es fehlen tatsächlich nur noch fünf Leute, dann wären der Verbleib aller Studenten, die damals verschwunden sind, geklärt, sofern es sich bei den Toten um die Studenten handelt.«

»Ist das denn noch nicht klar?«

Inspektor Werries überlegte eine Zeit lang und dämpfte dann seine Stimme.

»Mr. Rollins, was ich Ihnen jetzt sage, muß erst mal unter uns bleiben. Wir haben auch die Presse darüber nicht informiert: Alle Leichen, die wir gefunden hatten, wurden mit Pistolenkästen beerdigt. Es sieht danach aus, als seien alle Tote, die wir gefunden haben, Opfer von Duellen geworden. Das scheint nach einem strengen Ritual stattgefunden zu haben. Wir werden in den nächsten Wochen klären, wer die Toten sind und woher die Nachbildungen der historischen Pistolen kommen.«

»Das war zu befürchten«, meinte John mit ebenfalls gedämpfter Stimme.

»Hatten Sie denn damals gar keine Hinweise darauf, daß die Studenten möglicherweise tot waren?«, fragte Susan.

»Nein, das haben nur einige von uns angenommen. Wenn jemand einfach so verschwindet und es gar keine Hinweise auf den Verbleibt gibt, dann mag es für ein paar Wochen möglich sein, daß derjenige untergetaucht ist. Aber so nach ein, zwei Monaten völlig ohne Lebenszeichen gegenüber Verwandten, Bekannten und Freunden... Das ist ausgesprochen selten, daß die Person dann irgendwann wieder lebend auftaucht. Ich habe in meiner Laufbahn nur einen solchen Fall gehabt. Da war ein 19jähriger nicht mehr aus dem College zurückgekehrt. Völlig vom Erdboden verschwunden. Auch seine Freundin hatte keine Ahnung und war in Sorge. Wir hatten die Suche damals nach drei Monaten aufgegeben. Drei Jahre später war er wieder da. Er hatte sich nach Süden abgesetzt, einen anderen Namen angenommen und sich mit Jobs durchgeschlagen. Schließlich hatte er genug, bekam doch wieder Sehnsucht nach zu Hause und kehrte zurück. Aber, wie gesagt, so was ist eher selten. Seine Begründung war, daß er den Trott in der Schule und im Alltag über war und was erleben wollte.«

»Naja«, brummte John. »Ich glaube, davon habe ich sogar gelesen, wenn das jetzt so zwei, drei Jahre her ist.«

»Es ist. Das ging auch durch die Zeitungen.«

»Ich hätte da noch eine Frage, auch auf die Gefahr hin, daß ich Sie da auf eine Fährte führe, bei der ich selbst nicht sicher bin, ob sie zum Ziel führt«, sagte John.

»Und die wäre?«

»Sie kennen Mr. Clifford Valen?«

Inspektor Werries grinste breit.

»Sie können davon ausgehen, daß jeder bei Polizei und Justiz Mr. Valen kennt.«

»Ich habe in der Anwaltskammer gehört, was für eine

Art Mensch er ist. Wir waren heute bei ihm, weil er mit Miss Coones Bruder auf einem Photo in einem Universitätsjahrbuch abgebildet war. Er kannte Joseph Coone offenbar und hat uns auch ein bißchen über ihn erzählt. Mr. Valen gab sich heute uns gegenüber völlig anders als ich es mir vorgestellt hatte nach dem, was ich über ihn gehört habe.«

Inspektor Werries lehnte sich in seinen Sessel zurück.

»Mr. Valen ist ein Extremist. Er ist ein unglaublicher Rassist und hat für die Demokratie nichts übrig. Für ihn sind Demokraten Schwächlinge, deren Entscheidungskraft durch die Rücksichtnahme auf das Wahlvolk gelähmt wird. Das ist bekannt. Allerdings nicht direkt durch ihn selbst, denn er viel zu schlau, um sich solche Blößen zu geben. Seine unappetitliche Gesinnung weiß er gut zu verbergen. Jedoch ist durchaus bekannt und nachgewiesen, daß er in zahlreichen demokratiefeindlichen Organisationen tätig ist, beziehungsweise sie rechtlich berät, wie sie ihre Aktivitäten durchführen können, ohne dafür strafrechtlich belangt zu werden. Was er tut und was bekannt wird davon, ist weitgehend legal. Bedauerlicherweise konnte ihm bislang nichts nachgewiesen werden. Wenn er in die Geschichte mit den toten Studenten verwickelt sein sollte, ist es relativ unwahrscheinlich, daß Sie dafür Beweise finden werden. Sollten Sie es doch tun, könnten Sie eventuell zum Ehrenbürger dieser Stadt ernannt werden.«

John zeigte ein leichtes Lächeln.

»Den Fall aufzuklären genügt mir völlig. Ich bin mir nicht sicher, ob er damit zu tun hat. Wie Sie sagten gibt es darauf bislang überhaupt keinen Hinweis. Ich hatte ihn auch nicht als Verdächtigen befragt sondern nur, weil ich etwas über Miss Coones Bruder erfahren wollte.«

»Es wäre sehr begrüßenswert, wenn er mit der Geschichte zu tun hätte. In dieser Stadt haben viele, die mit ihm zu tun haben, den Ehrgeiz, ihm endlich die Zulassung als Anwalt entziehen zu lassen und ihn am liebsten ins Gefängnis zu stecken. Sein Vater war schon übel, und leider ist sein Sohn voll und ganz in dessen Fußstapfen getreten.«

»Unglaublich wie er sich verstellen kann«, meinte Susan. »Er wirkte bei unserem Gespräch absolut sympathisch und hilfsbereit.«

»Ja«, erwiderte Inspektor Werries. »Das ist eines der Probleme, weswegen ihm so schwer beizukommen ist. Der Mann kann absolut freundlich, charmant und hilfsbereit sein, wenn er will. Wer die Geschichten über ihn hört und ihn dann persönlich trifft, kann in der Regel kaum glauben, daß das alles oder wenigstens ein Teil davon wirklich wahr sein soll. Das macht einen Teil seiner Gefährlichkeit aus.«

Inzwischen hatte Valen sein Büro verlassen und war durch die Stadt zu Alan Willkins' Büro gefahren. Zuvor hatte er sich angemeldet um sicherzustellen, daß Willkins tatsächlich allein im Büro war.

»Kann ich Dir einen Kaffee anbieten?«, fragte Willkins.

»Nein, Danke. Ich habe heute schon genug Kaffee getrunken. Dieser Privatdetektiv war heute bei mir und hat Fragen nach Joe gestellt.«

Willkins trat an eines der beiden Fenster in seinem Büro und blickte auf die Straße hinab.

»Dieser Rollins, von dem Prof. Mientz gesprochen hat?«

»Ja.«

»Und?«

»Ich weiß nicht recht. Er ist durch dieses dumme Photo von mir und Joe in dem Jahrbuch auf mich gestoßen. Ob er was vermutet, weiß ich nicht. Er hat bei mir nicht den Anschein gemacht. Joes Schwester war bei ihm.«

»Und was willst du nun tun? Die beiden umlegen? Meinst du nicht, daß das weitere Kreise ziehen würde?«

»Ich weiß noch nicht, was ich tun will. Du weißt aber auch, daß deine Karriere zu Ende ist, wenn die beiden herausfinden, was damals los war.«

Willkins wandte sich zu Valen.

»Ja, das weiß ich. Meine, deine, Klanns, O'Keefes. Hast du die beiden schon informiert?«

»Nein, und ich bitte dich, es auch nicht zu tun. Ich traue

unseren beiden Ärzten nicht mehr. Die beiden sind so verweichlicht.«

Willkins lachte kurz auf.

»Wer ist in Deinen Augen eigentlich nicht ein Weichling?«

»Na, du zum Beispiel.«

Willkins blickte Valen nachdenklich an.

»Wenn du dich da mal nicht irrst. Ich bereue inzwischen auch, Joe damals getötet zu haben. Diese dümmlichen Rituale, die wir uns da angewöhnt hatten. Dieses idiotische Gerede von der Ehre.«

Valens Augen verkleinerten sich und sein Gesicht bekam einen leicht aggressiven Ausdruck.

»Sag mal, was ist los mit dir? Bedeuten dir unsere Werte nichts mehr? Seid Ihr alle vom Wahnsinn befallen? Ihr habt euch in diesem Staat eingerichtet und fürchtet um euren warmen Platz am Ofen, was?«

Willkins nahm die Kaffeekanne und goß sich eine Tasse Kaffee ein.

»Nun tu mal nicht so als ob du nicht gut leben würdest.«

»Aber ich bin der einzige von euch, der diesen Staat aktiv bekämpft. Okay, ich kann damit leben, daß ihr nicht engagiert seid. Aber ich dachte, wir sind in der Beurteilung dieses Staates einig.«

Willkins stellte seine Kaffeetasse auf den Schreibtisch und wandte sich Valen zu.

»Vielleicht sind wir es nicht mehr. Vielleicht haben wir uns weiterentwickelt. Jeder von uns in eine andere Richtung. Was uns damals verband, ist brüchig geworden. Jetzt haben wir nur gemeinsam, daß wir dazu verdammt sind, über das zu schweigen, was sich damals abgespielt hat. Wir sitzen alle noch in einem Boot, und deshalb dürfen wir damit nicht zu sehr schaukeln, wenn wir nicht untergehen wollen. Wir müssen einander vertrauen. Ob wir wollen oder nicht.«

»Ich dachte, ich könnte mich noch immer auf dich verlassen.«

»Das kannst du auch. Ich habe von uns allen das größte

Interesse daran, daß dieser Fall nicht noch mal aufge-
wühlt wird. Aber hast du die Zeitung gelesen? Acht
Leichen - das ist der Stand beim Redaktionsschluß gewesen! - haben die schon ausgegraben in dem kleinen
Wäldchen neben dem polnischen katholischen Fried-
hof. Alles Studenten, die bei Duellen gestorben sind. Ein
Teil unserer verschworenen Gemeinschaft, die das
Recht in die eigene Hand genommen hat. Die unsere
Maßstäbe von Stolz und Ehre geteilt haben und dafür
gestorben sind. Du weißt, bei wie vielen Duellen wir
sekundiert haben. Für uns beide ist das Problem noch
viel größer als für Klann und O'Keefe, die nur bei zwei
Duellen dabei waren. Aber wir beide, wir haben bei acht
Duellen zugeschaut.«
Valen begann, in dem kleinen Büro Willkins' auf- und
abzugehen.
»Werde bitte nicht dramatisch, Al. Du weißt, daß das
niemals jemand erfahren wird. Niemand außer den
Beteiligten war dabei, und die Beteiligten haben alle ein
Interesse daran, daß niemand davon erfährt.«
»Und das glaubst du? Meinst du, Mark war der Einzige,
der sich Gedanken darüber gemacht hat, was wir uns
damals so angemaßt haben? Bist du wirklich der Auffassung, daß nicht auch andere möglicherweise im
nachhinein Alpträume oder Gewissenbisse bekommen
haben und eines Tages vielleicht den Wunsch verspür-
ten, darüber zu reden?«
»Mark war eine Ausnahme, er war schon immer ein
Risiko. Zu viele Gewissensbisse. Er hat das nie verkraf-
tet. Hätten andere darüber geredet, hätte man die Leichen ja wohl schon eher entdeckt.«
»War sein Unfall etwa fingiert?«
»Von mir nicht. Sofern da nicht jemand anders dran
gedreht hat, war es ein Unfall.«
»Ja, das stand auch so in der Zeitung. Die Polizei meint,
daß da niemand dran gedreht hat. Ich wollte es auch
nur wissen.«
Valen sah Willkins mißmutig an.
»Du hast recht. Auch du bist weich geworden. Hast

Skrupel bekommen.«

»Na und? Willst du mich jetzt dafür umlegen? Das wird nicht so einfach, mein Lieber.«

Valen winkte ab.

»Blödsinn, Al. Ich würde dich niemals umlegen weil ich weiß, daß ich mich auf dich verlassen kann. Auch wenn du milde geworden bist. Im tiefsten Innern bist du noch ein Mann von Ehre.«

Willkins setzte an zu erwidern, ließ es aber doch sein. Sollte Valen doch glauben was er wollte. Und weil Valen ihm gerade den Rücken zudrehte, bemerkte er nicht, daß Willkins eine Bemerkung herunterschluckte. Er wandte sich zur Tür.

»Okay, Al«, sagte er dabei. »Ich wollte dir nur sagen, daß dieser Privatdetektiv bei mir war. Sieh dich vor, falls er auch auf dich stößt, was ich aber nicht glaube, denn eigentlich gibt es ja keine nachvollziehbare Verbindung zwischen dir und Joe. Aber man kann nie wissen. Wer weiß, mit wem er noch alles gesprochen hat.«

Willkins ging um seinen Schreibtisch herum und ließ sich in seinen Sessel sinken.

»Tu mir bitte einen Gefallen, Cliff«, sagte er. »Halte dich zurück, ja? Bring diesen Detektiv bitte nicht um, und Joes Schwester auch nicht. Ich habe einfach nur Angst vor dem Staub, den das aufwirbeln würde.«

Valen blieb an der noch geschlossenen Tür stehen und drehte sich zu Willkins um.

»Ich habe dir doch gesagt, daß ich die beiden nicht umbringen werde.«

»Nein, so direkt nicht, aber jetzt hast du es. Wenn die Polizei im Wald schon mit dem Graben begonnen hat und du die beiden jetzt umlegst, werden die schon früher oder später darauf stoßen, daß wir was damit zu tun haben. Es war schon ein Fehler, daß du diesen Arzt ermordet hast.«

Valen ballte seine rechte Hand zur Faust, entspannte sich aber sogleich wieder.

»Sind wir mit dem Thema immer noch nicht durch?«

Willkins schüttelte seinen Kopf.

189

»Nein, das sind wir nicht. Du kannst es mir gegenüber ruhig zugeben, ich werde es schon nicht weitersagen. Ich weiß nur, daß Klann und O'Keefe nicht in der Lage wären. Also kämen nur wir beide in Frage, und ich weiß, daß ich es nicht getan habe, obwohl ich daran auch einen Moment lang gedacht hatte. Also hast du wohl diesen Arzt kaltgemacht.«

Valen zeigte ein zufriedenes Lächeln.

»Fast wäre ich darauf reingefallen«, erwiderte er. »Aber ich sehe, daß du noch immer den richtigen Instinkt hast. Gut, dir kann ich es sagen: Ja, ich habe ihn umgelegt. Und ich sehe, daß du es genauso gekonnt hättest. Das ist gut, denn jetzt gehe ich mit einem guten Gefühl hier heraus.«

Willkins nickte kurz und Valen verließ das Büro. Nachdem die Tür geschlossen war, griff Willkins über seinen Schreibtisch nach seiner Kaffeetasse und trank sie aus.

»Wie soll das nur weitergehen«, murmelte er. »Wie?«

24.

Am Vorabend noch hatte John herausfinden können, daß Marcy Sullivan inzwischen geschieden war und ihren Mädchennamen wieder angenommen hatte. Das hatte die Suche erleichtert. Sie war nach ihrer Scheidung nach Los Angeles gezogen und praktizierte dort als Anwältin für Sozial- und Familienrecht. Während eines längeren Telephongesprächs mit ihr hatte John herausgefunden, daß sie tatsächlich eine Zeit lang Joseph Coones Freundin war. Zum Zeitpunkt des Verschwinden Coones studierte sie bereits nicht mehr in Chicago, sondern in Boston. Sie hatte jedoch von Freunden davon erfahren, daß Joseph unauffindbar weg war.

Als John sie nach Valen fragte, wurde sie zurückhaltend und erklärte, daß sie mit der Clique um Valen nichts zu tun haben wollte. Es bedurfte einiger Überredungskunst bis sie noch sagte, daß es Gerüchte um einen angeblichen Geheimbund gab, bei dem Valen mindestens eine Führungsposition innehatte. Joseph hatte diesbezüglich mal Andeutungen gemacht, ihr dann aber zu verstehen gegeben, daß von ihm erwartet wurde, daß er nicht mit anderen darüber spreche. Daraufhin habe sie auch nicht weiter nachgefragt, weil sie sich für solche Verbindungen ohnehin nicht interessierte.

Auch bezüglich Robert Stattford konnte John mit Hilfe der Anwaltskammer ermitteln, daß dieser als Anwalt in Denver tätig war - bis vor etwa einem Jahr. Im Frühjahr 1967 wurde er von einem ehemaligen Klienten ermordet. Der Täter stand inzwischen wegen Mord ersten Grades vor Gericht und erwartete in den nächsten Tagen seine Verurteilung.

Auch die Spur von Burt Cummings hatte John noch am Abend zuvor aufgenommen: Er hatte im Telephonbuch nachgeschlagen, ob die Adresse, die er von Valen bekommen hatte, stimmte, und dies war der Fall. Somit waren alle Informationen, die er von Clifford Valen bezogen hatte, zutreffend. Dies brachte John abermals in Grübeln, und beim Abendessen sprach er auch mit Susan und Vincent darüber.

Der Journalist hatte inzwischen eifrig recherchiert und einige Artikel über Valen zutage gefördert, die die Aussagen seiner Kritiker bestätigten. Auch in den Medien waren die fragwürdigen Aktivitäten Valens anläßlich seines Versuches, sich zum Richter wählen zu lassen, thematisiert worden. Dabei konnte John feststellen, daß sowohl jene Zeitungen, die den Republikanern als auch jene, die den Demokraten nahestanden, sich kritisch über Valen äußerten und seine Wahl zum Richter nicht unterstützten.

Bei seinen Recherchen über Klann und O'Keefe hatte Vincent nichts Neues mehr zutage fördern können, aber bereits der Artikel mit dem Photo, auf dem die beiden zu sehen waren, war für John schon ein wichtiger Fund. Darüber hinaus hatte Vincent in den Archiven auch diverse Artikel über das spurlose Verschwinden von Studenten ausgegraben. In keinem der Artikel wurde jedoch über Duelle spekuliert. Lediglich die Möglichkeit, daß die Studenten tot sein könnten, wurde in Erwägung gezogen.

Beim Frühstück besprachen sich John und Susan mit dem Journalisten über das weitere Vorgehen. John war beim Blättern in seinem Notizbuch aufgefallen, daß er den Hinweis Nancy Furndales auf Andrew Richmont aus den Augen verloren hatte. Mit einem Blick ins Telephonbuch hatte er herausgefunden, daß Richmont tatsächlich noch in Chicago in der Hardy Street 29 wohnte. An diesem Tag wollte John jedoch zunächst Dr. O'Keefe befragen. Vincent bot an, zur Hardy Street zu fahren und schon einmal ein wenig bei Richmont vorzufühlen, was John nach einigem Zögern befürwortete. Nach dem, was er bisher von früheren Freunden Coones erfahren hatte, hielt er Richmont nicht für eine wichtige Informationsquelle. Aber es konnte nicht schaden, wenn jemand mit ihm sprach, und so erklärte John dem Journalisten genau, was er Richmont fragen sollte.

Nach dem Frühstück machten sich John und Susan auf

den Weg zu dem Krankenhaus, in dem nach ihren Informationen Dr. O'Keefe arbeitete.

»Ich denke, ich werde dort alleine hineingehen«, sagte John. »Dr. Klann kennt Sie auch noch nicht, also muß Dr. O'Keefe ebenfalls nicht wissen, daß es Sie gibt.«

Susan lächelte leicht.

»Ich hätte auch nicht erwartet, daß Sie mich zur Befragung mitnehmen.«

»Wir müssen noch einen sicheren Ort für Sie finden, so lange ich bei O'Keefe bin. Eigentlich bin ich ganz froh, daß Mr. Vincent diesen Richmont befragt, so ganz viel verspreche ich mir davon nicht. Aber ich halte es schon für notwendig, daß ihn jemand nach Ihrem Bruder fragt.«

»Eigentlich kommen wir doch ganz gut voran, meinen Sie nicht auch?«

John machte mit seiner linken Hand eine abwägende Bewegung.

»Ich bin mir da nicht so sicher. Gut, wir haben Ihren Bruder gefunden und verfolgen einige Spuren, aber einen wirklich handfesten Hinweis haben wir bislang noch nicht. Das ist alles etwas vage.«

»Ich vertraue Ihnen. Sie bekommen das schon hin.«

John bog mit dem Wagen auf den Parkplatz des Krankenhauses ein, in dem O'Keefe arbeitete. Die beiden gingen zunächst in die Cafeteria, die John für so sicher hielt, daß er Susan dort zurückließ.

Bei der Information im Eingangsbereich erfuhr John, auf welcher Station O'Keefe als Arzt beschäftigt war. Er fuhr mit dem Fahrstuhl hinauf und fand auch kurz darauf das Arztzimmer, das die unterschiedlichen Ärzte der Station als Büro nutzten. O'Keefe war im Begriff, das Zimmer zu verlassen, als John den Flur entlang kam. Er erkannte O'Keefe sofort, denn seit der Aufnahme des Photos in der Zeitung hatte er sich nicht wesentlich verändert.

»Dr. O'Keefe?«, fragte John, als er ihm entgegenkam. O'Keefe blieb stehen.

»Ja«, erwiderte er. »Kennen wir uns?«

»Noch nicht. Mein Namen ist John Rollins. Ich bin Privatdetektiv und würde Ihnen gerne einige Fragen stellen.«

O'Keefe sah kurz auf seine Uhr.

»Ich muß gleich operieren, aber wenn es schnell geht, können wir das hier besprechen.«

»Ich werde Sie nicht lange in Anspruch nehmen. Sie haben hier in Chicago studiert?«

»Ja.«

»Und zu der Zeit, zu der Sie studierten, wurde bekannt, daß Studenten vornehmlich der Rechtswissenschaften spurlos verschwanden?«

»Ja, das habe ich in der Zeitung gelesen. Ich habe jetzt auch gelesen, daß sie offensichtlich ermordet wurden und in einem Wäldchen von der Polizei exhumiert wurden.«

»Das stimmt. Ich möchte Sie gerne über einen Mitstudenten von Ihnen befragen, nämlich William Klann.«

»Bill? Den habe ich seit dem Studium nicht mehr gesehen.«

John griff in seine innere Jackentasche und holte den Artikel vom vorigen Jahr heraus, auf dessen Photo Klann und O'Keefe nebeneinander standen, und zeigte es O'Keefe.

»Wissen Sie, Dr. O'Keefe«, sagte er dabei, »ich hätte jetzt noch ein wenig so tun können, als wüßte ich es nicht besser, aber eigentlich bin ich dafür, Ihnen gleich zu zeigen, daß ich Bescheid weiß.«

O'Keefe starrte auf das Photo und schluckte schwer.

»Oh, das ist...«

»Ja. Das ist. Dr. Klann sagte mir auch, daß Sie sich seit dem Studium nicht mehr gesehen haben. Daß Sie mir jetzt wahrheitswidrig dasselbe erzählen zeigt mir, daß Sie sich abgesprochen haben. Also brauchen wir doch gar nicht lange um den heißen Brei herumzureden, zumal Sie es ja sowieso eilig haben.«

O'Keefe gab John den Artikel zurück, während er sichtlich noch um Worte rang.

»Also... Mr. Rollins... verstehen Sie das jetzt nicht

falsch... Ich meine... eigentlich... äh...«

»Warum haben Sie gelogen?«

»Also... Sie haben recht. Bill rief mich gestern an und erzählte mir von Ihnen. Und er bat mich, Ihnen zu bestätigen, daß wir uns seit dem Studium nicht mehr gesehen haben. Er hatte Ihnen das so gesagt, und eigentlich... äh...«

»... sollten Sie das bestätigen. Gab es dafür besondere Gründe?«

»Er hat mir keinen genannt.«

»Haben Sie jemals davon gehört, daß es an Ihrer Universität zu der Zeit, zu der Sie studierten, Duelle gab, bei denen Leute getötet wurden?«

O'Keefe schüttelte den Kopf.

»Nein, von so etwas habe ich nie etwas gehört. Das klingt für mich auch reichlich absurd. Warum sollte jemand so etwas tun?«

»Das weiß ich nicht. Aber es hat den Anschein, als sei es tatsächlich passiert, denn die Toten im Wald wurden offenbar alle zusammen mit einem Pistolenkasten begraben, der die Schußwaffen enthielt. Kannten Sie Joseph Coone?«

»Nein. Ich habe nie von ihm gehört. Das heißt, bis ich jetzt von ihm in der Zeitung gelesen habe. Er ist wohl einer der Studenten, die angeblich ermordet wurden.«

»Meinen Sie, daß Sie dabei bleiben können oder bessern Sie das auch wieder nach, wenn ich Ihnen einen entsprechenden Beleg vorlege?«

O'Keefes Blick ließ John vermuten, daß er Recht hatte.

»Da gibt es nichts nachzubessern. Ich habe Ihnen die Wahrheit gesagt.«

»Ja. Aber nachdem Sie unsere Gespräch bereits mit einer Lüge eröffnet haben, werden Sie mir nachsehen, wenn ich meine Zweifel habe.«

»Was soll ich dazu sagen, Mr. Rollins? Ich kannte Coone nicht. Wenn Sie jetzt das Gegenteil belegen wollen, können Sie es versuchen, aber ich kann mir nicht vorstellen, daß Ihnen das gelingt.«

»Das bleibt abzuwarten. Mir ist einfach nicht klar,

wieso Sie und Dr. Klann ein solches Versteckspiel machen. Wenn Sie nichts zu verbergen haben, warum diese Lüge?«

»Dr. Klann und ich stehen vor entscheidenden Weichenstellungen unserer Karriere. Weder er noch ich haben ein Interesse daran, daß jetzt ein Privatdetektiv hier herumläuft, Fragen stellt und möglicherweise den Eindruck erzeugt, daß wir in irgendwelchen krummen Geschichten stecken. Das sollten Sie eigentlich verstehen.«

»Grundsätzlich verstehe ich das schon, aber auf der anderen Seite wäre doch die sicherste Methode, mich schnell wieder loszuwerden, mir die Wahrheit zu sagen, sofern Sie nicht in irgendwelchen - wie Sie es nennen - krummen Geschichten stecken.«

»Mr. Rollins... ich muß gleich operieren. Vielleicht können Sie mich ein anderes Mal befragen, und dann besser zu Hause. Ich stehe im Telephonbuch. Sie können mich jederzeit auch anrufen.«

»Ich möchte Sie nur noch ein paar Kleinigkeiten fragen.«

O'Keefe blickte ungeduldig auf seine Armbanduhr.

»Also gut, dann aber wirklich nur Kleinigkeiten.«

»Kannten Sie Mark Rivers?«

»Nein.«

»Kennen Sie Clifford Valen?«

»Nein, nicht daß ich wüßte.«

»Haben Sie denn nun jemals davon gehört, daß an der Universität bei den Juristen Duelle zwischen Studenten stattgefunden haben sollen, bei denen es um Leben und Tod ging?«

O'Keefe sah John zweifelnd an.

»Wie gesagt habe ich davon nichts gehört. Und ich kann mir auch nicht vorstellen, daß sich jemand, der intelligent genug ist, zu studieren, darauf einläßt.«

»Beantworten Sie bitte einfach diese Frage. Wenn Sie darüber diskutieren wollen, dürfen Sie mir nicht vorhalten, daß Sie es eilig haben.«

»Nein, von solchen Duellen habe ich noch nie etwas

gehört. Ich war ein paarmal dabei, als Studenten mit dem Säbel gefochten haben und sich dabei einen Schmiß verpaßten. Den habe ich dann ein wenig behandelt. Aber Duelle auf Leben und Tod? Nein.«

»Sie haben den Schmiß behandelt?«

»Ja, als Medizinstudent kannte ich da den einen oder anderen Trick, mit dem man dafür sorgen konnte, daß man den Schmiß möglichst noch lange sieht, und darum ging es denen ja.«

»Und das halten Sie für ethisch?«

»Tut mir leid, Mr. Rollins, ich muß jetzt wirklich los.«

O'Keefe ließ John einfach stehen und ging den Flur entlang zum Fahrstuhl. Dort drückte er auf den Knopf und wartete. John folgte ihm langsam und O'Keefe sah ihn abweisend an. Der Fahrstuhl hielt und O'Keefe stieg eilig ein, konnte jedoch nicht verhindern, daß John auch noch in den Fahlstuhl stieg.

»Ich werde gleich in den OP gehen«, sagte O'Keefe. »Der ist steril, dorthin dürfen Sie mir nicht folgen.«

»Ich habe nicht die Absicht«, sagte John. »Ich werde Sie heute abend bei Ihnen zu Hause aufsuchen und noch ein paar Fragen stellen.«

O'Keefe stieß einen Seufzer aus.

»Tun Sie was Sie nicht lassen können.«

Der Fahrstuhl hielt und O'Keefe stieg aus. John drückte auf den Knopf für das Erdgeschoß.

25

»Ich werde das Gefühl nicht los, daß Klann und O'Keefe etwas zu verbergen haben«, sagte John zu Susan, als er mit ihr über den Parkplatz zu seinem Wagen ging. »Ich weiß zwar nicht genau was, aber die beiden verhalten sich irgendwie merkwürdig. Es war übrigens, wie ich mir dachte: Die beiden haben miteinander telephoniert, weil Klann seine Aussage absichern wollte, daß er O'Keefe seit dem Studium nicht mehr gesehen habe.«

»Und was machen wir jetzt?«, wollte Susan wissen.

»Jetzt werden wir nachsehen, was Mr. Vincent bei Mr. Richmont herausgefunden hat.«

Die beiden stiegen in den Wagen und John fuhr zum Hotel zurück, wo Vincent bereits an der Rezeption auf sie wartete. Sie gingen in Johns Zimmer.

»Mr. Richmont kommt erst heute abend von der Arbeit wieder«, verkündete Vincent.

»Gut«, erwiderte John. »Dann werde ich ihn heute abend selbst aufsuchen. Bei Dr. O'Keefe bin ich auf das gestoßen, was ich erwartet habe: Klann hat bei O'Keefe angerufen und ihn gebeten, seine Aussage, die er mir gegenüber gemacht hat, zu bestätigen. Ein ausgesprochen merkwürdiges Verhalten.«

»Meinen Sie, die beiden haben etwas damit zu tun?«

»Das weiß ich nicht. Ich habe noch keinen wirklichen Hinweis darauf. Möglicherweise ja, möglicherweise nein. Vielleicht stecken die beiden auch gemeinsam in einer anderen Schweinerei und fürchten, daß ich zufällig darauf stoßen könnte. Das habe ich schon einmal in einem Fall erlebt.«

»Ja«, murmelte Vincent. »Mr. Rollins, ich muß zur Redaktion zurück. Ich könnte heute am späten Nachmittag wieder hier sein.«

»Kommen Sie lieber heute abend wieder, dann habe ich Mr. Richmont befragt und vielleicht auch noch weitere Erkenntnisse.«

Mit einem leicht enttäuschten Gesicht - offenbar hatte Vincent erwartet, daß er bei der Befragung Richmonts dabei sein konnte - verabschiedete er sich von John und Susan und verließ das Zimmer. John sah ihm eine Zeit lang nachdenklich hinterher.

»Was tun wir jetzt?«, fragte Susan.

»Ich überlege noch«, erwiderte John. »Eigentlich hätten wir so ziemlich alle Möglichkeiten ausgeschöpft. Aber zur Universität sollten wir noch mal fahren, das habe ich in der Hektik der letzten Tage ja völlig vergessen. Prof. Kelly wollte sich das Photo von Valen noch ansehen und überlegen, ob sie etwas mit dem Namen verbindet.«

»Nach dem, was wir gehört haben, würde es mich wundern, wenn das nicht der Fall wäre«, sagte Susan mit einem leichten Lächeln. Die beiden verließen das Zimmer und machten sich auf den Weg ins Erdgeschoß des Hotels. Susan fiel auf, daß John, während sie mit dem Fahrstuhl ins Erdgeschoß fuhren, besonders nachdenklich und in sich gekehrt war.

»Worüber denken Sie nach?«, fragte sie, als die beiden den Fahrstuhl verließen.

»Über den Anschlag. Nehmen wir an, er galt Miss Furndale. Also der Attentäter setzt sich auf das Dach des Gebäudes, das Miss Furndales Büro gegenüber liegt mit der Absicht, sie zu erschießen. Dann sind wir im Büro und er schießt erst mal auf mich. Daraus können wir doch eigentlich schließen, daß er weiß, wer ich bin, und daß es ihm wichtiger war, zunächst mich zu erledigen. Es sei denn, er ist ein mieser Schütze. Allerdings müßte er dann schon ein sehr mieser Schütze sein, wenn er auf Miss Furndale zielt und mich dann trifft in der Situation, in der wir in dem Büro waren. Anderenfalls hätte er doch wohl gewartet, bis wir das Büro verlassen haben und dann auf Miss Furndale geschossen.«

»Und das bedeutet?«

»Entweder folgte er uns, denn er konnte nicht wissen, daß wir sie aufsuchen würden. Dann wäre es aber dumm, erst mal auf das Dach zu klettern und von dort aus zu schießen. Wir waren nicht auf einen Anschlag vorbereitet, und es hätte tausend bessere Gelegenheiten gegeben, auf mich oder auf uns zu schießen. Andererseits hätte er doch inzwischen sicher noch einen Versuch unternommen. Andererseits... ich weiß einfach nicht, was ich davon halten soll.«

John öffnete den Wagen und machte erst einmal die Motorhaube auf um nachzusehen, ob jemand vielleicht einen Sprengsatz in den Motor eingebaut hatte. Doch er konnte nichts erkennen, also stieg er zusammen mit Susan ein und fuhr los in Richtung Universität.

»Wenn wir davon ausgehen, daß wir bereits auf der richtigen Spur sind, käme eigentlich nur Dr. Klann in Frage, entweder als Schütze oder als Auftraggeber des Schützen. Mit O'Keefe und Valen haben wir erst nach dem Anschlag gesprochen.«

»Oder es ist jemand anderes von den Leuten, die wir befragt haben. Vielleicht an der Uni?«

»Kann man nie wissen. Auch das ist möglich.«

Susan griff nach Johns Arm.

»Mr. Rollins, das macht mir allmählich Angst.«

»Möchten Sie gerne Polizeischutz?«

»Nein, ich möchte weiter bei Ihnen bleiben. Aber ich habe ein wenig Angst. Es ist alles so ungewiß.«

»Es ist für Sie vermutlich wenig tröstlich wenn ich Ihnen sage, daß es oft so ist, wenn man einen Mordfall bearbeitet. Ich habe ein unbehagliches Gefühl, daß ich Sie dieser Gefahr ebenfalls aussetze, eigentlich arbeite ich lieber alleine, wenn es gefährlich wird. Aber wenn Sie es so wünschen, können Sie dabei bleiben.«

»Ja, das möchte ich. Irgendwie habe ich das Gefühl, daß ich so mehr auf Joes Spuren bin.«

»Sie kommen diesmal mit zur Professorin. Ich möchte nichts riskieren. An der Universität ist zu viel los und außerdem könnte sie ein Tatort sein, deshalb möchte ich Sie jetzt bei mir behalten.«

»Gut.«

John parkte den Wagen auf dem Parkplatz der Universität und stieg mit Susan aus. Er sah sich um und versuchte auf Autos zu achten, die mit ihnen angekommen waren. Dann gingen die beiden auf dem kürzesten Weg zur Universität und fuhren im Aufzug in das dritte Stockwerk, wo sie Prof. Kelly in ihrem Büro antrafen.

»Entschuldigen Sie, daß wir nicht schon gestern gekommen sind«, sagte John. »Es hatten sich die Ereignisse ein wenig überstürzt.«

»Es macht nichts, daß Sie es gestern nicht mehr geschafft haben.«, erwiderte Prof. Kelly. »Ich hatte inzwischen Gelegenheit, mich über Mr. Valen zu informieren und mir das Photo anzuschauen. Ich verstehe nicht, wie ich den Namen vergessen konnte. Mr. Valen ist mir natürlich bekannt. Er war einer der übelsten Extremisten, die hier an der Uni studiert haben.«

Sie bot John und Susan die Sessel vor ihrem Schreibtisch an und setzte sich selbst hinter ihren Schreibtisch in den schwarzen Ledersessel. Dann holte sie ein paar Unterlagen aus einer verschließbaren Schublade heraus.

»Sie sind ja verletzt, Mr. Rollins«, stellte sie dann fest.

»Ja, auf mich ist geschossen worden.«

»Das ist ja entsetzlich! Dann sind Sie den Leuten auf der Spur?«

»Ich weiß es nicht, ob ich den Leuten auf der Spur bin. Möglich ist es, aber vielleicht haben wir auch anderen Staub aufgewirbelt.«

Prof. Kelly legte einen Hefter vor John auf den Schreibtisch. Er nahm ihn an sich und blätterte darin. Es war die Akte des Prüfungsamtes über Clifford Valen.

»Mr. Valen hat seine Doktorarbeit bei Prof. Mientz geschrieben«, sagte Prof. Kelly. »An unserer Universität wird darüber nicht gerne geredet, aber leider ist Prof. Mientz ist selbst auch kein unbeschriebenes Blatt. Weil er als renommierter Rechtswissenschaftler gilt, wird hier gerne über die üblen Gerüchte hinweggesehen. Er hat wohl eine Zeit lang Nazis rechtlich beraten, die aus Deutschland geflohen waren, und über Südamerika in die USA eingereist waren. So heißt es. Tatsächlich aber war er wohl auch daran beteiligt, diese Leute in die USA zu bringen und ihnen neue Ausweise und Identitäten zu verschaffen. Als erste Gerüchte aufkamen, hat er wohl damit aufgehört. Vielleicht hat er sich auch einfach mehr vorgesehen, zumindest hörte das Gerede auf.«

»Davon habe ich auch schon gehört.«

»Aber viele der Doktoranden von Prof. Mientz waren politisch rechtsgerichtete Studenten, und Mr. Valen war einer der Schlimmsten von ihnen. Vermutlich war er auch einer der Urheber der antidemokratischen Flugblätter, die hier immer wieder aufgetaucht sind. Nachdem er die Uni verlassen hatte, wurden auch die Funde solcher Flugblätter seltener. Mr. Valens Vater hatte ein gutes Verhältnis zu Prof. Mientz. Ich vermute, daß er es auch war, der seinen Sohn an ihn vermittelt hat. Prof. Mientz wird nicht besonders kritisch gewesen sein bei seiner Arbeit. Er hat sie sehr gut bewertet. Es ist mir gelungen, eine Kopie der Arbeit zu bekommen und sie teilweise zu lesen. Ich hätte alles darangesetzt zu verhindern, daß ein solcher Mann Anwalt wird.«

»Rechtsprechung im Dritten Reich«, las John in den Unterlagen des Prüfungsamtes.

»Ja«, erwiderte Prof. Kelly. »Aber eine Rechtfertigung der Rechtsprechung im Dritten Reich. Richter seien nicht dazu da, das Recht zu hinterfragen sondern es anzuwenden. Nach Valens Ansichten hat ein Richter gar keine Möglichkeit, sich einem solchen Regime zu verweigern. Wer als Richter sich verweigert, hat auf dem Richterstuhl nichts zu suchen. Mr. Valen schreibt es nicht so direkt, aber es klingt durch: Auch wenn sich die Verhältnisse ändern, hätte ein Richter, der sich in einer Diktatur weigert, Unrechtsurteile zu verkünden, nichts mehr im Gericht verloren.«

»Wer war der Co-Prüfer der Arbeit?«, fragte Susan.

»Dr. Andrew Cole. Er hatte zuvor ebenfalls seinen Doktor bei Prof. Mientz gemacht.«

»So bleibt alles in der Familie«, brummte John, während er weiter im Ordner blätterte.

»Wir waren bei Mr. Valen«, sagte Susan. »Er hat sich uns gegenüber völlig anders gegeben.«

»Das kann ich mir denken«, erwiderte Kelly. »Wenn er das nicht tun würde, wenn er sein wahres Gesicht zeigen würde, wäre er nicht mehr lange Anwalt. Jedenfalls hoffe ich das.«

»Ich glaube, die Anwaltskammer wünscht sich das«, meinte John und blätterte weiter in dem Ordner. »Mr. Valen scheint an der Universität nicht weiter unangenehm aufgefallen zu sein.«

»Nein, so direkt nicht«, meinte Prof. Kelly. »Aber er war unangenehm. Wenn auch nur die Hälfte der Gerüchte, die es über ihn gibt, wahr ist, ist das schon schlimm genug.«

»Hat er noch Kontakt mit seinem Doktorvater?«

»Das weiß ich nicht, aber ich nehme es an. Prof. Mientz hat einige unangenehme ehemalige Studenten um sich versammelt. Dem ein oder anderen hat er einen Lehrauftrag verschafft, wenn er nicht als Anwalt oder in der Verwaltung fußfassen konnte.«

»Also laufen hier noch weitere schräge Vögel wie Valen herum?«

»Ja, leider. Einige. Alle in Prof. Mientz' Institut.«

»Hat denn die Leitung der Universität keine Sorge, daß das dem Ruf der Uni schaden könnte?«, fragte Susan. Prof. Kelly lachte kurz auf.

»Ach wissen Sie, Miss Coone, die machen sich nur dann Sorgen, wenn solche Geschichten aufkommen wie die mit diesen Geheimbünden. Als ich versucht habe dafür zu sorgen, daß man diese unsäglichen Flugblätter endlich ernst nimmt, war ich plötzlich der Nestbeschmutzer. Während dessen lief in Prof. Mientz' Abteilung jemand herum, der später wegen seiner Mitgliedschaft in einer rassistischen Vereinigung still und leise aus der Uni entfernt wurde. Die Uni-Leitung liebt keine negativen Schlagzeilen, aber so lange alles unter dem Deckel bleibt, haben die Herren da oben keine Probleme.«

»Das ist leider in vielen anderen Bereichen auch so«, pflichtete John bei. »Gehandelt wird erst, wenn es eigentlich schon zu spät ist. Inspektor McKenzie wollte die Leichen im Wald auch nicht selbst suchen. Erst nachdem wir die erste Leiche entdeckt haben, ist er in Gang gekommen und läßt den Rest des Waldes umgraben. Inspektor Werries hat uns gestern gesagt, daß nur noch fünf Leichen fehlten, dann wären alle Studenten, die verschwunden sind, gefunden.«

Prof. Kelly nickte traurig.

»Ich habe das in der Zeitung gelesen. Eigentlich hatte ich damals schon befürchtet, daß ihnen etwas zugestoßen ist. Aber damals wollte niemand hören, daß die Verschwundenen tot sein könnten.«

»Ich fürchte, die Sache ist noch viel schlimmer, aber leider hat uns der Inspektor das nur unter der Voraussetzung gesagt, daß wir es nicht weitersagen. Und das kann ich auch nachvollziehen, daß der Inspektor das aus ermittlungsstrategischen Gründen noch nicht sagen möchte. Jedenfalls wird es der Universität nicht zur Ehre gereichen, wenn das aufgeklärt wird. Insbesondere, wenn dann noch mal der Blick der Öffentlichkeit darauf gerichtet wird, daß die Universität das Verschwinden der Studenten lieber verdrängt hat, statt bei der Aufklärung zu helfen.«

»Vielleicht tut das einigen hier ganz gut. Vor allem in unserer Fakultät. Vielleicht hilft das, die Kultur des Wegschauens zu überwinden, die sich hier über die Jahre eingestellt hat.«

John überreichte Susan den Ordner und Prof. Kelly gab John einen Hefter, der mit »Clifford Valens Doktorarbeit« beschriftet war.

»Ich habe Ihnen das Werk kopiert«, sagte sie dabei. »Es komplett zu lesen würde sicher viel Zeit Anspruch nehmen, aber Sie sollten ein paar Blicke hineinwerfen. Sie können die Kopien behalten, ich habe noch eine Kopie seiner Arbeit.«

»Ich danke Ihnen«, erwiderte John. »Ich werde da sicher hineinschauen bevor ich das nächste Mal mit ihm zu tun habe.«

»Aber sagen Sie bitte niemanden, daß Sie sie von mir haben.«

»Keine Sorge, dazu habe ich ohnehin keinen Anlaß. Sehen Sie sich aber bitte vor, Prof. Kelly. In diesem Fall sind schon mehrere Leute ermordet worden und ich

weiß nicht, nach welchen Prinzipien der Mörder vor-
geht.«
»Ich passe schon auf mich auf. Das bin ich gewohnt.«

26.

Während John und Susan zurück ins Hotel fuhren, las Susan in der Doktorarbeit Valens und schüttelte darüber immer wieder den Kopf.

»Ich begreife nicht, wie jemand so etwas schreiben kann«, sagte sie, als die beiden auf dem Parkplatz des Hotels ankamen. »Und ich kann kaum glauben, daß wir gestern dem Autor dieser Arbeit gegenüber gesessen haben.«

»Sie können davon ausgehen, daß jemand, der einen tiefen Haß gegen die Demokratie hat, zugleich aber intelligent ist, sich entsprechend verstellen kann, um im Stillen sein Werk zu betreiben. Ich glaube, das ist gar nicht so aus der Welt wie es uns im Moment scheint.«

»Ja, vermutlich haben Sie recht.«

»Bleiben Sie noch einen Moment im Wagen und lassen Sie mich erst mal aussteigen und schauen, ob die Luft rein ist.«

John stieg aus und sah sich um. Doch ihm fiel nichts Verdächtiges auf, so daß er Susan ein Zeichen gab, auch auszusteigen. John schloß den Wagen ab und die beiden gingen zum Hotel hinüber.

Im Hotel ließ John die Doktorarbeit Valens im Hotelsafe einschließen, um sicherzugehen, daß sie nicht in falsche Hände fiel, während er unterwegs war. Dann gingen die beiden auf Johns Zimmer. Susan setzte sich in den Sessel, der neben einem kleinen Tisch im Zimmer stand, während sich John aufs Bett fallenließ und tief durchatmete. Wirkliche Fortschritte konnte er im Fall nicht erkennen und überhaupt hatte er den Eindruck, daß er sich bei den Ermittlungen verzettelt hatte. Es fehlte einfach das große Ganze, das die vielen losen Enden, die er in der Hand hielt, miteinander verband.

Aber was war dieses große Ganze? Die Universität? Die Duelle? Vielleicht doch Valen, der eine Schlüsselrolle spielen könnte oder auch nicht?

»Es ist einfach zum Verzweifeln«, sagte er schließlich, und Susan, die ihren Gedanken nachhing, sah zu ihm herüber.

»Was?«

»In den Fällen, die ich bisher zu bearbeiten hatte, hat sich früher oder später ein Hinweis oder eine Spur gezeigt, die dem Ganzen einen Sinn gab. Hier aber sehe ich nichts dergleichen. Wir haben nur ein paar Leute, die möglicherweise etwas mit der Sache zu tun haben können, vielleicht auch nicht. Vielleicht sind wir auf einem völlig falschen Weg. Mir gehen langsam die Ideen aus. Aber vielleicht liegt es auch einfach daran, daß der Mord schon so lange her ist. Ich habe auch noch nie einen Fall bearbeitet, der so alt ist wie dieser. Selbst der Fall mit der Kette, den mein damaliger Partner und ich bearbeitet haben, fand zu der Zeit statt, als wir daran arbeiteten, und hatte nur seine Wurzeln in einem Vorfall, der in den 50er Jahren stattfand.«

»Vielleicht ist die Sache einfach nicht aufzuklären«, meinte Susan.

»Naja, aufzuklären ist sie sicher, die Frage ist nur, wie lange das dauert, und wie lange ich von Ihnen erwarten kann, mich für diese Bemühungen zu bezahlen.«

Susan lächelte leicht.

»Das lassen Sie mal meine Sorge sein. Diese Woche halte ich sicher noch durch. Am Wochenende können wir uns dann mal überlegen, ob es noch Sinn hat.«

»Ja, spätestens.«

In dem Moment fiel John auf, daß seine Klientin in dem Sessel direkt neben dem Fenster saß. Er sprang auf und zog den Vorhang zu, während Susan ihn dabei erschreckt ansah.

»Wir wollen nichts riskieren«, erklärte John. »Ich möchte nicht, daß Sie vor meiner Nase erschossen werden. Lassen Sie uns den Sessel lieber hier auf die andere Seite des Fensters schieben.«

John und Susan rückten den Sessel soweit auf die andere Seite des Fensters, daß er von draußen nicht mehr von einem eventuellen Schützen zu treffen war. Susan setzte sich wieder in den Sessel und John legte sich wieder auf das Bett und betrachtete nachdenklich die

Decke.

»Aber in unserem Fall haben wir doch auch Auswirkungen in der Gegenwart«, sagte Susan. »Immerhin wurde Dr. Woods erst vor kurzem ermordet.«

»Ja«, murmelte John. »Vielleicht habe ich den Mord an Dr. Woods zu weit aus den Augen verloren. Vielleicht auch nicht. Ich weiß es im Moment nicht. Irgendwie fühle ich mich wie in einer Sackgasse und weiß nicht, wie ich da wieder herauskommen soll. Auch die Veröffentlichungen von Mr. Vincent haben nichts gebracht. Irgend etwas habe ich übersehen.«

»Vielleicht konnten wir es nicht sehen. Ich war doch die meiste Zeit bei Ihnen und habe nicht den Eindruck, daß Sie etwas übersehen haben.«

»Ich danke Ihnen, Miss Coone. Trotzdem glaube ich, daß es noch irgend etwas gibt, was mir entgangen ist. Der entscheidende Zusammenhang fehlt noch.«

John richtete sich wieder auf dem Bett auf und warf einen Blick zu Susan. Sie hatte sich im Sessel zurückgelehnt und ihre Augen geschlossen. Obwohl die letzten Tage auch für sie nicht leicht waren, wirkte sie trotzdem entspannt und ausgeglichen.

»Mr. Rivers gesteht Dr. Woods das Duell, aber dieser nimmt es nicht ernst und legt ihn schlafen«, sagte John. »Weil Mr. Rivers seine schweren Verletzungen nicht überlebte, werden wir nie erfahren, was er noch erzählen wollte. Wenige Tage später wird Dr. Woods ermordet.«

Susan öffnete ihre Augen und sah John an.

»Mr. Vincent nimmt mit mir Kontakt auf und bringt uns mit Mr. Roberts zusammen, der im Krankenwagen dabei war«, sagte sie dann. »Daß Dr. Woods tot ist, erfahren wir bei den Ermittlungen. Dann stoßen wir auf Dr. Klann und Dr. McMillan.«

»Klann wirkt nervös, McMillan betroffen. Wir überprüfen die beiden und finden heraus, daß nur Klann hier in Chicago studiert hat. Über das Jahrbuch stoßen wir auf Valen, der Ihren Bruder kannte. Und wir stoßen auf O'Keefe, der Klann kennt und offenbar noch Kontakt hat. Hierüber lügt Klann. Was wir nicht haben ist, ein Zusammenhang zwischen Klann/O'Keefe und Valen. Mr. Valen hängt nur mit ihrem Bruder zusammen, den er kannte. Und er kannte Rivers. Klann will niemanden gekannt haben und bislang konnten wir auch keine Hinweise auf das Gegenteil finden, außer bei O'Keefe. Und dieser O'Keefe will auch niemanden gekannt haben. Uns fehlt also die Verbindung von diesen Medizinstudenten zu den Juristen, wenn es sie gegeben hat. Vielleicht gibt es den Zusammenhang auch und wir sehen ihn nicht, weil uns die Leute, die wir befragt haben, nicht die Wahrheit gesagt haben.«

»Ich bin sicher, daß uns jemand nicht die Wahrheit gesagt hat«, erwiderte Susan. »Es fragt sich nur wer.«

»Eigentlich können wir nur abwarten, was dieser Mr. Richmont heute nachmittag zu sagen hat. Lassen Sie uns eine Kleinigkeit essen gehen, viel mehr können wir im Moment sowieso nicht tun.«

»Ja, gut.«

Die beiden verließen das Zimmer und gingen in den Restaurantteil des Hotels. Es war bereits Mittagszeit und so waren bereits viele Leute im Restaurant, was John sehr recht war. Sie suchten sich einen Tisch für zwei Personen und bestellten sich je eine Kleinigkeit zu Mittag. Während sie warteten blätterte John in seinen Notizen in der Hoffnung, irgend etwas zu entdecken, was er übersehen hatte. Aber er entdeckte nichts.

»Ich finde es sehr schön hier«, meinte Susan. »Daran könnte ich mich gewöhnen.«

John zeigte ein leichtes Lächeln und steckte seine Notizen wieder ein.

»Bequem ist es allemal«, sagte er dann.

»Kochen Sie für sich selbst?«

»Ja. Weil es niemand sonst für mich tut.«

»Naja, Sie könnten ja essen gehen.«

»Das wäre für mich auf die Dauer zu teuer. Außerdem macht es mir nichts aus zu kochen. Wie ist es bei Ihnen?«

»Wir haben eine Kantine im Krankenhaus, wo Mitarbeiter günstig essen können. Da bin ich auch froh drüber, denn wenn ich abends aus dem Krankenhaus komme, habe ich keine Lust mehr zu kochen.«

»Kann ich mir denken. An manchen Tagen geht es mir auch so, und dann gehe ich doch mal in einen Schnellimbiß.«

Die beiden verspeisten ihr Mittagessen und John schlug anschließend vor, noch einmal in den Wald zu fahren, um von Inspektor McKenzie zu hören, wie der Stand der Dinge war.

Die beiden machten sich auf den Weg. John kontrollierte wieder den Wagen, um sicherzustellen, daß es während der Fahrt keine unangenehmen Überraschungen gab.

Das Wetter war ideal für einen Ausflug in den Wald, meinte John, denn von einem wolkenlosen Himmel schien die Sonne an einem warmen Frühlingstag.

Schon auf der Zufahrt stießen John und Susan auf Absperrungen. Nach Rücksprache über Funk ließ der Polizist die beiden durch die Absperrung in den Wald. Sie mußten ein wenig suchen, bis sie den Inspektor gefunden hatten.

»Da haben Sie uns ja wirklich ein ganz schönes Stückchen Arbeit verschafft«, meinte Inspektor McKenzie.

»Ja, das sehe ich«, erwiderte John. »Inspektor Werries sagte gestern, es fehlten nur noch fünf Leichen, dann wären alle Studenten wieder aufgetaucht, die damals verschwunden waren.«

»Mit der Aussage wäre ich noch vorsichtig. Wir haben noch nicht alle Toten identifiziert. Klar ist inzwischen aber, daß sie alle so zwischen 20 und 25 Jahre alt waren, und daß sie alle mit Pistolenkästen beigesetzt wurden. Offensichtlich gab es eine Gruppe, die sich für solche Duelle feste Regeln gesetzt hatte.«

»Das liegt nahe.«

»Wer die Leute beerdigt hat, hat sich dabei Mühe gegeben und Zeit gelassen. Offensichtlich wollten die Täter, daß die Leichen nicht entdeckt werden, was nach einer solchen Tat selbstverständlich ist. Wer hätte gedacht, daß wir hier einen richtigen Friedhof finden?«

»Sind denn schon weitere Tote identifiziert?«

»Ja, vier Tote können wir inzwischen als identifiziert betrachten, neben Miss Coones Bruder. Die Leichen sind in unterschiedlichen Stadien der Verwesung, aber der Zeitraum, in dem Studenten verschwunden waren, ist ja auch ein längerer. Insofern paßt alles zusammen. Wäre nur noch herauszufinden, wer an diesen Taten noch beteiligt war.«

»Ein unheimlicher Gedanke«, sagte Susan. »Da laufen hier Leute herum, gehen ihren Berufen nach und tragen ein solch finsteres Geheimnis mit sich herum. Ich könnte nicht damit leben, einen Menschen getötet zu haben.«

»Die Leute können es offenbar«, erwiderte McKenzie. »Wir haben bislang nicht einen aufgeklärten Fall. Von den Duellen haben wir in der Vergangenheit nie etwas gehört. Niemand hat das Bedürfnis gehabt, zur Polizei zu gehen und darüber zu sprechen. Und wenn dieser Mr. Rivers nicht verunglückt wäre und vor dem Tod sein Gewissen erleichtert hätte, wüßten wir noch heute nichts davon.«

»Ich fürchte, da werden einige Leute sich erklären müssen, wenn Sie jetzt die Todesfälle bearbeiten«, meinte John, und Inspektor McKenzie nickte zustimmend.

»Allerdings. Da werden wir auch einige Zeit zu tun haben. Immerhin sind die Duelle schon eine Zeit lang her, und Sie wissen als Privatdetektiv sicher nur zu gut, wie schwer es manchen Leuten schon fällt, sich an Ereignisse der vorigen Wochen korrekt zu erinnern.«

»Allerdings. Solch alte Fälle zu bearbeiten ist keine Freude. Wir haben zumindest noch Anhaltspunkte in der Gegenwart.«

Inspektor McKenzie zeigte auf Johns Stirn.

»Ja, Mr. Rollins. Ich hoffe, Sie sind angemessen vorsichtig. Es täte mir leid, eines Tages noch Ihre Leiche besichtigen zu müssen.«

»Daran habe ich auch kein Interesse. Und es ist nicht das erste Mal, daß auch auf mich geschossen wurde.«

»Wie beruhigend. Wie steht's mit Ihnen, Miss Coone? Möchten Sie nicht doch lieber Polizeischutz?«

Susan lächelte leicht.

»Nein, Danke, Inspektor, ich fühle mich bei Mr. Rollins schon sicher.«

»Wie Sie wünschen.«

Ein Polizist kam zu Inspektor McKenzie und meldete, daß eine weitere Leiche mit einem Pistolenkasten gefunden wurde. Der Inspektor verabschiedete sich von John und Susan und folgte dem Polizisten. Die beiden sahen dem Inspektor nach.

»Mr. Rivers hat das Grab Ihres Bruders sehr zutreffend beschrieben«, sagte John. »Es hätte gut sein können, daß wir jemanden anderes ausgraben.«

Susan seufzte.

»Es ist einfach erschreckend, Mr. Rollins. Ich kann mich immer noch nicht mit dem Gedanken anfreunden, daß mein Bruder sich tatsächlich auf ein solch schwachsinniges Duell eingelassen hat. Dafür schien er mir viel zu vernünftig. Und jetzt...«

»Es ist nicht immer leicht, die Handlungen von Menschen zu verstehen, auch wenn es sich um Verwandte handelt. Wir wissen ja nicht, was die näheren Umstände waren. Und vielleicht werden wir das auch nie erfahren.«

»Ja. Lassen Sie uns wieder gehen, ich habe immer so ein beklemmendes Gefühl an diesem Ort.«

John und Susan kehrten zu dem Leihwagen zurück. Nachdem die beiden eingestiegen waren, schloß John für einen Moment die Augen.

»Was ist?«, fragte Susan.

»Ich habe diesen Cummings total vergessen, von dem Valen uns noch erzählt hatte. Dieser Freund Ihres Bruders. Wir könnten uns die Zeit damit vertreiben, ihn noch aufzusuchen.«

Susan nickte.

»Ja, gut.«

John sah in seinem Notizbuch nach der Adresse, die er sich notiert hatte, und Susan dirigierte ihn zu der

Straße.

Die Adresse lag in einem Viertel mit großen Mietshäusern. Cummings selbst sollte in einem Haus mit sechs Stockwerken wohnen. John parkte den Wagen in der Nähe des Hauses und stieg zusammen mit Susan aus. Er sah sich vorsichtig um. Jedoch deutete nichts darauf hin, daß von irgendwoher eine Gefahr drohte.

Die beiden gingen schnell, aber ohne Hektik zu zeigen, auf das Haus zu und John sah sich die Namensschilder neben den Klingelknöpfen an. Der Name Cummings war nicht zu sehen. Also klingelte John bei einem Bewohner, von dem er sich erhoffte, daß er im Erdgeschoß wohnte, was der Fall war. Der Türöffner schnarrte und John betrat mit Susan das Haus. In der Tür zur linken Wohnung im Erdgeschoß stand eine ältere Frau.

»Guten Tag«, sagte John. »Wir suchen Mr. Cummings. Er soll in diesem Haus wohnen.«

Die Frau schüttelte ihren Kopf.

»Nein, Mister. Das tut er schon seit drei Jahren nicht mehr.«

»Wissen Sie denn, wo er hingezogen ist?«

»Ich glaube, er erwähnte mal, daß er nach Boston ziehen wollte. Ja, ich glaube, es war Boston. Er hatte wohl eine neue Stelle angetreten. Aber genau kann ich Ihnen das nicht sagen.«

»Gut«, erwiderte John. »Ich danke Ihnen.«

Die beiden verließen das Haus wieder und gingen über die Straße zu ihrem Wagen.

»Komisch, daß der Eintrag noch im Telephonbuch war«, brummte John, als er mit Susan wieder im Wagen war. Susan zuckte kurz mit den Schultern.

»Und was tun wir jetzt?«

John sah auf seine Armbanduhr.

»Ich glaube, jetzt können wir zu Mr. Richmont fahren.«

27

»Ah ja, meine Frau sagte mir, daß so ein Journalist heute morgen schon mal hier war.«

Andrew Richmont bat John und Susan in die Wohnung und führte sie ins Wohnzimmer. Es war mit kirchholzfarbenen Möbeln eingerichtet und hatte eine Sitzecke mit Sofa, Sesseln und einem kleinen Tisch in der Mitte. Richmonts Frau bot an, Kaffee zu kochen, und John und Susan nahmen gerne an. Die beiden setzten sich auf das Sofa, während Andrew Richmont in einem Sessel Platz nahm.

»Ich weiß nur so viel, daß Sie mich etwas über Mark Rivers und Joseph Coone fragen wollen.«

»Ja«, erwiderte John. »Dies ist Susan Coone, Joseph Coones Schwester.«

»Freut mich, Sie kennenzulernen. Joe hatte mir von Ihnen erzählt.«

Susan zeigte ein leichtes Lächeln.

»Wir haben Ihren Namen von Nancy Furndale«, sagte John.

»Wer ist das?«, fragte Richmont leicht verwundert. »Ich habe den Namen noch nie gehört.«

»Sie war die Freundin von Mr. Rivers.«

»Ach so. Ja, das muß dann in der Zeit gewesen sein, als unser Kontakt bereits abgebrochen war.«

»Möglich. Sie haben gehört, daß Mr. Rivers bei einem Unfall starb?«

Richmont nickte mit einem ernsten Gesichtsausdruck.

»Ja, das habe ich in der Zeitung gelesen. Es tut mir leid, ich konnte ihn gut leiden. Genau wie Joe Coone.«

»Wir haben inzwischen auch mit Clifford Valen gesprochen«, fuhr John fort. »Kennen Sie ihn?«

»Ja, klar kenne ich ihn. Leider. Zum Glück habe ich lange nicht mehr mit ihm zu tun gehabt. Bei unserem letzten Zusammentreffen haben wir uns heftig gestritten.«

»Was war denn der Grund für den Streit, wenn ich fragen darf?«

»Cliff wollte mich in seinen komischen Verein aufnehmen, und ich hatte abgelehnt. Ich weiß zwar nicht warum, aber Cliff hat sich fürchterlich darüber aufgeregt. Er tobt herum, beschimpfte mich als Memme, die nicht zu ihren Idealen stehe.«

»Was für Ideale?«

Richmont sah John prüfend an.

»Sie wissen, wer Cliff Valen ist?«

»Ja, also so ungefähr.«

Richmonts Frau brachte etwas Gebäck ins Wohnzimmer und setzte sich mit an den Tisch.

»Sie wissen, was für Ansichten Valen hat?«, fragte Richmont.

»Ja, zumindest habe ich davon gehört.«

»Viele von uns dachten so. Wir glaubten, daß die Demokratie nicht die angemessene Antwort auf die kommunistische Bedrohung war. Vielen von uns erschienen die Demokraten zu schwach, zu nachgiebig. Einige von uns bevorzugten radikale Lösungen. Früher dachte ich ähnlich. Heute habe ich eine andere Auffassung. Mir ist heute viel deutlicher geworden, wohin die Rezepte führen, die Cliff uns empfiehlt. Wie es scheint, sind offenbar nicht alle erwachsen geworden.«

»Und das bedeutet?«, fragte Susan.

»Ihr Bruder, Miss Coone, war ein leidenschaftlicher Anhänger Valens. Wir nannten ihn Valens Assistent. Ich fürchte, ich habe Ihnen einiges über Ihren Bruder zu berichten, was Ihnen nicht gefallen wird.«

»Sie können mir glauben: Daß mein Bruder an einem Duell teilgenommen hat, war für mich bereits der größte Schock. Ich glaube nicht, daß Sie mich jetzt noch erschrecken können.«

Richmont warf einen Blick zu John.

»Duell? Wo haben Sie denn das her?«

»Also das ist eine der wenigen Gewißheiten, die wir haben«, erwiderte John. »Die Leiche Joseph Coones wurde im Wald gefunden. Mark Rivers gestand kurz vor seinem Tod, an einem Duell teilgenommen zu haben, bei dem Joseph Coone starb.«

»Über Duelle rede ich nicht«, erwiderte Richmont. »Ich weiß, daß das damals die Runde gemacht hat, aber ich habe selbst keines erlebt und auch keine Belege gesehen, daß so etwas stattgefunden hat.«

John zog nachdenklich seine Augenbrauen zusammen. Mit der Erwähnung der Duelle hatte sich Richmonts Stimmung schlagartig gewandelt. Aus dem ruhigen Erzähler, der in der Vergangenheit schwelgte, war plötzlich ein nervöser und ängstlicher Mann geworden.

»Offenbar hat es das«, erwiderte John. »Und Joseph Coone wurde dabei, wie es aussieht, getötet.«

»Ich kenne Mark. Wenn er sagt, daß er dabei war, war er es vermutlich auch. Und wenn er sagt, daß Joe an einem solchen Duell teilgenommen hat, überrascht mich das nicht.«

»Warum überrascht es Sie nicht?«, fragte Susan.

»Ihr Bruder war ein Außenseiter. Er mochte eigentlich dieses ganze gesellige Beisammensein nicht. Er ging lieber seine eigenen Wege. Auf der anderen Seite wollte er auch immer gerne Anerkennung haben, und wenn er den Eindruck hatte, daß ihm die Teilnahme an einem solchen Duell Anerkennung bringen würde, dann hat er sicher teilgenommen.«

»Hat er denn Valens undemokratische Auffassungen geteilt?«, wollte John wissen. Richmonts Frau holte den Kaffee und goß ihn ein, während ihr Mann antwortete.

»Nicht aus Überzeugung, glaube ich. Es war ihm wichtig, von Valen geschätzt und anerkannt zu werden. Heute würde er sicher anders darüber denken, wenn er noch leben würde und sich dem Einfluß Valens entzogen hätte.«

»Und Sie sind sich sicher, von Duellen niemals etwas gehört zu haben?«

Richmont lachte kurz auf.

»Ich bitte Sie, das habe ich Ihnen doch schon gesagt. Es würde allerdings zu Valens mittelalterlichen Vorstellungen passen.«

»Ich glaube, Sie verkennen das Ausmaß«, erwiderte John. »Haben Sie von den Leichenfunden im Wald gelesen?«

»Ja. Das habe ich.«

»Das sind offenbar alles Opfer solcher Duelle.«

»Das glaube ich nicht! Davon hätte man damals doch schon etwas gehört!«

»Offenbar war das nicht der Fall. Die Polizei ist sich da sehr sicher.«

Richmont stand aus seinem Sessel auf und ging im Wohnzimmer auf und ab.

»Ich habe auch an der Universität in Chicago studiert«, sagte seine Frau. »Und ich habe auch nichts von Duellen gehört.«

»Das scheint ein großes Geheimnis gewesen zu sein«, erwiderte John. »Waren Sie eigentlich in so einem Geheimbund oder was das war, Mr. Richmont? Sie scheinen doch sehr detaillierte Kenntnisse von dem zu haben, was Mr. Valen an der Universität getrieben hat.«

Richmont wandte sich John zu.

»Ich war mit Valen in einer Burschenschaft. Geheimbund würde ich das nicht nennen. Aber ich weiß natürlich nicht, was Valen da an der Uni noch alles betrieben hat.«

»Was macht Ihnen denn jetzt so zu schaffen?«, fragte John. Richmont blieb in der Mitte des Wohnzimmers stehen und sah ihn mit einem Blick an, den er nicht deuten konnte.

»Naja, Sie kennen Valen ja nicht, jedenfalls nicht so wie ich. Der Mann hat nicht mehr alle Tassen im Schrank, wenn ich das mal so untertreiben darf. Der war damals schon recht verrückt. Wenn ich Ihnen jetzt erzähle, daß es damals Duelle gab, und daß Valen dabei eine gewichtige Rolle gespielt hat, legt der uns alle um.«

»War es denn so?«. wollte John wissen.

Richmont warf einen kurzen Blick zu seiner Frau, die kurz und kaum sichtbar ihren Kopf schüttelte. Richmont seufzte.

»Mr. Rollins, sehen Sie, wir leben schon seit Jahren hier in Chicago und haben auch vorläufig nicht vor, etwas daran zu ändern. Wir müssen damit leben, daß Valen

217

ebenfalls hier lebt und arbeitet, und daß es bislang noch niemand geschafft hat, ihn ins Gefängnis zu bringen oder vielleicht besser in die Irrenanstalt. Glauben Sie nicht, daß ich längst zur Polizei gegangen wäre, wenn ich etwas in der Hand hätte, was dazu beitragen könnte, diesen Irren aus dem Verkehr zu ziehen?«

»Demnach haben Sie etwas in der Hand, von dem Sie nicht glauben, daß es dazu in der Lage wäre«, schlußfolgerte John.

»Und wenn dem so wäre?«

»Vielleicht sollten Sie mir das sagen und mich beurteilen lassen, ob wir damit etwas anfangen können oder nicht.«

»Und Sie meinen nicht, daß sich Valen sofort denken kann, daß ich Ihnen die Dinge erzählt habe, die Sie ihm dann möglicherweise vorhalten würden?«

»Aber wollen Sie denn für den Rest Ihres Lebens Angst vor Mr. Valen haben?«

Richmont zögerte eine Zeit lang bevor er antwortete.

»Bislang hat er mich in Ruhe gelassen. Daran möchte ich nichts ändern. Wenn Sie jetzt zu Valen gehen und ihm Dinge vorhalten, die Sie von mir haben...«

John nickte bestätigt.

»Also wissen Sie doch etwas, was Mr. Valen möglicherweise als Bedrohung empfinden könnte. Was glauben Sie, wie lange er Sie dann noch in Ruhe lassen wird, wenn er so gefährlich ist, wie Sie glauben?«

»Und was würde es ändern, wenn ich Ihnen jetzt etwas sagen würde, was ihn möglicherweise belastet?«

»Es würde vielleicht ermöglichen, Valen hinter Gitter zu bringen und ihn so unschädlich zu machen.«

Richmont lachte auf.

»Naja, was man so unschädlich nennt. Der Mann hat möglicherweise Verbindungen zum Ku-Klux-Klan und zu diesem rechtsextremen Verein, dessen örtlicher Vorsitzender er hier ist. Und außerdem - irgendwann ist er dann auch wieder draußen.«

»Je nach dem, was ihm vorzuwerfen ist, allenfalls in vielen Jahren.«

Susan bemerkte, daß Richmonts Frau während der Unterhaltung sichtbar unruhiger geworden war. Offensichtlich fürchtete sie, daß ihr Mann vielleicht doch etwas sagen würde.

»Also, Mr. Richmont, es wäre wirklich besser, wenn Sie den Alptraum beenden würden«, sagte John und hatte das Gefühl, daß er Richmont am Ende doch nicht würde überreden können. Dieser seufzte.

»Ach, Mr. Rollins, es kommt ja nicht mehr darauf an. Sie haben Recht. Es gab diese Duelle. Aber Sie werden niemanden an der Universität finden, der darüber reden wird, schon gar nicht gerne. Es ist ein dunkles Geheimnis der Uni, und das Rektorat fühlt sich heute noch belastet, weil seine Vorgänger nicht in der Lage waren, dem Spuk ein Ende zu bereiten. Niemand im Rektorat oder bei den Professoren wußte, was da eigentlich los war. Jedenfalls - so gut wie niemand. Aber Valens mittelalterlichen Vorstellungen von Ehre und wie man diese verteidigt, waren in den 50er Jahren an der Uni weiter verbreitet als es der Unileitung lieb sein konnte. Es gab viele Studierende dort, besonders unter den Juristen und Wirtschaftswissenschaftlern, aber auch unter den Medizinern, die Valens Ehrvorstellungen teilten und viele von ihnen waren auch der Meinung, daß die Demokratie überwunden werden müsse. Reste dieser Gruppen finden Sie noch heute an der Uni. Viele von diesen Irren gehören auch zu Vereinen wie dem von Valen, dem Ku-Klux-Klan oder sonstigen rechtsextremen oder demokratiefeindlichen Bünden. Das hat die Uni bis heute nicht im Griff.

Ich weiß von mehreren Duellen, an denen auch Valen beteiligt war, aber nie als Duellant. Er war klug genug, sein Leben nicht in solch abstrusen Auseinandersetzungen auf Leben und Tod zu riskieren. Das durften immer nur andere tun, und den großen Valen traute sich auch letztlich niemand zu fordern. Er selbst tat es auch in Situationen nicht, in denen er das von anderen erwartet hätte. Auch dann nicht, wenn er wußte, daß er seinem Gegner überlegen war. Er wollte wohl einfach nicht sein Leben riskieren. Aber er war damals einer der Anführer in der Burschenschaft und auch in dem Bund gegen die demokratische Ordnung. Sein Ziel war seit je her die Einrichtung einer Elitenherrschaft, in der dann Leute wie er das Sagen haben sollten. Das war sein Ziel und das dürfte es heute noch immer sein.

Das mag alles keine Sensation sein. Wie gesagt, das ist auch alles weitgehend nicht justitiabel und auch zum Teil nicht mehr zu beweisen. Aber ich trage dieses Wissen mit mir herum und es macht mich zu einem möglichen Kandidaten für eine von Valens Racheaktionen.«

»Haben Sie denn nie in Betracht gezogen, woanders hinzuziehen?«, fragte Susan.

»Wir haben hier viele Freunde und beide eine sichere Arbeit«, antwortete Richmonts Frau. »Das wollen wir nicht so gerne aufgeben nur für diesen... Wahnsinnigen.«

»Das kann ich durchaus verstehen«, erwiderte John. Richmonts Frau versuchte ein leichtes Lächeln und Richmont fuhr sich fahrig mit der rechten Hand durch seine dunklen Haare.

»Waren Sie denn in ein solches Duell verwickelt?«, fragte John. Richmont zögerte.

»Ja«, sagte er schließlich. »Einmal als Sekundant. Das Duell wurde mit Pistolen ausgetragen und dauerte drei Schüsse lang bis einer der beiden Duellanten tot war. Das... werde ich nie vergessen. Anschließend wurde der Tote in den Wald getragen, die Pistolen gereinigt und das Opfer mit ihnen vergraben. Am Grab wurde noch ein kleines Gebet gesprochen und das war's.«

»Solche Erinnerungen werden noch einige mit sich herumtragen und ich nehme an, daß sich angesichts der Funde der Polizei im Wald einige das Gewissen erleichtern werden. Sie sollten das auch besser tun. Ich vermute, daß die Delikte, die für Sie in Frage kommen, weitgehend verjährt sein dürften und Sie keine großartige Strafe mehr zu erwarten haben.«

»Darüber kann man vielleicht mal reden, wenn Valen sitzt«, erwiderte Richmont. John hatte den Eindruck, daß es an der Zeit sein könnte, zu gehen, mehr wegen Richmont als wegen dessen Frau.

»Ja, also dann will ich Sie auch nicht weiter belästigen. Denken Sie noch einmal darüber nach, ob Sie nicht doch zur Polizei gehen möchten. Die kann Sie im Zweifel auch vor Valen schützen. Er ist dort kein Unbekannter.«

»Ja, das kann ich mir denken.«

Richmonts Frau begleitete John und Susan zur Haustür.

»Mr. Rollins...«, sagte sie dort außerhalb der Hörweite ihres Mannes, der im Wohnzimmer geblieben war und deren Tür seine Frau hinter sich geschlossen hatte. »Die Sache mit Valen belastet uns wirklich und mir wäre lieber, wenn Sie ihm gegenüber nicht erwähnen würden, daß Sie hier waren. Wir... wir werden sicher überlegen, ob wir zur Polizei gehen, falls Sie erreichen, daß Valen unter Anklage gestellt wird. Aber Sie sagten ja selbst, daß vieles verjährt sei.«

»Mrs. Richmont«, sagte John ernst. »Wenn Mr. Valen tatsächlich Kontakte zum Ku-Klux-Klan haben sollte, und wenn er tatsächlich mit weiteren Straftaten zu haben sollte, wird es sich hierbei um jüngere Taten handeln, die noch nicht verjährt sind. Was damals passiert ist, dürfte für die Beurteilung von Valens Charakter aber dennoch eine Rolle spielen.«

»Charakter. Ich glaube, er hat gar keinen.«

Susan lächelte, kurz bevor Richmonts Frau die Tür schloß. Die beiden gingen langsam zum Wagen zurück.

»Was meinen Sie?«, fragte Susan.

»Ich bin mir nicht sicher. Klar ist nur, daß Richmont eine höllische Angst vor Valen hat. Und daß, wenn es stimmt, was er sagt, Valen offensichtlich in diese Geschichten um die Duelle verstrickt ist. Wenn das so ist, könnte Valen auch mit dem Mord an Dr. Woods zu tun haben. Aber das ist alles sehr vage.«

»Das wäre aber doch möglich.«

»Ja. Allerdings glaube ich, daß Richmont uns nicht alles erzählt hat was er weiß. Er schien sehr verängstigt und diese Angst hat er nicht vollständig überwunden.«

»Ja«, erwiderte Susan. »Das war auch mein Eindruck.«

»Zumindest ist er seit Mr. Rivers der erste, der offen zugegeben hat, daß es die Duelle gab. Allein schon dafür war es Wert, daß wir heute abend hier waren. Ich glaube kaum, daß Mr. Vincent so viel aus Mr. Richmonts herausbekommen hätte.«

Susan nickte zustimmend und stieg in den Wagen ein, während John kontrollierte, ob niemand etwas an dem Wagen verändert hatte. Dann fuhren sie zurück zu ihrem Hotel.

28.

Als John und Susan ins Hotel zurückkehrten, war an der Rezeption eine Nachricht für die beiden von Clifford Valen hinterlegt worden. Er bat die beiden, an diesem Abend um 20 Uhr in seinem Büro zu sein, denn er habe noch etwas Wichtiges über Joseph Coone herausgefunden.

»Merkwürdig«, flüsterte Susan.

»Ja. Aber bei der Gelegenheit können wir vielleicht auch herausfinden, was der Auftritt von Mr. Richmont heute nachmittag zu bedeuten hatte. Allerdings glaube ich, daß es vielleicht besser wäre, wenn ich dort alleine hingehe.«

»Nein. Ich möchte dabei sein. Wenn es um Joe geht, möchte ich es auch hören.«

»Wie Sie wünschen. Aber nach dem Auftritt von Mr. Richmont habe ich da langsam echte Sorge. Ich möchte Sie nicht in Gefahr bringen.«

»Das ist lieb von Ihnen, aber ich möchte wirklich gerne dabei sein.«

John winkte den Portier heran.

»Sie haben die Nachricht geschrieben?«, fragte er.

»Ja, sie kam telephonisch.«

»Ich danke Ihnen.«

John faltete den Zettel zusammen und steckte ihn in die innere Jackentasche. Dann ging er mit Susan zum Fahrstuhl.

Vor seinem Zimmer wartete bereits Martin Vincent auf ihn. John schloß das Zimmer auf und betrat es, gefolgt von Susan und Vincent.

»Nun?«, fragte Vincent. »Haben Sie etwas herausbekommen?«

»Ja«, erwiderte John. »Richmont hat unglaubliche Angst, nur wissen wir nicht, wovor. Und Mr. Valen hat Miss Coone und mich für heute abend in sein Büro gebeten.«

»Gehen Sie hin?«

»Ja. Aber ich würde mich gerne absichern, falls wir dort

auf irgendeine unangenehme Überraschung stoßen sollten.«

»Ich könnte im Wagen vor dem Büro warten.«

John überlegte einen Moment lang. Es konnte eigentlich nicht schaden, wenn jemand in der Nähe blieb, der im Falle von Schwierigkeiten die Polizei holen konnte. Allerdings fürchtete er, daß Vincent nicht der richtige Mann für die Aufgabe war. Der Journalist könnte etwas auf eigene Faust unternehmen, wenn ihm im Wagen langweilig würde, überlegte John. Auf der anderen Seite wollte er ihn nicht wieder abweisen.

»Wir machen das anders«, sagte John. »Sie bleiben hier im Hotel, während Miss Coone und ich zu Mr. Valen fahren. Ich kann mir nicht denken, daß sein Anliegen länger als eine halbe Stunde dauert. Wenn wir uns um 20:30 Uhr nicht telephonisch gemeldet haben, rufen Sie Inspektor Werries an. Ich werde mich gleich mit ihm in Verbindung setzen und sicherstellen, daß er dann am Telephon sitzt. Er soll dann einen Einsatz auslösen. Ich hoffe, daß er mitmacht. Denn wenn Sie vor dem Büro im Wagen sitzen und Miss Coone und ich geraten in Gefahr, könnte es zu lange dauern, bis die Polizei da ist. Außerdem könnten Sie selbst auch in Gefahr geraten, und dann ist niemand mehr in der Nähe, der die Polizei verständigen könnte.«

»Glauben Sie, daß das eine Falle ist?«, fragte Susan.

»Ich weiß es nicht. Aber was ich bisher über Mr. Valen gehört habe, hat mich eher mißtrauisch gemacht. Vielleicht irre ich mich, aber schaden kann es auf keinen Fall, vorsichtig zu sein.«

»Das glaube ich auch«, sagte Vincent. »Aber könnte ich nicht vielleicht trotzdem in der Nähe sein?«

»Sie können zu Valens Büro kommen, wenn Sie die Polizei verständigt haben, falls das nötig wird. Da werden Sie sicher nichts verpassen. Sonst bringen Sie sich nur selbst in Gefahr und uns möglicherweise unbeabsichtigt auch.«

»Naja, wenn Sie meinen...«

Vincent war mit der Lösung offensichtlich nicht zufrieden, aber John wollte auf keinen Fall ein Risiko eingehen. Wenn der ungestüme Reporter plötzlich im Büro Valens auftauchte, konnte dies eine gefährliche Situation überhaupt erst herbeiführen, aus der es dann vielleicht keinen Ausweg mehr gab.

John ließ sich über das Telephon auf seinem Zimmer mit Inspektor Werries verbinden, der sogleich ankündigte, im Hotel vorbeizukommen, als John begonnen hatte, ihm sein Anliegen zu erklären. So verabredeten sie sich mit dem Inspektor zum Abendessen im Hotelrestaurant.

Kurz nach 18 Uhr saßen John und Susan mit Vincent und Inspektor an einem Tisch für vier Personen im Restaurant des Hotels. Nicht nur John und Susan, sondern auch Vincent und Inspektor Werries nutzten die Gelegenheit, zu Abend zu essen.

»Sie meinen also doch, daß Valen mit der Sache etwas zu tun hat?«, fragte Inspektor Werries, nachdem John ihm in groben Zügen erklärt hatte, was er für den Abend plante, ohne jedoch von dem Verhalten Richmonts am Nachmittag zu erzählen.

»Ich bin mir nicht sicher«, erwiderte John. »Deshalb hätte ich gerne, daß Ihre Leute in der Nähe des Büros sind, falls ich etwas übersehen habe und Valen uns in eine Falle locken möchte.«

»Haben Sie denn einen Anlaß das zu glauben?«

»Vor allem habe ich keinen Anlaß anzunehmen, daß er mir in dem Fall von sich aus irgendwie helfen will. Mir ist auch völlig unklar, was er da für eine Information für uns haben könnte, und wieso er will, daß wir um 20 Uhr in sein Büro kommen.«

»Ja, das ist allerdings merkwürdig. Es ist vernünftig, wenn Sie da vorsichtig sind.«

»Mr. Vincent wird Sie um 20:30 Uhr benachrichtigen, falls er bis dahin von uns nicht gehört hat.«

Inspektor Werries warf einen kurzen Blick zu dem Reporter.

»Wieso dieser Umstand? Ich gebe Ihnen eine Nummer von mir, und wenn ich bis 20:30 Uhr nichts von Ihnen gehört habe, gebe ich das Signal zum Angriff auf Mr. Valens Büro.«

»Also, äh...«, hob Vincent an, dem es offensichtlich nicht recht war, daß er völlig außen vor bleiben sollte.

»Das können wir durchaus auch so machen«, meinte John, »nur was machen wir dann mit Mr. Vincent?«

»Wie bitte?«, fragte Vincent.

»Ja«, erwiderte John. »Wenn Sie keine Aufgabe haben, kommen Sie eventuell auf dumme Gedanken, und das möchte ich nicht so gerne. Es reicht, daß Miss Coone darauf besteht, sich in eine mögliche Gefahr zu bringen, da müssen Sie nicht auch noch dabei sein.«

»Mr. Vincent bleibt bei mir«, sagte Inspektor Werries und wandte sich zu Vincent. »Damit sind Sie direkt an der Quelle und sofort dabei, wenn etwas passiert.«

»Ja, gut, wie Sie meinen.«

»Schauen Sie nicht so bedrippelt. Das wird sicher die Story Ihres Lebens.«

John nickte zustimmend.

»Das würde ich auch vermuten.«

Inspektor Werries nahm einen Schluck von der Cola, die er sich bestellt hatte.

»Und nun zu Ihnen, Mr. Rollins«, sagte er dann. »Meinen Sie nicht, daß es reichlich riskant ist, wenn Sie eine halbe Stunde warten wollen bis zum Zugriff? Wenn von Mr. Valen keine Gefahr droht, ist eine halbe Stunde keine lange Zeit. Aber wenn er Sie umlegen will, könnte eine halbe Stunde bequem ausreichen.«

»Ja, schon möglich«, erwiderte John. »Aber ich glaube eigentlich nicht, daß er das Risiko eingehen wird, uns in seiner Kanzlei umzulegen, wenn er das vor haben sollte. Er wird sicher mit uns das Gebäude verlassen und uns zu einem anderen Ort bringen wollen.«

»Da wäre ich mir an Ihrer Stelle nicht so sicher. Mit Ihnen das Gebäude zu verlassen wäre ein recht hohes Risiko, das Valen da einginge.«

»Uns umzubringen wäre ohnehin riskant für ihn. Wenn er mit den Duellen zu tun hat wird er wissen, daß wir nicht erst seit heute an dem Fall arbeiten. Er wird sich sagen können, daß wir bereits mit anderen Leuten gesprochen haben. Aus der Zeitung wird er wissen, daß die Leichen im Wäldchen beim polnischen katholischen Friedhof exhumiert werden, und daraus wird er folgern können, daß die Polizei auch schon über die Duelle Bescheid weiß. Eigentlich sollte er klug genug sein, solche Absichten gar nicht zu haben.«

»Das können Sie nicht wissen. Wenn er glaubt, daß er einen schlauen Plan hat, riskiert er es vielleicht trotzdem.«

John zeigte ein leichtes Lächeln.

»Inspektor, bislang wissen wir noch nicht einmal, ob er überhaupt etwas mit der Sache zu tun hat. Mehr als die Aussagen eines Mannes, der sich erst offenbaren möchte, wenn Valen ihm nicht mehr gefährlich werden kann, habe ich auch nicht.«

»Tatsächlich? Hat der Mann auch einen Namen?«

»Ja. Aber ich habe ihm versprochen, ihn da herauszuhalten, so lange nichts erwiesen und Mr. Valen nicht in einem sicheren Gewahrsam sitzt.«

»Finden Sie das Risiko nicht selbst ein bißchen hoch?«

»Naja. Aber irgendwie hänge ich in den Ermittlungen ein wenig fest. Alles, was wir bisher herausgefunden haben, sind nur vage Hinweise und Möglichkeiten. Eigentlich sehe ich keinen anderen Weg, als jetzt einfach etwas zu riskieren. Allerdings wäre es mir durchaus lieber, wenn ich da heute alleine hingehen würde.«

»Er hat uns beide eingeladen«, sagte Susan. »Und Ihr Plan klappt vielleicht nicht, wenn Sie dort alleine hingehen.«

»Darf ich den Zettel mal sehen?«, fragte Inspektor Werries. John reichte dem Inspektor die Notiz.

»Die ist allerdings nicht von Valen selbst. Er hat hier nur angerufen und der Portier hat die Mitteilung für mich notiert.«

»Und woher wußte er, daß Sie hier abgestiegen sind?«

»Von mir. Ich hatte ihm die Nummer gegeben.«

Inspektor Werries reichte die Notiz zurück.

»Also wissen Sie, wenn er Sie und Miss Coone sehen

möchte, dann können wir eigentlich mit Sicherheit annehmen, daß er Sie in eine Falle locken möchte. Denn Sie beide ermitteln ja in dieser Sache.«

»Sicher«, erwiderte John den Einwand des Inspektors. »Aber Sie vergessen, daß Valen davon ausgehen muß, daß wir auch anderen von unseren Ermittlungen erzählt haben.«

»Merken Sie eigentlich, daß wir uns im Kreis drehen?«

»Nur ein bißchen. Worauf wollen Sie denn eigentlich hinaus?«

»Daß meine Leute bereits nach fünf Minuten ins Büro kommen. Höchstens zehn.«

John schüttelte seinen Kopf.

»Nein, das halte ich für eine schlechte Idee. Bis dahin haben wir vielleicht noch keine brauchbare Aussage von Valen.«

»Was wäre denn eine brauchbare Aussage von Valen? Daß er Sie umlegt? Das dauert mit ein wenig Pech vielleicht noch nicht einmal fünf Minuten.«

»Kann ich mir nicht vorstellen, daß er das so einfach und schnell macht. Wenn er das wollte, würde er sich irgendwo mit einem Gewehr auf die Lauer legen und schießen und mich nicht extra über einen Hotelangestellten, der das dann vielleicht noch aussagen kann, in sein Büro bitten.«

»Naja, das mit dem Gewehr hat er vielleicht ja schon versucht. Ich habe das mal überprüfen lassen. Er hat einen Waffenschein. Miss Coone, bringen Sie mal Ihren Privatdetektiv zur Vernunft.«

Susan lächelte leicht verlegen.

»Also ich will mich da jetzt lieber nicht einmischen. Mr. Rollins weiß sicher was er tut.«

»Dann sollten Sie ihn nicht begleiten, denn Sie haben ja vorhin gehört, daß er das eigentlich nicht möchte.«

»Ja, aber wenn ich nicht mitgehe wird Mr. Valen das merken und dann ist Mr. Rollins vielleicht richtig in Gefahr.«

»Oder eben nicht, weil er weiß, daß er Sie nicht bekommt.«

»Machen Sie es bitte nicht von mir abhängig, Inspektor.«

Inspektor Werries machte eine leicht resignative Geste.

»Also gut«, sagte er dann. »Können wir uns denn wenigsten darauf einigen, daß wir nach einer Viertelstunde bereits eingreifen?«

John warf einen Blick zu Susan, die leicht nickte.

»Also gut«, meinte John. »Sagen wir 20 Minuten?«

»Sagen wir doch lieber eine Viertelstunde, ja?«

John seufzte leicht.

»Na gut, Inspektor. Eine Viertelstunde.«

29.

Mit dem Fahrstuhl fuhren John und Susan ins achte Stockwerk des Bürogebäudes, in dem das Büro Valens lag. Alle Büros, an denen die beiden auf dem Weg zu dem Valens vorbei kamen, waren bereits geschlossen. John hatte das dumpfe Gefühl, daß Valen einen Grund gehabt haben würde, sie zu dieser Zeit in sein Büro zu bitten.

Die Vorzimmertür stand offen und John und Susan konnten direkt in Valens Büro gehen. Valen thronte in seinem Sessel hinter seinem Schreibtisch. Auf der rechten Seite stand ein Bürosessel, in dem ein Mann saß, den John und Susan noch nie gesehen hatten.

»Guten Abend«, sagte Valen freundlich und bot den beiden die Sessel vor dem Schreibtisch an. John und Susan setzen sich.

»Dies ist Mr. Alan Willkins, ein Kollege von mir, der Joe ebenfalls gut kannte.«

»Sehr erfreut«, sagte Susan und versuchte, ihre Unsicherheit zu verbergen.

»Sie haben mitteilen lassen, daß Sie Informationen für uns haben?«, fragte John.

»Ja«, erwiderte Valen. »Ich konnte den Kontakt zu Mr. Willkins herstellen, der Joe ebenfalls kannte. Ich könnte mir vorstellen, daß er Ihnen auch weiterhelfen kann.«

John warf einen unauffälligen Blick auf seine Armbanduhr und wünschte sich innerlich, dem Drängen des Inspektors nicht nachgegeben zu haben.

»Es geht um ein mögliches Duell, in das Mr. Coone verwickelt war«, sagte John.

»Ja«, erwiderte Willkins. »Es gab wohl Gerüchte, daß so etwas vorgekommen ist. Allerdings sah es Joe nicht ähnlich, bei so etwas mitzumachen.«

»Wir haben heute jemanden getroffen, der etwas anderes sagte. Er meinte, daß Mr. Coone sicher an einem Duell teilgenommen hatte, um sich Anerkennung zu verschaffen.«

Willkins versuchte, einen Blickkontakt mit Valen herzustellen, aber dieser saß John zugewandt.

»Dann irrt dieser jemand«, sagte Willkins. »Joe hätte sich auf einen solchen Wahnsinn niemals eingelassen.«

»Sehen Sie, Mr. Rollins, Mr. Willkins sieht das ebenso«, sagte Valen ruhig. »Es gibt also keinen Anlaß für Sie, hier weiter herumzuschnüffeln. Von wem haben Sie diese Aussage? Von Mr. Cummings?«

John schüttelte seinen Kopf.

»Nein. Cummings wohnt nicht mehr in Chicago. Er ist schon vor Jahren weggezogen.«

»Und Sie meinen nicht, daß Sie mir sagen könnten, wer dies behauptete?«

»Nein. Es gibt auch keinen Anlaß für Sie, darüber beunruhigt zu sein«, entgegnete John. »Wir versuchen nur herauszubekommen, was damals geschehen ist.«

Eine Tür klappte. John hatte die Vorzimmertür geschlossen, und so dreht er sich nun um zu sehen, wer hereingekommen war. Zwei Männer betraten das Zimmer und John nickte.

»Sieh mal einer an«, sagte er dann, bevor Valen eine Gelegenheit hatte, sich zu den neuen Besuchern zu äußern. »Dr. Klann und Dr. O'Keefe. Wie klein die Welt doch ist.«

»Sie kennen sich?«, fragte Valen leicht erstaunt.

»Ja«, knurrte Klann. »Er hat mich schon befragt.«

In Valens Gesicht zog ein leicht aggressiver Ausdruck ein.

»Und du hast es nicht für nötig gehalten, mir das zu sagen?«

»Du hast nur gesagt, daß wir kommen sollen. Du hast nicht gesagt, daß du den Privatdetektiv einladen würdest.«

»Also das ist ja jetzt wirklich eine Überraschung«, sagte John.

»Mr. Rollins, es ändert sich nichts. Hören Sie auf, hier zu ermitteln. Sie stören unsere Geschäfte.«

»Welche Geschäfte störe ich denn wohl dabei? Handeln Sie mit Morphium oder was?«

»Quatsch«, sagte O'Keefe.

»Also gut«, meinte Valen. »Ich mache Ihnen ein anderes Angebot. Miss Coone, ...«

»Seine Frau?«, fragte Klann überrascht.

»Seine Schwester«, erwiderte John. »Ich dachte, Sie kannten Mr. Coone nicht?«

»Miss Coone«, sagte Valen unbeirrt, »ich zahle all Ihre Auslagen und das Honorar dieses Detektivs, wenn Sie den Auftrag zurückziehen und mit Mr. Rollins nach Kalamazoo zurückkehren.«

»Nein«, sagte Susan entschlossener als sie eigentlich wollte. »Ich möchte wissen, was mit meinem Bruder passiert ist. Warum sollen wir das nicht herausfinden?«

»Das habe ich eben schon gesagt«, erwiderte Valen ungeduldig.

»Dann sagen Sie doch auch, welche Geschäfte wir stören«, sagte John.

»Bill, schließ die Bürotür ab!«, kommandierte Valen und Klann schloß die Bürotür hinter sich ab. »Sie wollten es ja nicht anders, Mr. Rollins.«

»Was genau wollte ich nicht anders? Wieso störe ich Ihre Geschäfte? Was für Geschäfte sind das?«

»Das geht Sie nichts an«, sagte Valen lautstark. »Jetzt sagen Sie mir gefälligst, wer verbreitet hat, daß Joe an solchen Duellen teilgenommen hat? Bei wem waren Sie?«

»Das werde ich Ihnen nicht sagen. Ich pflege meine Zusagen gegenüber Zeugen, die mich um Diskretion bitten, einzuhalten.«

»Dann gehen wir doch mal die Möglichkeiten durch. So viele Freunde hatte Joe nicht. Eigentlich habe ich Ihnen alle genannt außer Andy Richmont. War es Andy?«

»Warum wollen Sie das wissen?«

»Weil ich mit Verrätern abzurechnen pflege!«, fauchte Valen.

Willkins stützte sich mit seinem rechten Ellenbogen auf die Sessellehne und mit dem Kopf in die rechte Hand.

»Menschenskind, was du doch für ein Armleuchter bist«, murmelte er dabei resigniert.

»Sie wollen wissen, was mit Ihrem Bruder passiert ist,

Miss Coone?«, fragte Valen. »Sie sollen es erfahren. Sekundanten waren Mark Rivers und Bill Klann. Jeff O'Keefe war Arzt und Alan Willkins und Joe Coone haben sich mit Pistolen duelliert. Nach dem ersten Schuß stellte Jeff den Tod von Joe fest. Es war eine Frage der Ehre. Joe hatte sich an Alans Freundin rangemacht. In unseren Kreisen tut man so etwas nicht. Alan hatte zu Recht Ihren Bruder gefordert, und Ihr Bruder wäre in Schande aus unserer Gemeinschaft geflogen, wenn er sich vor dem Duell gedrückt hätte.«

John schüttelte verständnislos seinen Kopf.

»Sie haben es gesagt, Mr. Willkins. Wahnsinn.«

Valen öffnete eine Schreibtischschublade. Er holte einen Revolver heraus und richtete ihn auf John.

»Die Waffe ist bereits entsichert, Mr. Rollins und Miss Coone. Stehen Sie auf. Al, durchsuch den Detektiv. Miss Coone, ziehen Sie ihre Jacke aus und legen Sie sie auf den Tisch. Bill, durchsuch die Jacke.«

Willkins durchsuchte John und nahm ihm den Revolver ab, während Klann die Jacke Susans durchsuchte.

»Nichts.«

»Gut«, sagte Valen. »Wir werden jetzt gleich ins zweite Untergeschoß fahren und die Angelegenheit erledigen.«

John spürte, wie Susan angstvoll seine Hand griff. Es war wohl doch richtig gewesen, sich mit dem Inspektor auf eine Viertelstunde zu einigen. Nur mußte er jetzt Valen so lange hinhalten, denn im Keller wären sie verloren.

»Das wäre ein schwerer Fehler«, sagte John. »Sie glauben doch wohl nicht, daß nur wir von den Dingen wissen, die wir herausgefunden haben?«

Willkins nickte zustimmend.

»Ich habe es immer gesagt. Es ist totaler Blödsinn, die Sache mit Mord regeln zu wollen.«

»Wir haben keine andere Wahl, Alan«, erwiderte Valen. »Willst Du gerne auf den elektrischen Stuhl? Und Bill und Jeff, euch ist ja wohl klar, daß eure Karriere als Ärzte zu Ende ist, wenn das Duell vor Gericht landet.

Macht Euch nichts vor: So lange diese beiden leben haben wir keine Chance.«

»Doch«, sagte Klann. »Ich habe eine Idee. Laß sie uns im Keller fesseln. Bis die entdeckt werden, sind wir über alle Berge.«

»Du spinnst«, herrschte ihn Valen an. »Alles aufgeben, was wir bisher geschaffen haben? Glaubst du, ich möchte hier alles aufgeben, nur weil du das große Flattern hast, zwei Menschen umzubringen?«

»Dr. Klann hat recht«, sagte John. »Wenn Sie uns umbringen ist es Mord ersten Grades. Dafür könnten Sie auf den elektrischen Stuhl kommen. Was wollen Sie denn zum Beispiel mit dem Journalisten machen, der uns begleitet hat? Sie wissen ja gar nicht, was wir mit ihm besprochen haben.«

»Der ist als nächster dran.«

Alan lachte auf.

»Und dann? Was ist mit den Polizisten, die im Wald gerade die Leichen ausbuddeln? Willst du die auch alle töten? Vielleicht auch alle Einwohner Chicagos, die davon in der Zeitung gelesen haben? Wer weiß, mit wem die beiden gesprochen haben. Wir wissen ja bis heute noch nicht mal, wer dieser Pfleger war, der da im Krankenwagen mitgefahren ist.«

»Siehst du das hier?«, fragte Valen und riß John das Pflaster von der Stirn. »Das hat er von mir! Ich schrecke nicht davor zurück, uns die Zukunft zu sichern. Wir müssen dann nur noch diesen Tipgeber, Furndale und diesen Pfleger und diesen Journalisten beseitigen, dann sind wir wieder sicher.«

»Red' doch nicht so einen Blödsinn«, sagte O'Keefe. »Du hast uns vorgehalten, daß wir dir von Mr. Rollins nichts gesagt haben? Wieso hast du das, was du heute abend vorhattest, nicht mit uns abgesprochen? Wir hätten dich schon daran gehindert, diesen Unsinn zu machen. Du hast uns alle ans Messer geliefert, niemand sonst!«

»Ich werde nicht zögern auch dich zu töten, wenn du nicht dicht hältst!«

»Ich kann ruhig dicht halten. Wenn du die beiden heute

abend umbringst, landen wir alle sehr bald im Knast und du auf dem Stuhl.«

»Komm, Bill, schließ die Tür wieder auf«, sagte Valen. John warf einen unauffälligen Blick auf seine Uhr. Es war fast zehn Minuten nach acht.

»Hören Sie auf Ihre Freunde, Mr. Valen. Wenn Sie uns töten, werden Sie mindestens ins Gefängnis gehen, denn es gibt genug Leute die wissen, daß wir heute abend hier sind.«

»Na und?«, erwiderte Valen. »Wenn es danach ginge, wäre ich sowieso dran, weil ich diesen Arzt getötet habe, dem Mark gebeichtet hat. Also, Bill, schließ' jetzt die Tür auf. Wir erledigen die Angelegenheit jetzt.«

»Nein«, entgegnete Klann. »Ich werde dich bei einem Mord nicht unterstützen.«

»Dann bist du der nächste!«

Willkins entsicherte Johns Waffe und richtete sie auf Valen.

»Laß die Waffe fallen, Cliff. Das meine ich ernst!«

Valen warf einen kurzen Blick zu Willkins.

»Laß den Unsinn, Al. Du bist der, der geschossen hat. Eigentlich müßtest du mich hier am tatkräftigsten unterstützten. Es sei denn, du möchtest wirklich auf den elektrischen Stuhl.«

»Das ist mir jetzt auch egal, Cliff. Los, laß die Waffe fallen.«

»Und ich sage dir: Laß den Quatsch.«

»Weg mit der Waffe!«

Valen wandte sich mit einer ruckartigen Bewegung zu Willkins herum, dann fielen vier Schüsse. Valen sank zu Boden und O'Keefe, der am nächsten zu ihm stand, wand ihm schnell den Revolver aus der Hand. Blut sickerte aus Valens Mundwinkel.

»Ihr... Feiglinge«, stieß er hervor. »Ihr... verdammten... Memmen!«

Er keuchte noch einmal und sank ganz in sich zusammen. O'Keefe hockte sich neben ihn auf den Boden und untersuchte ihn.

»Er ist tot«, stellte er dann fest. Willkins sicherte Johns

Revolver. Er blutete aus einer Wunde am rechten Arm.
Klann ging zu ihm und betrachtete die Wunde.

»Nur ein Streifschuß«, stellte er fest.

»Ich werde es überleben«, erwiderte Willkins und gab
John seinen Revolver zurück. »Ihre Waffe, Mr. Rollins.«

John nahm seinen Revolver und steckte ihn ein. O'Keefe
gab ihm auch die Waffe Valens. John sicherte sie und
steckte sie ebenfalls ein. Mit einem Blick auf seine Uhr
stellte er fest, daß die Polizei in etwas über einer Minute den Raum betreten sollte.

»Wenn Sie bitte die Tür wieder aufschließen...«, sagte
John zu Klann.

»Ja, selbstverständlich.«

Willkins machte einen Schritt auf Susan zu.

»Miss Coone... wegen Ihres Bruders... Es tut mir leid. Ich
kann Sie nicht um Verzeihung oder gar Vergebung
bitten, weil Sie mir so etwas niemals vergeben können.
Ich... äh... will das auch gar nicht entschuldigen oder
mich rausreden. Aber... wir ... wir waren alle irgendwie... wahnsinnig damals.«

»Ja«, sagte Klann. »Ich kann mich dem nur anschließen.
Wir haben uns damals diesem Bund angeschlossen und
fühlten uns wie die Herren der Welt. Und dabei... waren
wir nur arme Irre.«

Susan begann zu weinen und wandte sich zur Wand
hin. Auf dem Flur waren Schritte zu hören und gleich
darauf betrat Inspektor Werries mit einigen Polizisten
das Büro. John gab dem Inspektor Valens Revolver.

»Die Herrschaften hier haben an dem Duell teilgenommen, bei dem Mr. Coone starb«, sagte John.

»Und wer von Ihnen war Mr. Coones Gegner?«, fragte
Inspektor Werries.

»Ich«, antwortete Willkins. »Ich bin bereit, in vollem
Umfang auszusagen.«

»Nehmen Sie sich erst mal einen Anwalt.«

»Ich bin Anwalt. Aber ich werde Ihren Rat trotzdem
befolgen.«

Die Polizisten führten Klann, O'Keefe und Willkins ab.
Inspektor Willkins ließ einen Leichenwagen für den

toten Valen anfordern.

»Valen hatte in Miss Furndales Büro auf mich geschossen«, sagte John. »Damit hat er noch geprahlt. Die Frage ist nur, woher er wußte, wer ich bin.«

»Das werden wir noch herausfinden«, sagte Inspektor Werries. »Ich schätze, daß wir jetzt einiges aufzuarbeiten haben.«

»Ja«, sagte John. »Und ich habe noch einige Leute darüber zu informieren, was hier vorgefallen ist.«

Inspektor Werries nickte zustimmend.

»In der Tat. Jetzt vor allem erst mal mich.«

John sah sich nach Susan um. Sie hatte sich in einen der Sessel vor dem Schreibtisch gesetzt und weinte leise.

»Ich möchte Sie bitten, Miss Coone noch ein wenig zu verschonen«, sagte er gedämpft zu Inspektor Werries. »Ich glaube, das war heute doch etwas viel für sie. Wenn Sie es wünschen, stehe ich Ihnen heute nacht schon zur Verfügung.«

»Das ist nicht nötig«, erwiderte Werries. »Mir reicht es völlig aus, wenn Sie jetzt eine kurze Aussage machen und morgen zur ausführlichen Aussage kommen. Kümmern Sie sich um ihre Klientin, ich glaube, sie hat es nötig.«

»Ja, das hat sie.«

30.

Susan schloß ihren Koffer, als John ihr Hotelzimmer betrat. Es waren inzwischen zwei Tage vergangen, in denen John und Susan vor Inspektor Werries und Inspektor McKenzie ihre Aussagen gemacht hatten. Bis zur Gerichtsverhandlung würden noch Wochen vergehen, meinte Werries, und es würde überhaupt fraglich sein, ob die beiden für die Verhandlung gebraucht würden.

»Wir können«, sagte Susan. Sie sah etwas mitgenommen aus, hatte sich aber in den letzten beiden Tagen doch schon wieder etwas gefaßt.

»Gut«, sagte John. »Ich trage Ihren Koffer runter.«

»Mr. Rollins... Mein Bruder wird in einer Woche in unserem Familiengrab in Chicago beigesetzt. Ich... wäre Ihnen dankbar, wenn Sie auch zur Beerdigung kämen. Das wäre mein Wunsch.«

»Ja, das werde ich gerne tun.«

»Ich habe Ihnen so viel zu verdanken. Und ich wußte, daß ich Ihnen vertrauen kann.«

John zeigte ein leichtes Lächeln.

»Naja, das war Glück. Hätten die anderen Beteiligten nicht mit der Geschichte von damals abgeschlossen, wäre es vielleicht nicht so glimpflich ausgegangen. Ich glaube, das nächste Mal werde ich einen Klienten nicht einem solchen Risiko aussetzen.«

Nun lächelte Susan leicht und unsicher.

»Das war in Ordnung, Mr. Rollins. Sie haben das schon richtig gemacht.«

»Naja, das wird sich zeigen. Bevor wir nach Kalamazoo fahren will ich noch Dr. McMillan, Mr. Brench und Prof. Kelly über den Ausgang des Falles informieren, wenn Sie nichts dagegen haben.«

»Nein, natürlich nicht.«

»Gut.«

John nahm Susans Koffer und verließ mit ihr das Hotelzimmer. Ein letztes Mal sah er sicherheitshalber unter die Motorhaube des Wagens, obwohl er dort eigentlich nichts mehr befürchtete. Dann lud er seinen Koffer und den seiner Klientin in den Kofferraum des Wagens. Die beiden stiegen ein und fuhren zunächst in Richtung Universität davon.

Prof. Kelly war auf dem Weg zu einer Vorlesung, als John und Susan sie auf dem Flur trafen. Sie hatte bereits von der Lösung des Falles in der Zeitung gelesen, ließ sich aber dennoch alles von John und Susan erzählen, obwohl sie sich dadurch bei ihrer Vorlesung verspätete.

Dr. McMillan hatte seinen freien Tag, so daß John und Susan ihn zu Hause antrafen. Schweigend und mit ernstem Gesicht hörte er John Bericht über den weiteren Verlauf der Ermittlungen zu und schüttelte schließlich seinen Kopf.

»Nie hätte ich gedacht, daß Bill sich für so etwas hergibt«, sagte erschließlich.

Bevor sie sich auf den Rückweg nach Kalamazoo machten, besuchten John und Susan noch einmal den Privatdetektiv Lawrence Brench. Mit einem zufriedenen Gesichtsausdruck legte Brench seine Hefter über die Fälle Jerry Tall und Joseph Coone in eine Kiste mit der Aufschrift »Aufgeklärt«, nachdem John und Susan ihm über den Ausgang des Falles Coone berichtet hatte.

»Wissen Sie, Mr. Rollins«, sagte Brench zum Abschied, »auch wenn ich ihn nicht persönlich klären konnte: Es tut gut zu wissen, keine ungeklärten Fälle in den Akten zu haben.

John zeigte ein leichtes Lächeln.

»Ja, das finde ich auch.«

Auf dem Weg zurück zum Leihwagen warf John einen Blick auf seine Uhr. Sie hatten noch zwei Stunden Zeit für die Rückfahrt. Zuvor mußten die beiden den Leihwagen zurückgeben. Sie fuhren mit einem Taxi zum Bahnhof und setzten sich in ein Restaurant, denn bis zur Abfahrt ihres Zuges hatten sie noch eine Stunde Zeit.

»Ich bin immer nervös auf Bahnhöfen«, gestand Susan. »Ständig habe ich Angst, den Zug zu verpassen.«

»Das geht vielen Leuten so«, erwiderte John und trank ein wenig aus seiner Tasse. »Und wie fühlen Sie sich sonst so?«

Susan seufzte leicht.

»Erleichtert. Ich glaube, es war gut, daß ich Sie beauftragt habe um der Sache nachzugehen. Jetzt weiß ich, was mit meinem Bruder passiert ist. Wissen Sie, Mr. Rollins, das ist merkwürdig: Die ganze Zeit über habe ich immer geglaubt, daß mein Bruder vielleicht doch eines Tages wieder bei mir vor der Tür steht und irgendeine verrückte Erklärung dafür abgibt, wo er die ganze Zeit war. Jetzt weiß ich es und ich kann um ihn trauern. Diese fürchterliche Ungewißheit hat aufgehört, und das erleichtert mich sehr.«

»Gewißheit ist immer besser als Ungewißheit. Es mag schmerzlich sein, wenn man vom Tod eines geliebten Menschen erfährt, aber es ist allemal besser als ständig eine unterschwellige Hoffnung und eine unterschwellige Befürchtung mit sich herumzutragen. So lange Sie keine Gewißheit haben, können Sie mit der Sache auch nicht abschließen.«

»Ja.«

Susan blickte nachdenklich in Ihren Kaffee und John blätterte ein wenig in seinen Notizen. Als Susan aufblickte und ihn dabei sah, lächelte sie leicht.

»Und Sie? Haben Sie noch nicht mit dem Fall abgeschlossen?«

John steckte sein Notizbuch wieder ein.

»Ach, das dauert bei mir immer ein wenig. Wir werden ja noch ein wenig damit beschäftigt sein, wenn wir gegebenenfalls als Zeugen aussagen müssen.«

»Wie ist denn das bei Ihren früheren Fällen? Haben Sie damit öfters noch länger zu tun?«

»Das ist verschieden, hängt vom Fall ab. Wo es noch Gerichtsverfahren gibt, kommt es vor, daß ich auch noch aussagen muß. Das ist mir bisher aber erst zweimal passiert. Dankenswerterweise greifen die Polizei und die Staatsanwaltschaft nur auf mich zurück, wenn die restlichen Beweise nicht ausreichen. Ich glaube, in diesem Fall werden wir nur anfangs als Zeugen gebraucht.«

»Hoffentlich. Aber ich werde die Verhandlung trotzdem weiterverfolgen und, wenn ich kann, als Besucherin hingehen.«

»Das sollten Sie tun, es wird Ihnen helfen zu verstehen, was vorgefallen ist. Ich werde es in der Zeitung weiterverfolgen, wenn es möglich ist. Das tue ich meistens bei den Fällen, die ich bearbeitet habe.«

»Ich glaube, das würde ich auch tun, wenn ich Privatdetektiv wäre. Aber jetzt muß ich mich auch um die Beerdigung kümmern und alles weitere. Zum Glück habe ich noch zwei Wochen Urlaub nehmen können, so daß ich Zeit für alles habe.«

Die beiden saßen eine Zeitlang an dem Tisch und schlürften langsam ihre Kaffees. Nach einiger Zeit warf John einen Blick auf seine Uhr.

»Gut, Miss Coone. Ich gebe es zu: Mir geht es in Bahnhöfen wie Ihnen. Lassen Sie uns zum Gleis gehen, damit wir nicht den Zug verpassen.«

Susan lächelte leicht.

»Das ist gut, Mr. Rollins. Ich hätte es hier auch nicht mehr lange ausgehalten.«

John zahlte den Kaffee und machte sich dann mit Susan auf den Weg zum Gleis. Vom Zug war noch nichts zu sehen und so setzten sich die beiden auf eine Bank und warteten. John dachte noch ein wenig über den Fall nach. Auf seine dringendste Frage hatte er nach wie vor keine Antwort gefunden: Was mochte Menschen bewegt haben, sich auf ein solch tödliches Spiel einzulassen? Was immer es war, John war sich sicher, daß auch die Gerichtsverhandlung auf diese Frage keine Antwort geben würde.

Wie ging es weiter?

Dr. William Klanns und Dr. Jeffrey O'Keefes Beiträge zu dem Duell waren in der Zwischenzeit verjährt. Ihre umfangreichen Aussagen und ihre Unterstützung der Polizei bei der Aufklärung der weiteren Duelle sorgten dafür, daß ihre Karrieren an den Krankenhäusern nicht zu Ende waren. Auch Alan Willkins' Strafmaß berücksichtigte, daß er voll geständig war und die Ermittlungen der Polizei unterstützte. Er wurde wegen Totschlags zu einer zehnjährigen Haftstrafe verurteilt.

Die Ermittlungen förderten weitere Beteiligte an den Duellen zutage. Viele von ihnen waren inzwischen in ihren Berufen etabliert und hatten ebenfalls das Glück, daß ihre Beiträge zu den Duellen verjährt waren. Einige wenige wurden zu Bewährungs- oder Haftstrafen verurteilt.

Alle Studenten, die Ende der 1950er Jahre an der Universität verschwunden waren, wurden als Opfer der Duelle in dem Wald beim polnischen katholischen Friedhof in Chicago gefunden. Nahezu alle Beteiligte wurden ermittelt.

Durch die Aussage Willkins' wurde aufgedeckt, daß Prof. Mientz seinen früheren Doktoranden Valen über die Ermittlungen des Privatdetektivs John Rollins informiert hatte. Mientz räumte ein, daß er von Geheimbünden an der Universität wußte, nichts jedoch von deren archaischen Verhaltensregeln bis hin zum Duell. Die um die Vermeidung eines öffentlichen Skandals bemühte Universitätsleitung gestand Mientz die vorzeitige Emeritierung zu, jedoch mit der Auflage, kein Büro mehr in der Uni zu haben und auch nicht mehr als emeritierter Professor unterrichten zu dürfen. Mientz betätigte sich statt dessen als Autor rechtsgerichteter Zeitungen und beriet den »Verein zum Schutz und Erhalt der amerikanischen Kultur« in rechtlichen Dingen.

Papiere, die nach seinem Tod im Juli 1972 gefunden wurden, bewiesen, daß Prof. Mientz hinsichtlich seiner

Kenntnis von Duellen gelogen hatte: Ihm war bekannt, daß sie stattfanden, und bei einigen waren ihm auch die Teilnehmer bekannt.

Joseph Coone wurde im Familiengrab in Chicago beigesetzt. John Rollins wohnte der Beerdigung ebenso bei, wie der Journalist Martin Vincent und der Sanitäter James Roberts. Dem Journalisten Vincent brachte die Story um die Duelle die Anerkennung seines Chefredakteurs - er brauchte nie wieder Agenturmeldungen umzuschreiben.

Personen

John Rollins	Privatdetektiv
Susan Coone	Joseph Coones Schwester
Alan Willkins	Jurastudent/Rechtsanwalt
Joseph Coone	Jurastudent
Jeffrey O'Keefe	Medizinstudent/Arzt
Clifford Valen	Jurastudent/Rechtsanwalt
Mark Rivers	Jurastudent/Rechtsanwalt
William Klann	Medizinstudent/Arzt
Mark McKenzie	Polizeiinspektor
Martin Vincent	Journalist
Brendan Gray	Journalist
Brian Werries	Polizeiinspektor
Claudia Kelly	Juraprofessorin
Nancy Furndale	Rechtsanwältin
Barry Walton	Redakteur
James Roberts	Sanitäter
Andrew Woods	Arzt
Lawrence Brench	Privatdetektiv
Leonard Mientz	Juraprofessor
Irvin McMillan	Arzt
Neville Barry	Arzt
Karen Perry	Sekretärin von Mark Rivers
Fenton Jarvis	Mark Rivers' Nachbar
Janet Hale	Jurastudentin
Roger Kane	Polizist
Andrew Richmont	Verwaltungsangestellter
Jerry Tall	Jurastudent
Robert Stattford	Anwalt
Marcy Sullivan	Anwältin
Burt Cummings	Freund von Joseph Coone